極品の黑暗料理女神
vol.2
END

Character introduction

慕錦歌（靖哥哥）

侯彥霖（霖妹妹）

燒酒（美食系統）

Contents

Ultimate Darkness food

1. 檸檬紅薯

一個小時後，阮彤彤口中的「鍾先生」就十萬火急的趕了過來。

那是一個二十多歲的青年男子，一百七十八公分左右，身材清瘦，看骨架不像是北方人。他裹著一件深灰色的防寒外套，脖子上圍著一條青松色的圍巾，模樣清秀，膚色蒼白，鼻梁上架著一副黑框眼鏡，烏黑的頭髮上還落著雪。

「妳、妳好，我叫鍾冕，是這隻薩摩耶的主人。」走得太急，男子喘著氣，不停向慕錦歌道謝，「謝謝妳願意暫時收留阿西莫夫斯基……真的太不好意思了，我也沒想到會被編輯叫出去這麼久，太、太感謝妳了！」

慕錦歌問道：「你說這狗叫什麼名字？」

「阿西莫夫斯基。」

說到自己的「得意之作」，素來內向的男子也忍不住滔滔不絕起來，但是因為真的不擅與人打交道，他說話時的邏輯顯然有點混亂，「牠來到我家的時候，我正好拜讀完以撒·艾西莫夫的一本小說，對他充滿了敬佩與崇拜，所以就……但我絕對沒有褻瀆侮辱他的意思！這隻狗是我重要的家人，雖說名字只是個代號，但這個代號對一個生命來說也具有無比重要的意義！而『斯基』在俄語中為СКИЙ，經常在人名中聽到，是一種形容詞結尾形式……因為薩摩耶這種犬類來自西伯利亞，所以我就想著在後面加上這個詞會讓牠覺得更親切些。」

搞清楚對方這一堆因為所以後，慕錦歌看了一眼蹲坐在地乖巧微笑的薩摩耶，只覺得比起這麼冗長的名字，對狗狗來說，或許還是簡單的「阿雪」更有親切感吧。

既然來了一趟，鍾冕也不好意思牽著狗就走，於是他在吧檯前坐了下來，趁著下午茶時段還沒結束，隨便點了份茶點。

可能是覺得有些尷尬，沉默了好一會兒後，他乾巴巴的開頭說了句話：「其實我之前來這家店吃過兩次，但是都沒帶阿西莫夫斯基來，人實在是、實在是太多了……啊，我的意思是說妳家生意太好了，嗯，真的很好。」

慕錦歌低頭切著菜，只是淡淡應了一聲：「嗯。」

本來就不怎麼懂談話技巧的鍾冕這時更加尷尬了，低著頭不斷的搓著自己的手，沉默不語，不知道在想些什麼。

而他身邊拴好繩子的薩摩耶直望著他傻笑。

十多分鐘後，慕錦歌將他點的檸檬紅薯(注一)和棉花糖奶茶端了上來。

「請慢用。」

再開口，鍾冕差點咬到自己的舌頭：「謝、謝謝。」

只見盤中堆疊著六塊厚度相同的紅薯片，大約都保持在一點五公分，四周的番薯皮並沒有削掉，而是透過事先的浸泡和處理去除了泥土。

吃的一上來，他終於可以放過已經被他搓紅的手背，轉而拿起筷子，緩緩的夾起瓷盤上的一塊紅薯，湊到了乾燥脫皮的嘴唇前。

因為慕錦歌就是在吧檯後直接製作的，所以他能看到每一道流程。

經過觀察後，鍾冕發現這其實是一道工序十分簡單的小食，處理好紅薯後，直接把紅薯片與檸檬、糖還有少許鹽一起熬煮，之後撈起來濾乾水就是了，可謂簡單粗暴。

——難怪這是這家店下午茶菜單上最便宜的一道。

這樣想著，鍾冕不由得有些失望。他之前確實來這裡吃過兩次正餐，並且都為之深深震撼與著迷，所以剛剛點單的時候看到這道菜還是很期待的，因為檸檬和紅薯這兩樣食材都是他愛吃的，他期待慕錦歌會帶給他別樣的驚喜。

但是這個簡單的作法和略顯粗糙的賣相，讓他有種自己被隨便打發的感覺。

也是，像他這種還不熟悉就讓人幫忙看狗的人，說話又說不清楚，一副戰戰兢兢的樣子，對方肯定感到厭煩，所以想早早打發了之吧……

懷著日常的妄自菲薄、自卑自怨，鍾冕充分發揮一個作家的想像力腦補了慕錦歌一連串的心理活動，然後垂下了眼，有些難過的張開嘴，咬下一口紅薯。

——可以的！

檸檬的清香縈繞口齒，經過燒煮後，少了夏日時的清涼快意，多了冬日時的溫存柔和，酸酸甜甜的味道充分浸入熟得粉糯的紅薯片中，彼此之間相輔相成，檸檬的味道提高了紅薯味道的檔次，紅薯的厚實口感淡去酸甜的刺激，使得那股檸檬的清新似有似無，淡淡的氣息令人忍不住回味。

鍾冕本來沒有多餓，會點餐純粹是覺得自己不消費的話太過意不去，但是現在咬下一口，卻是停不下來了，一口氣竟把盤中的檸檬紅薯吃得只剩下一片。

而這剩下的一片，還是他吃得正不可自拔時，不經意間瞥到了乖乖蹲坐在身旁安靜盯著他的阿西莫夫斯基後，才動用自己最大的自制力，口下留情才留下的。明明放在平時，他雖是愛吃紅薯，但也從沒有試過把一個烤紅薯吃完。

他夾起最後一片檸檬紅薯，另一隻手在下面接著，動作小心的餵到薩摩耶嘴邊，溫聲道：「這個很好吃的，你嚐嚐。」

阿西莫夫斯基低下頭聞了聞紅薯片的氣味，又抬眼猶豫的看了鍾冕一眼，看到主人臉上肯定的神色，才湊上去把那塊紅薯嚼吧嚼吧吃了下去。

等狗狗吃完之後，鍾冕從口袋裡拿出最後一張紙巾，彎身把阿西莫夫斯基咀嚼間落下的碎渣細心的撿了起來，包在紙裡，放在了托盤上。

——對待寵物掉落的食物殘渣都這麼仔細，可見他一定是個優秀且負責的鏟屎官。

看到這一幕，慕錦歌不由得開始反省自己。無論是她還是侯彥霖，在照顧小動物上，都遠不如眼前這位鍾先生細緻。

——嗯……以後盡量再對燒酒好一點吧。

然而她沒想到的是，此時燒酒跳到了不遠處的凳子上，看到她望向鍾冕和阿西莫夫斯基的眼神後，一顆貓心涼了一半。

喵嗚！以牠對靖哥哥的瞭解，牠十分確定以及肯定，這個眼神背後明顯包含的意思是「很好你們引起了我的注意」、「我的心已經不由自主的被你們所吸引」！

——啊啊啊啊！靖哥哥竟然還主動幫他們拿紙巾！

——嗷嗷嗷這隻可惡的白毛怪和灰衣男！

就在燒酒皺著一張臉，十分憤恨的盯著如其主人般溫和的薩摩耶，就差嘴裡再咬著一條小手絹時，剛擇完菜的肖悅從廚房出來幫小山收拾桌子，只當偶爾換換工作活動活動。

來奇遇坊工作後，肖悅的著裝樸素了不少，跟著大家一起穿制服。她看了眼蹲坐在吧檯旁邊的狗狗，發表了一句評論：「喲，那隻薩摩耶可真漂亮，而且看起來很溫順的樣子嘛。」

「喵。」燒酒陰沉的叫了聲，心說：**妳懂什麼，知狗知面不知心啊！這麼白，肯定是隻白蓮狗好嗎！**

聽到這聲貓叫，肖悅才發現原來燒酒趴在旁邊的桌子上，再一觀察，又發現原來這隻扁臉貓一直盯著吧檯那邊，臉都快皺成一團了。

她覺得有些有趣，難得起了興致想逗一逗店裡的這隻吉祥物——平時因為這貓總在那個該死的侯二身邊待著，所以她幾乎沒有主動和牠接觸過。

肖悅開玩笑道：「你是不是嫉妒人家的美貌呀？」

「喵！」燒酒轉過頭，惡狠狠的——牠自認為如此——瞪了她一眼。

肖悅好久沒損人了，想著自己損不到侯彥霖，偶爾損損侯彥霖的貓腿子也不錯，她道：「你看看，人家的毛白得跟雪一樣，多好看啊！再看你，灰溜溜的，像隻大胖耗子似的。」

「……」**大、大胖耗子？**

「還有啊，你看人家那臉，標準的瓜子臉啊，你再看看你自己。」

「……」燒酒低下頭，看著自己在黑色桌子上映下的影子——圓得沒有下巴不說，還很扁。

「薩摩耶素來有『微笑天使』的外號，可是你呢？一副苦瓜相，就像誰欠你幾萬袋貓糧似的。」

「……」

肖悅看到那雙玻璃珠似的大眼睛上好像氤氳出一層水氣，有點慌神了，感覺自己就跟欺負了一個小朋友似的。她有些心虛的問道：「咦，你怎麼哭了？」

當然，這問題等於白問，貓怎麼可能回答她。

肖悅也就是這麼隨口嘴賤幾句，哪想得到這貓理解能力這麼強，竟然像是聽懂了她說的話似的，耷拉著腦袋兀自心情低落起來。這一輩子肖大小姐就沒安慰過人，更別說安慰貓了，於是她下意識的從圍裙口袋裡掏出手機，向人求助。

肖悅：緊急求救！

葉秋嵐：0.0 怎麼了？

肖悅：我好像把店裡的貓弄哭了，不敢讓錦歌知道，怎麼辦？

葉秋嵐：……妳和人家搶罐頭了？

肖悅：沒有！！

葉秋嵐：0.0 那牠為什麼哭？

肖悅：好像是因為我說牠長得醜，不如薩摩耶好看……

葉秋嵐：那妳就誇牠可愛。

看完訊息，肖悅一手搭在扁臉貓的腦袋上，動作生澀的摸了摸牠的毛，語氣有些生硬道：「別難過，你雖然長得醜，但還是挺可愛的。」

燒酒：「……」

剛剛牠只是低頭時不小心讓貓毛扎到眼睛了，可聽了肖悅的這句「安慰」後，牠是真的想「哇」的一聲哭出來。

◎◆※◆※◆◎

在這之後，鍾冕和他的薩摩耶就成了店裡的常客。

大多時候他都是帶著狗狗坐在寵物專區的角落，埋頭查閱資料寫稿；當店裡客人不多的時候，他則會有些不好意思的坐到吧檯前，問慕錦歌一些問題。上次的檸檬紅薯給了他靈感，他打算在完成這次的出版稿後，開始嘗試寫美食類的小說，如果可以的話，他想以慕錦歌為主人公原型。

當然，他目前只說了前半句，沒有說最後一句，因為他這個人極度的不自信，如果手頭的事情沒有圓滿的做好，就不好信誓旦旦的告知於人之後的完整計畫，怕到時候半途而廢或是沒有做好的話，會辜負別人的期望。

慕錦歌對他印象不壞，看他的時候總覺得是在看一隻瘦弱的小白兔，所以有什麼關於烹飪上的問題都會簡潔的回答。

然而，這純潔得不能再純潔的一切，在某隻貓的眼中，就變了樣。

燒酒奔了上去，氣勢洶洶的衝鍾冕叫了一聲：「喵！」

——你！別看了，就是你！給我離靖哥哥遠一點！

鍾冕循聲低頭，當看到牠的臉的時候，輕輕笑了下，「好可愛的小加菲，是在向我打招呼嗎？」

「……」燒酒感到很心累，為什麼牠每次發狠，別人都覺得牠是在賣萌？

鍾冕聽不懂牠叫聲所隱含的話語，但慕錦歌卻是聽懂了，她皺著眉頭，警告了牠一聲：「燒酒。」

鍾冕看向慕錦歌，問：「是慕小姐養的貓嗎？」

慕錦歌應了一聲：「嗯。」

燒酒正琢磨著怎麼對他使壞才能不被靖哥哥發現的時候，一團陰影就自頭頂投了下來，覆蓋住了牠的身軀。

「喵？」燒酒嗅到某個被牠標記為敵人的氣息，眯著眼回過頭，想要威風凜凜的給那條只會傻笑的蠢狗來點下馬威。

然而牠剛一轉過圓滾滾的腦袋，阿西莫夫斯基就低下了頭，湊過來在牠身上聞了聞，然後露出憨憨的笑容，伸出狗舌頭在牠身上舔了一把。

「……」**我——跟——你——拚——了！**

燒酒內心崩潰，轉身揮舞著爪子，毫不猶豫的朝身後的薩摩耶襲去！

像是被牠的反應嚇到了，阿西莫夫斯基驚了一下，往後退了一步，然後無措的抬起了前爪，以壓倒性的體型優勢，一隻大狗掌就這樣把比牠小了三、四倍的加菲貓按趴下了。

「……」貼到地面的時候，燒酒整隻貓都是懵傻的。

阿西莫夫斯基似乎覺得這樣很有趣，又開始興奮了，開心的湊過來，低頭又舔了舔牠圓滾滾的腦袋。

燒酒：「……」牠想死。

送餐路過的雨哥見此，稀奇道：「都說貓狗是仇敵，但我看牠們玩得還很愉快嘛！」

愉快？！燒酒真想送他去看一看眼科。

——**本喵大王哪裡和這隻白毛蠢狗玩得愉快了！**

看牠躺屍不動了，阿西莫夫斯基又用突出的尖嘴拱了拱牠的背，然後抬起身，看向鍾冕，在獲取主人的目光後，撒嬌似的蹭了蹭主人的大腿。

鍾冕會意，從包裡掏出一個有些陳舊但被清洗乾淨的網球，「你是想要這個？」

阿西莫夫斯基伸頭把球叼在嘴裡，然後回頭彎下身，將球放在了燒酒面前，身後的大白尾巴抱有期待似的搖晃著。

燒酒瞥了牠一眼：「蠢狗，你想扔球玩？」

阿西莫夫斯基低頭把球往牠那裡拱了拱，一張狗臉笑得十分好看。

圍觀的雨哥笑道：「啊，原來牠是想把網球讓給燒酒玩呀。」

「看來阿西莫夫斯基很喜歡你們店的貓貓啊。」說著說著，鍾冕臉上浮現出愧疚的神色，「因為我很少參與社交，所以連累阿西莫夫斯基從小就沒有和其他狗狗交朋友的機會……真好啊，阿西莫夫斯基，你交到新朋友了。」

阿西莫夫斯基直對著燒酒傻笑，小眼神閃爍著期待與喜悅。

燒酒一臉痛苦：「靖哥哥……救我！」

聽了鍾冕的話後，慕錦歌才意識到自己平時的確也缺乏對燒酒在交友方面的關愛——雖然牠被閹了，結交不到中意的母貓，但其他性別的小動物呢？像她現在都有朋友了，那麼燒酒也該有幾個朋友才是，不然以後耍脾氣離家出走都沒投奔的對象，實在有點可憐。

這個時候，慕錦歌已經完全忽略了燒酒其實是一個系統而不是貓的事實。

所以聽到牠的呼救，慕錦歌只當牠是像她最開始進 Capriccio 那樣，不適應與熱情的個體接觸，於是認真的鼓勵道：「燒酒，阿……雪是個不錯的朋友，好好珍惜。」

燒酒：「……」

——這一副爸爸語重心長的教育孤僻內向的兒子說要在學校多交朋友的語氣是怎麼回事?!

又被阿西莫夫斯基扒拉了兩下後，燒酒生怕牠一個衝動又過來舔自己，於是勉為其難的站了起來，看了看那個比自己半個頭還大的網球，湊上去也想裝個樣子咬咬。

但牠不僅嘴小，臉還扁，根本咬不到，一探過去，腦袋就把球頂走了。

阿西莫夫斯基及時把滾動的網球踩住，望著燒酒吐舌頭，似乎在等著牠走過來。

然而燒酒一過來，還沒碰到球呢，大白狗就又舔了牠一口。

燒酒：「……」**舔舔舔，你以為我是冰淇淋啊？！**

這時，牠聽鍾冕問慕錦歌道：「慕小姐，過年妳會關店回家嗎？」

慕錦歌說：「不，我會一直在店裡。」

「這樣啊……」鍾冕低頭搓著手，顯然之後要說的事情讓他很不好開口，但他還是說道：「其實是這樣的，我已經兩年沒回過老家了，但是今年有重要的事情，所以過段日子必須要回去一趟，可是阿西莫夫斯基……我帶不走，我在B市又沒有什麼朋友，阮小姐和我的編輯過年也都回家，所以我想問一下……慕小姐能否幫我照看阿西莫夫斯基一個星期呢？啊，我會支付相應費用的！價錢慕小姐可以開口！只要不超過我的承受範圍，我一定滿足！」

慕錦歌乾脆的答應道：「可以啊。」

鍾冕抬起頭，眼鏡都滑到鼻頭上了，看起來有點滑稽，「慕小姐，真的太感謝妳了！」

慕錦歌淡淡道：「你把狗糧那些日常用品帶來就行了，不用給我錢。」

「可是……」

慕錦歌看著他，緩緩道：「我答應你，是因為我也挺喜歡阿雪的，能幫你照顧一週我也不虧。」

——**這個白毛怪，居然要在奇遇坊待一週？！**

直到鍾冕牽著阿西莫夫斯基離開了，燒酒才從震驚中恢復過來。

——**這可不行！**

於是牠思忖著，跑到了慕錦歌的腿邊，甜甜的叫了一聲：「靖哥哥！」

慕錦歌沒有看牠，逕自做著手頭的事，「嗯？」

「那個……」燒酒舔了舔鼻子，「可以在手機上撥通大魔頭的電話嗎？我……他走了之後，我有點想他，想跟他講講電話。」

慕錦歌低頭看了牠一眼，「你和他關係有這麼好嗎？」

燒酒點頭如搗蒜，「有的有的。」

慕錦歌問：「你不是老抱怨他欺負你嗎？」

燒酒語氣沉重道：「我發現……自己是個抖Ｍ。」

「什麼意思？」

「……被虐狂。」

之後牠又磨了幾句，才終於把對方說動了。

慕錦歌把牠抱到休息間，然後將手機掏出來撥出侯彥霖的號碼，又開了擴音，放在燒酒面前，之後轉身把門關上了。

關門之前，燒酒能感受到靖哥哥那兩道頗為複雜的目光。

——**不管了！抖M就抖M！寵都要沒了，還要形象幹什麼！**

而門剛被慕錦歌關上，這頭電話就通了。

手機傳來侯彥霖懶洋洋的聲音，暗藏幾分收斂住的驚喜：「師父，妳竟然又主動打電話給我，是想我了嗎？」

「喵。」**大魔頭，是我**。

對方短暫沉默了兩秒，雖然還是笑著的，但話語的溫度已經從夏天直降初春三月。他道：「哦，是你啊，蠢貓。」

大敵當前，當務之急是要尋找同盟，同仇敵愾，所以燒酒也不和他一般計較了，直接問道：「你什麼時候回來？」

「是錦歌讓你問的？」

「不，是我自己問的。」

「哦，那過幾天吧，還沒定。」

「……」燒酒幾乎能想像到，要是剛剛牠回答說「是」，對方肯定會說今天立刻回來。於是，牠適當的賣了一下關子：「我建議你最好早點回來。」

侯彥霖漫不經心的問：「為什麼？你想我了？」

「你再不回來，靖哥哥就要有別的狗了。」燒酒冷冷道，「到時你哭都沒地方哭！」

侯彥霖：「……」

再開口時，他已經斂去了笑意，有點嚴肅的沉聲道：「你說清楚點。」

◎◆※◆※◆◎

翌日，鍾冕一如既往的揹著書和筆電，牽著乖乖白白的薩摩耶，來奇遇坊邊喝下午茶、邊寫稿子。吃到一半，餐廳的門猛地被人拉了開來！室外的冷風趁著機會鑽了進來，長驅直入，拍到了他的臉上，讓他不由得抬起頭往門口望去——

只見從門外走進一個身材高大的男子，個頭足有一百八十五公分，穿著一身筆挺的深灰色西裝，外面套一件墨黑的長大衣，肩膀寬闊，兩腿修長，走起路來衣襬浮動，氣場十足，就像是國際男模登場一般；他的半張臉都擋在墨鏡後面，但露出的臉型和唇形讓人下意識就想與美男掛鉤；他的頭髮被室外的冷風吹得有些亂，卻並不毀造型，反而徒添一種凌亂的美感，像是造型師特意抓出似的。

他目不斜視的朝這邊走來，途經櫃檯時稍稍放慢了一下步子，長手往旁邊一撈，順手把在櫃檯上等候已久的加菲貓一把抱在了懷裡。然後他頭也不低的從大衣口袋掏出一副小墨鏡，戴在貓咪的臉上剛剛好。

由於沒有鼻梁，臉太扁，燒酒必須一直仰著頭才能保持讓墨鏡不掉。但牠覺得這樣正好，揚著下巴能讓牠看起來更加高貴冷豔。

「……」鍾晃和他的薩摩耶看這一人一貓如同電影般的登場都看傻眼了。

侯彥霖抱著燒酒，一大一小兩個墨鏡就這樣在鍾晃的對面坐了下來。

還不等鍾晃開口詢問，侯彥霖便動作帥氣的摘下墨鏡，把臉擺到自己最好看的那個角度，低笑著搶先開口道：「你好，我是這家店的老闆侯彥霖。」

鍾晃愣了一下，「老闆難道不是慕小姐嗎？」

侯彥霖意味深長道：「她是老闆娘。」

燒酒跟班似的附和了一聲：「喵！」

「……」怎麼有種黑幫來討債的感覺？

「聽說你想把你家的狗拜託給錦歌照顧一週？」侯彥霖勾著唇角，將手上的墨鏡折好，烏黑的睫羽微捲，在他白皙的皮膚下投下一層淡影，「現在我宣布，你的這個計畫正式破產。」

「計、計畫？」鍾冕一臉懵傻，有種自己彷彿置身於港片的錯覺。

侯彥霖抬起一雙似笑非笑的桃花眼，不動聲色的將坐在對面的男子打量一番——唔，長得沒他俊，氣質沒他好，骨架沒他寬，穿著沒他帥氣，聲音沒他好聽，氣場沒他爺們。去掉一個最高分和最低分，勉強打個六十分吧。很好，他們之間有四十分的分差。

再看看對方選手的搭檔——

侯彥霖稍稍偏過視線，把目光落在一直保持微笑的阿西莫夫斯基身上，暗道不妙：看這雪白的毛髮，優美的形體，溫和的微笑，大氣的眼神……

本來漫不經心的侯二少突然正襟危坐起來，因為這隻薩摩耶將他們兩組的分差拉到只差五分了！

他把燒酒抱緊了幾分，沒有直接回答對方的問題，而是謙和的說道：「禮尚往來，我都自報家門了，敢問先生貴姓？」

「我叫鍾冕。」鍾冕想到對方也自我介紹了職業身分，於是頓了一下後，弱弱的補了一句：「是、是一名作家。」

原來是文藝工作者。侯彥霖若有所思的微微頷首：嘖，再怎麼說靖哥哥也還只是個二十歲的年輕女孩啊，會被這種時不時宣揚帶著紙和筆獨自在心間流浪的文青吸引住，也是可以理解的。

但很抱歉，能和靖哥哥一起在心間流浪的人，只能是他。

侯彥霖微笑道：「我聽說了，鍾先生你要回老家一趟，找不到人幫忙收留這隻薩摩耶。」

鍾冕愣了一下，「呃，慕小姐她已經……」

侯彥霖不由分說的打斷了他：「鍾先生，我知道一家很不錯的寵物寄養所，過年也不歇業，就在前面街區，你是養寵物的人，應該也知道吧。」

「啊……」鍾冕猶豫著點了點頭，「我知道，可是那裡過年期間要有ＶＩＰ卡才可以，我……那個，我沒有。我知道那裡設施很好，但太貴了，所以別說ＶＩＰ了，我就只去過一次。」

——這個人，太誠實了。靖哥哥就喜歡這種老實巴交、一眼就能看穿的男人嗎？

侯彥霖彷彿看見分差又縮減了一分。

但這並不影響他的笑容，他掏出皮夾，從中拿出那家寵物寄養所專屬訂製的ＶＩＰ卡，放在桌子上，推向了對方，「這張卡，送給你了。那裡的人看到這張ＶＩＰ卡，會免費為你的寵物提供寄養服務的。」

鍾冕瞪大了眼睛，忙道：「這、這怎麼好意思呢！」

侯彥霖善解人意道：「我家在本地，出差後燒酒也有錦歌照顧，所以這張卡對我來說沒什麼用了，與其這樣廢著，不如送給真正需要它的人，發揮它的最大價值。」

鍾冕拿起那張一看就很不一般的ＶＩＰ黑卡，轉過頭與阿西莫夫斯基無措的面面相覷。

就在這時，一道冷冷的聲音自侯彥霖身後響起——

「侯彥霖，你在幹什麼？」

二十分鐘前，慕錦歌被高揚的一通電話叫了出去，說是侯彥霖從外地帶了禮物給她，讓他代為轉交。

她覺得奇怪，心想高揚怎麼不直接進來把東西給她，非要把她喊出去。但轉念一想，說不定是那個二傻子想要製造什麼驚喜，又要搞什麼飛機，所以即使她心有懷疑，最後還是穿上羽絨外套出門了。

沒想到禮物沒有驚喜，回來一看，原來「驚喜」是在這裡等著她。

讓鍾冕帶著阿西莫夫斯基離開後，慕錦歌轉過頭，面無表情的看著這對專業耍寶組合，沉聲道：「你跟我進休息室，我們談談。」

坦白從寬，抗拒從嚴，侯彥霖被抓了個現行，並沒有反抗，而是聽話的抱著燒酒默默站了起來，往休息室走去。

「把燒酒放下。」慕錦歌叫住他，「我一個一個談。」

這句話把燒酒嚇得不輕，以至於那副小墨鏡「啪啦」一聲掉到了地上，露出牠那一雙驚恐的大眼睛。

……哦豁，這是單獨關小黑屋的節奏囉。

看著在自己面前關上的那扇門，燒酒認真的思索自己是否該三十六計走為上計，先找個地方躲起來，避避風頭。

門外的扁臉貓滿面愁容，門內的侯二少臉上依然掛著懶洋洋的笑容，把自己內心的緊張掩飾得很好。

看到慕錦歌把門關上了，侯彥霖挑眉笑道：「師父，我知道妳很想我，但妳這樣強烈要求和我單獨相處，我會想歪的。」

慕錦歌轉身，從口袋裡掏出剛才高揚送來的貝殼項鍊，面無表情的問他：「這是怎麼回事？」

侯彥霖笑呵呵道：「千里送鵝毛，禮輕情意重。」

慕錦歌嘴角一抽，「你什麼時候回來的？」

侯彥霖眨了眨眼，「今早的飛機，一到我就過來了。」

慕錦歌問：「那你為什麼還要讓高助理代為轉交？」

侯彥霖對答如流，十分自然道：「想要給妳一個驚喜呀。」

——信你就有鬼了！

慕錦歌冷笑一聲，又問：「為什麼去找鍾冕聊天？」

侯彥霖故作驚訝，語氣誇張的說道：「咦，師父，妳不會連男人的醋都吃吧？我可是一枚寧折不彎的直男，這點妳放心！」

慕錦歌噎了一下，「……你怎麼知道鍾冕拜託我幫他照顧他的狗？」

侯彥霖笑道：「鍾先生自己說的呀。」

慕錦歌看向他，緩緩道：「給你一次說真話的機會，不然我就調店內監視錄影了。」

「好吧……」侯彥霖聳了聳肩，很快出賣了隊友，「其實是燒酒告訴我的。」

證實了自己的猜想，慕錦歌恍然：「原來牠昨天打電話給你，是為了說這個。」

「師父，這就是妳的不對了。」侯彥霖裝模作樣的嘆了口氣，「雖然薩摩耶的確很漂亮，但妳也不能只見新人笑、不聞舊人哭啊，這訴苦的電話都打我這裡來了。」

慕錦歌感到莫名其妙，「牠有什麼苦？牠不是和阿雪玩得挺開心的嗎？」

侯彥霖一本正經的認真道：「一般來說，失寵的皇后都會親暱的和得寵的貴妃姐姐長妹妹短的，看起來相處融洽，實際上心裡都在泣血和扎小人。」

「……」

過了幾秒，慕錦歌說道：「阿雪很聽話，對燒酒也很友好，在之後的相處中這點誤會應該能消除。」

侯彥霖卻問：「消除之後呢？」

慕錦歌看向他，「什麼？」

侯彥霖的眼色沉下來，如同一簾深夜悄然降臨，他低聲道：「消除之後，那個姓鍾的就人憑狗貴，藉著讓寵物盡情玩耍的由頭，越來越頻繁的出入這裡，與妳交流越來越多的話題，你們彼此越來越熟絡，到時候……」妳就會跟著他去心間流浪。

意識到自己沒控制好情緒，侯彥霖及時收斂住了話頭，微微一笑道：「……我看過一本叫做《寵物奇緣》的劇本，就是這種劇情。」

慕錦歌似乎明白了什麼，但還是語氣冷淡道：「鍾冕對我沒有這方面的意圖，他是個單純老實的人，沒什麼心眼，我們只是淡淡相交。」

單純？老實？沒什麼心眼？侯彥霖越聽心裡越不是滋味，臉上的笑容都透出幾分嘲弄來，他抑制不住洶湧而出的惡意，哼道：「師父，妳可長點心吧，老實人最擅長利用他老實的樣子，悶聲做壞事了。」

慕錦歌從沒見過他這樣說話，愣了一下，皺眉道：「你什麼時候變得這麼陰謀論了？」

聽了這話，侯彥霖是內心是前所未有的……煩躁。

——對啊，我就是這麼陰謀論、這麼惡劣的一個人。

想要接近對方，就會挖空心思的各種設計，像個狡猾的獵人，根據預判埋下完美的陷阱，還不甘於等待，一次又一次的主動現身誘導，為了得到想要的獵物而盡心竭力。

他從來做不來老實人順其自然的那一套。

與那個姓鍾的恰恰相反，他不老實，不單純，心眼比燒酒的毛還多，套路深，真誠少，商人頭腦，一身俗氣。他縱然能說出天花亂墜的情話，卻無法像那個作家一樣信手寫出意境悠遠的詩詞。

像他這樣驕傲的人，不可一世慣了，自信心爆棚，甚至可以說是自戀，但是在這個時候卻絕望的發現自己渾身上下都是毛病，都是無法掩飾的缺點，金玉其外、敗絮其中。

這讓他感到暴躁的同時，又有些慌張。

他怕自己會無法維持微笑的偽裝，控制不住在胸腔內橫衝直撞的嫉妒與不安，在眼前這人面前原形畢露，陰險狡詐無處可藏，見不得光的自私與貪婪讓他面目醜惡起來。

生平第一次，侯彥霖心裡湧現出類似自我厭惡的負面情緒來。

這真的不像他。

慕錦歌看他不說話，淡淡的開口問道：「你究竟想幹什麼？」

侯彥霖沉默了半晌，突然道：「我喜歡妳。」

「……」

「我喜歡妳，見不得有其他男人接近妳。」侯彥霖放在長大衣口袋裡的手悄然握緊了拳頭，他有些煩躁的嘆了一口氣，自暴自棄般的坦白說著，「所以我要想方設法把妳留給他們的機會堵成一條死路，讓他們知難而退。」

慕錦歌看了看他，沒有說話，而是轉身走到了門邊。

侯彥霖覺得很失望，失望於眼前人的反應，但更失望於失控的自己。

他都在幹些什麼啊……把計畫打亂了不說，還把一切都搞砸了！這樣他不就淪為別有用心的噁心配角了嗎？

就在他懊悔不已的時候，慕錦歌站在門口，淡然開口道：「侯彥霖，你想太多了。」

侯彥霖苦笑，心想多麼喜聞樂見的一句臺詞啊！接下來主角就要為真命小白花說話了吧，什麼「他不是你想的那樣」、「他又不是你」之類的辯護。

然而，事情並沒有按照他所預想的發展下去。慕錦歌回過頭，看了他一會兒，才不緊不慢道：「因為我只把機會給了一個姓侯的二傻子。」

侯彥霖一呆。

幾秒後，他才反應過來，驚訝的睜大了眼睛，難以置信的抖著嘴脣問：「妳說什麼？」

慕錦歌把手按在門把上，嘴角揚起一抹溫柔的笑意，「你的耳朵是被醋灌聾了嗎？」

「我說，我也喜歡你。」

侯彥霖從小黑屋出來的時候，整個人都精神恍惚，每走一步靠的不是意識，而是身體的本能和記憶。

慕錦歌拉開門，方才脣邊的笑意如同曇花一現，稍縱即逝，現在已經又恢復成面無表情的冷淡神色，她把目光從侯彥霖身上移開，落到不遠處的燒酒身上。

此時燒酒正竭盡全力躲在桌椅下，收腹提臀兩爪抱頭，可惜精力有限，收住了前頭就管不住後頭，一條毛茸茸的大尾巴在凳子腿後面暴露了一半。

牠聽到了慕錦歌的聲音響起，如同閻王在下發殘酷的死亡通知書：「下一個，燒酒。」

——**我不聽我不聽我不聽我不聽！**

——**妳看不見我妳看不見我妳看不見我妳看不見我！**

「過來。」慕錦歌淡淡道，「不要讓我去拎你。」

聽了這話，燒酒打了個寒顫，不得不四腳著地，緩緩的從陰影中走了出來。

迎面與侯彥霖擦腿而過，燒酒小聲的問了句：「喂，大魔頭，情況怎麼樣？」

「……」您好，您撥打的用戶暫時無法接聽，請稍後再撥。

燒酒察覺出不對勁，於是費力的仰起頭，可是從牠這個高度和角度卻只能看到對方的下巴和鼻孔，並不能看清楚對方的神色。牠又喚了聲：「大魔頭？」

侯彥霖還是沒有給出回應。

這幾秒鐘的沉默迅速渲染了一種凝重緊張的氣氛，彷彿是在暗示主人公的悲慘命運，為即將展開的悲傷故事埋下伏筆。

燒酒更害怕了。

連一向風雨不動的侯彥霖都沉默不語了，牠進小黑屋後能好嗎？！

然而牠已經沒有拔腿就跑的機會了，因為慕錦歌親自走過來把牠抱了起來。

燒酒看著小黑屋一點點逼近，掙扎著朝唯一的同謀伸出貓爪發出最後的求救信號：「霖哥哥——霖爸爸——霖爺爺——救我！」

「……」您好，您撥打的用戶暫時無法接聽，請稍後再撥。

慕錦歌輕輕撫了撫牠的背，道：「乖，你就算叫破喉嚨，也沒有人會來救你的。」

燒酒頓時貓毛聳立，就這樣被抱進了休息室，然後眼睜睜的看著大門被關上了。

侯彥霖就這樣失魂落魄的坐回了收銀檯前，兩眼放空，連工作服都沒有換上。

一位喝完下午茶的熟客要結帳離開了，拿著帳單走到收銀檯前對他道：「老闆，買單。」

「……」

客人見他沒反應，又叫了一聲：「老闆？」

「哦，好。」侯彥霖終於回過了神來，接過帳單和錢，然後找零。

客人有些無語的看著他遞給自己的這張紅色紙鈔，好笑道：「我給了你五十，你怎麼找給我一百？」

侯彥霖點了點頭，無比真誠的說了句：「新年好。」

客人：「……」敢情這麼早就開始發新年紅包了？

站在不遠處打掃衛生的小山拉了拉身旁同事的袖子，有些擔憂道：「雨哥，老闆是發了什麼瘋？平時有客人少給了兩塊錢他都不放過，今天怎麼鐵公雞拔毛，變散財童子了？」

雨哥瞥了收銀檯一眼，不以為意道：「人家家大業大的，散散財濟濟世也正常吧，現在的有錢人不都喜歡做慈善嗎?」

「他這慈善也來得太突然了吧?」小山越想越覺得奇怪,忙拉著雨哥,「你去看看吧,別一天下來我們不賺倒賠了,老闆娘知道了肯定得生氣。」

雖然很不願意與侯彥霖主動接觸,但雨哥禁不住小山說,最後還是拿著抹布過去看看情況。

他問:「老闆,你怎麼了?」

「小雨雨啊……」侯彥霖單手托著臉,幽幽的嘆了口氣,「你懂那種心意互通,你喜歡的人正好也喜歡你的感覺嗎?」

雨哥:「……」

侯彥霖繼續幽幽道:「唉,算了,想想你也沒什麼機會能懂。」

雨哥:「……」

——這什麼人啊!

作為一隻單身狗,雨哥表示受到一萬點暴擊,遂怒而甩抹布,憤然離開。

——誰要管這個該死的人生贏家啊!就讓他散財散到傾家蕩產算了!最好被老闆娘打死!

與此同時,小黑屋裡的談話還在繼續。

還不等慕錦歌開口,燒酒就飛快的組織起剛才調用內部程式連網搜索到的各種認錯檢討範本,一本正經的主動開口道:「透過認真反省,我認識到自己犯的錯誤很嚴重,對此我感到十分慚愧,我真不應該違背學校……咳餐廳的規定,作為一名……一隻貓就應該完全遵守餐廳的規定,而這次我卻沒有好好重視,我感到很抱歉,我希望學校和老師可以原諒我的錯誤,我是真心悔過的。」

慕錦歌：「學校和老師？」

「奇遇坊和靖哥哥。」燒酒努力維持淡定，「口誤。」

慕錦歌看著牠，心裡覺得有些好笑：「你犯了什麼錯？」

燒酒神情沉痛道：「暗中勾結黑暗勢力，迫害排擠善良民眾。」

慕錦歌實在聽不下去了，「行了，別到處檢索了，搜到的句子都不合適。」

「……」**哦豁，被識破了**。

想了想，慕錦歌問道：「你是不是覺得我更喜歡阿雪？」

命中核心，燒酒低下了腦袋，悶悶道：「妳之前不是說過嗎？妳喜歡狗，不喜歡貓。」

慕錦歌點了點頭，「嗯，確實。」

這下燒酒連耳朵都耷拉下來了。

「但打個比方吧，我看阿雪就像在看別人家的孩子。」慕錦歌耐心道，「別人家的孩子再好，也永遠不可能比自己家的親。」

聞言，燒酒抬起頭，愣愣的望著她。

慕錦歌揉了揉燒酒圓滾滾的腦袋，溫聲道：「心裡有煩惱，你找侯彥霖說，這個沒問題，我也不會怪你，是我沒有給你安全感。」

「靖哥哥……」燒酒感動得眼眶都濕潤了，但轉而覺得有些不對，「是不是大魔頭把鍋都幫我揹了，所以妳才不訓我？我看他出去後魂不守舍的……其實這次主要責任在我，是我在電話裡添油加醋了……靖哥哥，我看得出大魔頭很在乎妳，妳不要生他的氣了。」

慕錦歌實話實說：「他沒有幫你揹鍋，很快就把你賣了。」

「……好的，當我剛剛什麼都沒說。」

談話和平結束，是時候為晚餐時段做準備了。

休息室的門如同連接著某人的神經，門一被打開，侯彥霖就轉過頭看了過去——

只見慕錦歌一臉淡然的走了出來，身後跟著屁顛屁顛的燒酒。

大概是察覺到望過來的目光，慕錦歌抬眼看了他一下，但只是淡淡一掃，和往常沒什麼不同。接著，她便轉身進了廚房。

侯彥霖：「……」

——怎麼回事？

——難道剛才的一切都只是幻覺？

他讓小山替他暫時顧收銀檯，然後自己也跟著進了廚房。

今天廚房裡就慕錦歌和小賈在工作，肖悅和問號休息。

他輕手輕腳的靠近慕錦歌，十分有眼力的把對方接下來可能需要的材料端了過來。

慕錦歌抬頭看了他一眼。

侯彥霖看著她搧動的睫羽，只覺得自己的心被不輕不重的撓了一下，耳朵頓時漲出可疑的紅色。他小心翼翼的說了一句：「錦歌，我喜歡妳。」

慕錦歌垂下眼，看著砧板上的馬鈴薯，淡淡道：「我知道。」

侯彥霖看她切著菜，一字一頓的輕聲問道：「妳也喜歡我？」

「嗯。」

「那妳……」侯彥霖抿了抿嘴，「可以抱抱我嗎？」

一旁的小賈默默切著菜，心中唸唸有詞：非禮勿視，非禮勿聽，非禮勿視，非禮勿聽……

慕錦歌想也不想就拒絕了：「走開。」

侯彥霖壯著膽子，又湊到她耳邊吹了口氣，低聲問道：「那我可以親妳一下嗎？」

小賈眼觀鼻鼻觀心，默唸：富強、民主、文明、和諧、自由、平等、公正、法治……

慕錦歌手一抖，刀工向來快準狠的她竟然犯了初學者的錯誤，切到了手指。

「嘶——」她倒抽了一口冷氣，立即用手壓住傷口，強迫止血。

還好傷口不深，創面也小，流的血不是很多。

但這也足以讓某人心疼自責一整天了。

侯彥霖皺眉道：「靖哥哥，我去拿ＯＫ繃給妳，今天妳就休息吧，我去叫問號過來上班。」

慕錦歌冷冷道：「你走開。」

「……」

「小賈，幫我去拿個ＯＫ繃。」說完這句話，慕錦歌把目光轉向罪魁禍首，一字一頓道：「你給我立即離開廚房，今天之內都不許靠近！」

侯彥霖：「……」

他是不是應該欣慰起碼對方沒有直接回他一個「滾」字？

◎◆※◆※◆◎

侯彥霖有點鬱悶。

在他表白之後，慕錦歌也說喜歡他，這是答應了的意思才對。按照理論，男女主角互通心意後，就應該自然而然的進入交往階段，如膠似漆、甜甜蜜蜜……

但為什麼靖哥哥好像一點都沒有想和他發展更進一步關係的樣子？

這個問題可把他愁到了。

且不說之前那兩段結束得有些滑稽的戀情，回國的這兩、三年，身邊對他暗送秋波的女性塞十間奇遇坊都塞不下，在處理桃花的問題上，他已經是遊刃有餘、心得頗豐，甚至演藝圈裡幾個和他關係不錯的男明星都會來向他取經。

對於如何在異性面前展露自己最迷人的一面又保持一定的神秘感，他深諳其道。除此之外，他還深知如何把暗含陷阱的情話說得漂亮自然，如何把委婉的拒絕修飾得情非得已，如何在熱戀之中保留自我和清醒，獨善其身……

然而，現在他卻笨拙得像個情竇初開的毛頭小子。

這種笨拙感著實有點糟糕，就好像一個能說會道的口技者被麻醉了舌頭，一個技藝高超的舞者被束縛了雙腿，一個戰績累累的戰士半天拔不開生鏽的劍鞘……

過去的輝煌歷史和頭頭是道的經驗理論仍然存在於腦海中，但卻像是在朝夕之間變成了一堆廢鐵，毫無作用。自以為傲的智商情商也在面對那個人的時候約好了似的集體下線，將他殘忍拋棄。

什麼保留自我，什麼埋藏陷阱，什麼保持神秘感，什麼獨善其身……

現在想來全是笑話——

只要靖哥哥願意跟他恩恩愛愛就行了！還怕什麼不可自拔！

然而最難受的是，當他恨不得把所有理智和精力都投入到這場熱戀之中，對方卻好像絲毫沒有想和他戀愛的打算！

一世英名，毀於一旦！

說是人生中的滑鐵盧都不過分啊！

打烊回到公寓後，侯彥霖躺在沙發上開始思考人生。

思考未果，他掏出手機，抱著不恥下問的態度，發了一條久違的訊息給他的死黨。沒想到的是，對方這次破天荒回得很快。

侯彥霖：兄弟，在嗎？

巢聞：侯少，我是梁熙，巢聞在洗澡，你找他有什麼事嗎？

要是放在以前，侯彥霖肯定會趁機調侃幾句，但現在一看，只覺得是羨慕嫉妒恨。

——唉，什麼時候別人找我的時候，能是靖哥哥用我的手機回一句「我是慕錦歌，我男人在洗澡，你找他有什麼事嗎」啊……

——噫～想想就覺得有點小羞澀～

通訊軟體的訊息提示音將他從腦補中拉了回來。

巢聞：侯少？

侯彥霖：（可憐）梁熙熙，妳能不能告訴我一下，當時巢聞是怎麼追妳的？

巢聞：……

侯彥霖：我就是想參考參考。

巢聞：參考？哦，就是前幾天你說的正在追的女生？

侯彥霖：嗨呀～

巢聞：嗯……在劇組的時候他有送我花……

侯彥霖盯著螢幕上的這一句話，忍不住笑了。

他要拿這個梗嘲笑巢聞三十年！

送花？竟然用這麼老土的手段？梁熙竟然都不覺得嫌棄？

嘖——

四十分鐘後，侯彥霖驅車來到慕錦歌家樓下，下車時手裡抱著一束嬌豔的紅玫瑰。

注一：檸檬紅薯，引用不醒 n_n。（http://www.xiachufang.com/recipe/100578056/）

2. 暖冬紅酒

早在奇遇坊試營業前一週，慕錦歌就帶著燒酒搬了家，在離天川街比較近的舊社區裡租了間房子，面積是之前的兩倍，有三十坪左右，一人帶著一隻貓住著很寬敞。

搬家那天是侯彥霖主動請纓來幫忙的，因此他自然也清楚慕錦歌新家的具體住址——如果直接問慕錦歌，那個人肯定不會乖乖告訴他，可如果自己私下調查，又違背了當初和那個人的約定，所以最好的辦法就是抓住搬家這個時機，收集好情報資訊。

真是機智如他。

侯彥霖把車停在公寓樓下的停車場，從駕駛座下來後繞到副駕駛座前，打開車門，彎腰進去抱出那束用了點關係才在這大晚上用這麼短的時間精緻包裝的新鮮玫瑰。

他不僅要很老套的送花，還很老套的選擇了九十九朵玫瑰。

天長地久，永遠的愛戀。

——說不定俗招出奇效呢！

抱著這樣的想法，侯彥霖走進沒有關嚴的公寓大門，直奔三樓，卻沒有立刻按下門鈴，而是掏出手機發了訊息給慕錦歌：「靖哥哥，妳睡了嗎？如果沒睡的話幫我開個門吧，我就在妳家門口。」

他都想好了，要是慕錦歌睡了或是不開門，他就在這裡守一夜，等著明早屋裡的人出來後發現他，製造一個感人的驚喜。

為此，他還特地在大衣口袋裡一邊各放了五個沒拆的暖暖包，待機備戰。

不過看來這十個暖暖包今天不能登場了。

還差幾分鐘就十二點了，慕錦歌卻還沒有睡，看到訊息後她沒有回覆，而是直接過來把裡層的門揭開半邊縫，確認門外的確是侯彥霖無誤後，才把門完全拉開，伸手打開外層的防盜鐵門。

門一打開，室內的暖氣撲面而來，只見慕錦歌站在玄關處的暖色燈下，穿著一套深藍色白條紋的長袖睡衣，披散下來的直髮及腰，像是剛吹了個半乾，隱約還帶著些許濕漉漉的水氣。

她的臉上毫無波瀾，一雙黑眸比外面的夜還幽深，看著侯彥霖問：「你來幹什麼？」

侯彥霖愣愣的看了她一會兒，再次感覺到那種無力的笨拙感瀰漫全身，有那麼一瞬間他覺得自己甚至失去了說話和行動的能力。幾秒後，他才想起自己來這裡的目的，臉上掛上標準的侯少式笑容，深情款款道：「我是來送花給妳的。」

——花？

慕錦歌這才看到他手上抱著的那一大束玫瑰，暗自對自己有點無語。

為什麼開門時她竟只顧著看對面的人，卻沒注意到這麼大一捧花？還有，今天竟然被吹一口氣就切到了手指……

蠢這種東西難道真的會傳染？

侯彥霖並不知道此時眼前這人內心的思索，他見慕錦歌不出聲，以為是惹對方不高興了，於是小心又可憐的說道：「師父，外面好冷，妳可以先放我進去嗎？」

慕錦歌給他讓了個道，「進來吧。」

侯彥霖心下一喜，稍稍彎了下身，抱著花進了門。

他個頭大，進屋時挾裹進一陣外頭的寒氣，混著隱隱約約的木質男香和玫瑰香氣，讓人不由得聯想到藏在廣袤森林中的一叢花田。

慕錦歌突然心中一動，隨即有些不自然的往後退了兩步。

侯彥霖把花遞給她，笑咪咪道：「師父，妳可以幫我抱一下花嗎？方便我關門。」

慕錦歌很奇怪他大晚上發什麼瘋，抱這麼大束花過來，但她也懶得問了，就先從對方手中把那沉甸甸的一束接了過來，轉身想放到客廳的茶几上。

就在她轉過身時，門後傳來兩道乾脆的關門聲，隨即一個氣息自身後飛快逼近，將她連人帶花擁入一個溫暖的懷抱。

侯彥霖的聲音在她耳邊低沉響起，透著幾分慵懶笑意：「靖哥哥，收了我的花，妳就是我的人了。」

慕錦歌：「……」

被身後的人這樣抱著，慕錦歌的肩膀貼上對方的胸膛，能夠更清晰的聞到對方身上淡淡的香水味，像是被雨水打濕的杉木與土地迎來雨後天晴，在陽光之下散發出一種獨特的清香，其中還夾雜著絲絲若有若無的甜味，明朗澄澈，溫柔而不輕浮，沉穩卻不厚重。

她一向不喜歡噴香水的人，更何況是噴香水的男人，但此時侯彥霖身上的味道讓她意外的覺得可以接受，甚至聞起來讓人不由自主的產生想要靠近的感覺。

——他好像很鍾情於這一款淡香的。

慕錦歌被突然抱住後竟沒有忙著掙脫，而是頭腦冷靜的冒出這麼一個念頭。

然後下一個念頭是：嗯，挺適合他的。

侯彥霖見她不說話，以為是被自己嚇到了，於是稍微鬆了一下圈著懷中人的臂彎，開玩笑道：「靖哥哥，妳要是再不說話，我可就要親妳了。」

慕錦歌低頭盯著放在九十九朵玫瑰上的卡片，看著上面那串熟悉的黑色字跡，她突然淡淡開口：「要親就快親，我現在手上沒拿刀子。」

「！」

送花竟然真的有奇效？！

像是怕慕錦歌反悔似的，侯彥霖緊緊的抱住了懷中人，然後放緩呼吸，小心翼翼湊到了對方的臉側，輕輕的親了一下。就這麼往臉上蜻蜓點水的一下，他的小心臟都撲通撲通跳得像在狂歡。

親完後見對方並沒有抗拒，他心下一喜，想著趁靖哥哥現在心情好，趕快多占點便宜，於是猶豫了幾秒又忍不住上去親了慕錦歌的臉好幾口。而就在他打算啄第六下的時候，慕錦歌突然往他懷裡一靠，仰著轉過頭，出其不意的正對著他的嘴唇親了一下。

「……」

撤回來後，慕錦歌瞥了他一眼，嗤笑道：「出息。」

侯彥霖：「！！！」

這能忍？！

看來，是時候為尊嚴一戰了！

侯彥霖扳住慕錦歌的肩膀，迫使她轉過來面朝自己後，不由分說的俯首覆上那張總是能淡然說出驚喜話語的嘴，一時之間肉食動物的本性暴露無遺，毫無半分方才草食系溫和無害的樣子。

如果說剛才他那小雞啄米似的親吻是潤物無聲的和風細雨，那現在儼然就是盛夏時節的狂風暴雨，急促又細密的啃咬著對方薄薄的脣瓣，然後看準時機，出其不意、攻其不備的撬開對方牙關，毫不猶豫的長驅直入，熱切索求。

「靖哥哥？」

原本待在房間裡用平板看電影的燒酒見慕錦歌出去後遲遲沒有回來，外頭又沒有說話的聲音，於是疑惑的抬起貓爪推開虛掩著的房間門，一邊叫著慕錦歌的名字，一邊走了出來……

結果不看不知道，一看嚇一跳！

沒想到一出來就撞見這一幕不可描述的畫面！

燒酒整隻貓都嚇傻了，愣愣的望著正親得火熱的兩人，原地石化，一聲喵叫了一半就硬生生斷掉了。

——我是誰我在哪裡你們在幹什麼！

——哦買軋我只是個寶寶而已為什麼要這樣對我？！

隱約聽到了燒酒的聲音，慕錦歌清醒了幾分，伸手想要推開眼前這個原形畢露的「衣冠禽獸」，卻不料「禽獸」一邊專心進食，一邊用右手奪過她懷中已被壓得掉了好幾片花瓣的玫瑰，舉在兩人朝著房間門的側臉前，用厚重的花束阻擋了某隻貓驚愕的視線。

沒有玫瑰花束，兩人之間空出來不少空間，侯彥霖趁此用另外一隻手箍住慕錦歌的後腰，有些蠻橫的將對方摟近，強行縮小距離。

他的進攻不收反強，變本加厲，像是一頭終於被放出牢籠的餓狼——準確來說，應該是一頭餓狐狸，肚子有底後就有力氣動腦筋使壞心眼了，步步為營，在這場比試中很快就占得上風，一雪前恥。他狡猾的給對方埋下一個又一個的陷阱，處心積慮，引得對手越陷越深，自己在進退之中便宜占盡。

慕錦歌不是他的對手，終究敗下陣來，被放開時整張嘴都被某個扮豬吃老虎的禽獸啃得像是吃了幾斤辣子似的，白淨秀麗的臉龐染著可疑的紅暈，那雙清冷似夜的黑眸也如下了一場春霧，潤濛濛的一片，看不清眼眸深處搖曳的秋葉。

侯彥霖低頭吻了吻她的耳朵，輕笑一聲，聲音沙啞道：「靖哥哥，我有出息一點了嗎？」

慕錦歌靠在他身上，任他在自己身上吃豆腐，暫時不想搭理他。

侯彥霖將一直舉著玫瑰花的手放了下來，活動了一下，肌肉有點痠。

然後他像這才注意到燒酒的存在一般，將視線投了過去，勾著脣角道：「嗨！」

「……」**嗨你個毛線！**

燒酒無措的看著他們，難以置信道：「你你你你你你們什麼時候在一起的？！」

——在一起，這個詞很美妙。

侯彥霖心情大好，藉著燒酒這個問題，故意問慕錦歌道：「靖哥哥，我們什麼時候開始在一起呀？」

慕錦歌終於知道這二傻子大晚上抱著花跑過來的最終目的了，心裡不由得有些好笑，乾脆給他吃顆定心丸道：「今天。」

侯彥霖滿臉斂不住的笑意，忍不住再三確認道：「那也就是說……以後我們的交往紀念日可以定在今天這個日子了？」

「嗯。」慕錦歌揚起了嘴角，用手指挑了一下他的下巴，撫慰道：「把心放回肚子裡吧……霖妹妹，以後你就是我的人了。」

「！」侯彥霖心花怒放，當即握住慕錦歌伸來的手，放到嘴邊親了一下。

燒酒：「……」**我真是沒眼看了。**

花送到了，吻送到了，關係也正式確定了，侯二少終於可以凱旋而歸，睡一個安穩覺了。於是走的時候他沒有再鬧著要留宿，離開得很乾脆。這一段感情來之不易，他想要慢慢來，細水長流，不想把對方逼得太緊。

但是當門關上的那一剎那，他心裡暗自立了一個小目標──下一次，他要在這間房子內待夠二十四小時！哪怕打地鋪都行啊！

立下雄心壯志，侯彥霖心情愉悅的下了樓，鑽進了還殘留著淡淡玫瑰花香的車內。這個時候他才發現，就在他發完訊息給慕錦歌後，有一條來自於高揚的新訊息。

羔羊：曾導團隊已改變拍攝計畫，《料理鬼才》無限延期。

侯彥霖走後，慕錦歌把那九十九朵玫瑰暫時先靠著牆壁放在了立櫃上，然後特意把花束上的小卡片拿了下來。

燒酒站在地上，抬頭只能看到卡片背面的花紋，於是牠好奇的問道：「靖哥哥，大魔頭寫了什麼？」

慕錦歌把那張小卡片塞進手機和不透明的深色手機殼之間，臉上露出淡淡的微笑，「秘密。」

燒酒不滿道：「靖哥哥妳變了！」

其實慕錦歌不告訴燒酒，也是為了牠好。

侯彥霖在卡片上只寫了很簡短的一句話。

黑色的墨跡，非常漂亮的行楷，一筆一劃寫到了看者的心牆上。

「慕錦歌，我愛妳。」

◎◆※◆※◆◎

「周先生，雖然曾導和製片說這件事沒必要告訴你，但我覺得與其讓你從媒體口中知道，不如還是我們這邊直接通知你。是這樣的，之前那個《料理鬼才》，也就是以你為原型創作那個的電影劇本，可能要暫時擱一擱了，因為目前我們團隊的首要任務是負責一個大ＩＰ的拍攝和製作……」

聽完對方略帶歉意的解釋，周琰握著手機的手指緊了緊，臉上陰沉一片，但開口時他的語氣卻還是溫和的，彷彿並沒有任何責怪之心，他淡淡道：「謝謝你……嗯，好，以後再聯繫，拜。」

通話結束，他目光陰鷙的盯著螢幕上「羅編劇」這個來電顯示，臉色徹底沉了下來，如同黑雲壓城，使得他周正的五官看起來透著幾分森氣。

他幾乎是咬牙切齒的問道：「這是怎麼回事？！」

室內沒有其他人，他的聲音在整間休息室內迴盪，顯得有點詭異。

然而，有個聲音在他腦海裡響起：**「親愛的宿主，情況正如團隊編劇所說，那部電影的拍攝計畫被暫時擱置了，估計過兩天新的拍攝計畫就會被正式公布。」**

周琰怒道：「我有耳朵，自己會聽！我問的是為什麼這部電影會出意外？！你不是跟我保證這部電影會讓我的知名度更上一層樓嗎？！」

「親愛的宿主，請您冷靜。」系統不緊不慢的安慰道，**「拍攝計畫的確被延期，但並不是被取消，只要有朝一日它得以面世，就一定會為宿主您博得更多的名譽和利益。作為您的系統，我的職責就是為宿主您尋找捷徑，幫助您成長，但這並不代表我能預測未來，知道在這條路上可能會出現的阻礙。」**

「那現在怎麼辦？」

系統道：**「暫時不用管電影那邊的事情了，年後V臺將有一檔美食爭霸類的綜藝節目上線，那也將會是為宿主您帶來利益的機會與平臺。」**

聽了這話，周琰深吸了一口氣，閉上眼試圖讓自己冷靜下來。

但是讓他不計較《料理鬼才》延期的事情，怎麼可能？

消息很早就放出來了，現在業界沒有誰不知道他的故事要被拍成電影了。雖然只是個二、三流的製作團隊，導演也不是個能說出名字的人物，但能拍成電影本身就很值得羨慕了，去哪裡遇到熟人都要被問候一下此事，他的身價也因此上漲了不少，錦上添花的功效不可否認。

現在新聞都放出去那麼久了，還以為都已經在選演員了，沒想到這一通電話打過來告訴他不拍了？！是，延期不代表取消，但羅編劇說了，他們手頭臨時接到個大ＩＰ——大ＩＰ什麼概念？可不就是整個團隊要全身心投入起碼兩、三年的意思？然後兩、三年時光送走一尊大佛，那小小的影視團隊能不檔次上升嗎？到時候有了大ＩＰ做保證，他們那群人的平臺寬了、資源多了，難保下一部不會又是個後來居上的劇本，再次在《料理鬼才》前上演插隊的戲碼。

連羅編劇安慰他的時候都不敢誇下海口向他保證下一部一定是《料理鬼才》。

更氣人的是，那個禿瓢導演和矮子製片居然覺得沒必要告訴他？

看中美食這個元素、向他請求取材許可的時候，一個兩個裝得跟孫子似的，說什麼就等著他的勵志人生為他和團隊獲得雙贏……求人時好話說得天花亂墜，現在有更肥的魚肉了，就翻臉不認人！真是一幫勢利眼的混球！

「啪——」

如同一聲驚雷，周琰手中的大螢幕手機被猛地狠擲而出，砸到了休息室白花花的牆壁上，發出一聲巨響，宣洩出怎樣都抑制不住的怒氣，而前一秒還完好無損的手機下一秒便碎了螢幕，邊角的漆也刮掉了。

正好推門而入的助理被嚇了一跳，「周、周哥，怎麼了啊？怎麼發這麼大的火？」

周琰正在氣頭上，對誰都沒有好臉色，「滾！」

助理二次受驚，怯怯的說道：「可是……周哥啊，《食味》的記者快到了。」

「你讓他們也給我滾！」

系統細聲細氣的勸道：**「親愛的宿主，請您冷靜。」**

周琰暴躁的在心底回應它：「冷靜冷靜，除了這個，你還會說點什麼？！」

心底的話音剛落，一陣天旋地轉的眩暈便突然向他襲來，周琰腳下一個踉蹌，扶著凳子半跪在地上，胸口湧出一股莫名其妙的噁心感，讓他想吐。

正在心裡吐槽自家老闆怎麼脾氣越來越不好的助理看到他這副樣子，趕緊一個箭步走進來想要扶他起身，語氣驚慌：「周哥，你怎麼了？身體不舒服嗎？要不要去醫院？」

周琰臉色有些發白，低著頭垂著眼，倒是看不出什麼表情。

助理看他不說話，趕忙掏出手機想叫救護車，然而就在他剛調出撥號視窗時，一隻手伸過來覆上他的手機螢幕。

這隻手很眼熟，寬大厚實，皮膚蒼白，五根手指像是五根樹枝，彎彎曲曲，關節凸出，手掌布著長年累月掂鍋掌勺磨出來的粗繭。

「小謝，我沒事。」

聽到這句語氣溫和的話語，助理驚訝的抬眼望向周琰，「周哥？」

只見周琰扶著椅子徐徐的站了起來，臉色雖然還是不太好，但他神態平靜，甚至還帶著一抹淡然的微笑，彷彿半分鐘前的暴戾與狂怒只是一場即興演出，導演喊停了，他便停止了歇斯底里。

不過，即使是最能收放自如的演員，都做不到像他如此這般快速且不著痕跡的出戲。

周琰站起來理了理衣服，看向愣在一邊的助理，心平氣和道：「不好意思嚇到你了，我只是有點低血糖……不是說雜誌的記者快到了嗎？帶他們過來見我吧。」

助理這才想起正事，忙不迭的應好，一溜煙跑出了休息室。

周琰坐在椅子上，養神似的闔上了眼，揚起的嘴角隨著肌肉的放鬆，慢慢垂了下來。

——15/100。

◎◆※◆※◆◎

自打侯彥霖回來後，奇遇坊的成員每天都吃狗糧吃了個飽。

雖然自家老闆和老闆娘並沒有特地宣布過他們倆正在交往的消息，但那股戀愛的酸臭味如同洪水猛獸一般，別說藏了，攔都攔不住，鋪天蓋地而來，化作一顆顆細密的狗糧，冷冷的在一眾吃瓜群眾的臉上胡亂的拍。

據某隻不想透露姓名的加菲貓控訴，牠懷疑自己最近臉更扁了的原因就是被這一陣一陣的狗糧拍的。

據某個至今沒有出現過全名的廚房工作者吐槽，因為老闆總是有事沒事溜進廚房來吃老闆娘的豆腐，然後展開小情侶拌嘴日常，所以他現在已經能背出《心經》了。

據某位每天都帶著狗來寫稿的常客感嘆，這家店的老闆對他真是照顧，回回都親自送餐過來，然後還會笑吟吟的跟他聊上那麼幾句，為他以後開言情類小說積攢了許多靈感與素材。

而對此，肖悅只有一個想法——我們家如花似玉的冰山白菜居然被一頭滿嘴跑火車的富貴豬拱了！

不可原諒！

不可原諒啊！

這天，葉秋嵐得空來奇遇坊喝喝下午茶，坐下來後環顧一周，轉頭輕聲的問肖悅道：「怎麼不見侯二少人啊？」

現在客流量不多，肖悅在她對面坐著，一聽提到某人就沒好氣道：「今天那個混蛋不在，說是家裡有人從國外回來，要去接機。」

「嘖……」葉秋嵐點了點頭，「太可惜了。」

肖悅看向她，炸道：「喂，妳難不成是來看他的？葉秋嵐，妳眼睛被眼屎糊住了嗎？！」

葉秋嵐眨了眨眼，「我眼中沒有屎，只有妳。」

肖悅：「……呵呵。」

葉秋嵐說：「其實我是聽了妳說的話後，感到有點好奇。」

「好奇什麼？」

葉秋嵐看了眼在吧檯做甜點的慕錦歌，笑道：「錦歌被粉紅色的泡泡包圍住的樣子。」

「呸呸呸，什麼粉紅色的泡泡？！」肖悅不由得抬高了聲量，「明明是那姓侯的像狗皮膏藥一樣纏著錦歌好嗎！這抱抱那親親的，純粹就是個臭流氓！」

「啪——」

雜誌刊物被重重合上的聲音瞬間將兩人的目光吸引到了隔壁桌。

只見隔壁桌的沙發上坐著一名氣質獨特的女子，穿著一件米色的收腰修身針織毛衣連身裙，身後搭著脫下的淺灰色厚大衣。她戴著一副金色細邊的圓框眼鏡，一張瓜子臉輕施淡妝，脣上抹著豆沙色的口紅，很顯氣色。她的五官其實很精緻，皮膚白皙，眉毛天生長得好，修成柳葉眉，都不用畫；眼角微勾，有點桃花眼的意思。

兩人看她都有點眼熟，但想了想，又確實之前沒有見過。

察覺到了她們的目光，女子偏過頭來，目光落在肖悅身上時，有那麼一瞬間的犀利，但轉瞬即逝，很快就消失得無影無蹤。她微微一笑，眼睛稍稍彎了下，臥蠶飽滿。女子慢條斯理道：「這麼大聲說老闆壞話，是會被聽到的喲。」

肖悅心比馬路還寬，擺手道：「沒事，他不在。」

葉秋嵐心細，響起剛才對方合上雜誌的聲音，心想對方大概是被她們吵到了但不好直接說，所以才用了個這麼委婉的說話方式。於是她道歉道：「不好意思，是我們講話太大聲了。」

女子笑道：「沒事沒事，剛才是我手滑不小心合上了書，嚇到妳們了……其實我對這些八卦也挺感興趣的，不介意的話可以讓我一起聽嗎？」

肖悅十分大方道：「行啊！」

葉秋嵐：「……」總感覺哪裡不對？

三人索性併在一桌，肖悅全然忘記了自己還要工作的事情，非常投入的控訴起侯彥霖的種種罪行，說得是義憤填膺。

說了大概十分鐘，女子點的熱飲到了。

看著眼前這杯盛在玻璃杯中的深紅色液體，葉秋嵐聞了聞瀰漫到空氣中的奇怪香味，不太確定的問了句：「……紅酒嗎？」

肖悅介紹道：「這是煮紅酒（注二），錦歌前幾天才推出的新品！」

女子拿起杯子，微笑道：「看到菜單上寫著這道飲品，我也是很好奇，這是第一次喝。」

肖悅鼓勵道：「不用擔心，很好喝的！杯口沾的都是砂糖。」

葉秋嵐問：「那妳知道這裡面加了什麼嗎？」

「香茅，八角，桂皮，紅豆蔻……」肖悅想了想，「哦，還有丁香和香葉！」

葉秋嵐：「……」竟然加了這麼一大堆香料？！

在兩人的注視下，女子緩緩的喝下了第一口——

經過與香料微煮後，上好乾紅中的酒精揮發了一定程度，化作一層縈繞不去的氣息鋪灑在表面。紅酒的酒味淡了，濃郁的葡萄果香鎖得緊，在飲下的過程中，溫熱的液體淌過杯口內壁沾著的一圈用量適中的砂糖，加了香料助力後更加妙不可言的香氣與淌過糖後更加濃厚的甜味先後入口，接下來又在口中合二為一，完美融合。

下雪天捧著這麼一杯熱呼呼的紅酒啜一口，有一種心情也隨著漫天的雪花肆意飛舞的愉悅感，隨興自由，暢通豁然。

一道料理，多少都能體現出料理者本身的某一面。

這樣純粹自然的甜蜜與慵懶平淡的喜悅，大概也能代表創作出這道飲品的人的心情吧。

就在女子把一杯煮紅酒喝到一半的時候，餐廳的大門突然被拉開，一個高大的身影可以說是急切又匆忙的走了進來。

燒酒被來者帶進來的一陣寒風吹得貓毛都立起來了。

「喵？」**咦？**

侯彥霖環繞四周看了看，最後鎖定目標，逕自快步朝肖悅她們那桌走了過去。

肖悅一看到他就忍不住炸毛，她往葉秋嵐那邊坐了坐，外強中乾道：「臥槽，你怎麼回來了？我還以為終於能有一天眼不見為淨了呢！」

葉秋嵐發現了她的小動作，脣角微勾，不敢表現得太明顯。

然而侯彥霖並沒有先回覆她，而是直直的盯著那個仍然在氣定神閒喝煮紅酒的女子。

「二姐，說好的接機呢？」

侯彥語大約是四十五分鐘前到達奇遇坊。

她拿出手機，解鎖看新訊息——置頂的聊天群組是他們的核心家族群組，群組裡有侯家二老和侯家四小，外帶大嫂和大姐夫，想來等不了多少年，大姐侯彥晚的那對雙胞胎也能光榮入群了，反正現在小孩接觸電子產品都早，到時候就可以實現侯家的三代線上同堂。

群組裡的最新資訊是侯彥霖發的：「已到機場。」

侯彥語勾了勾脣角，手指點了兩下，進到有新訊息的另外一個群組。

這個群組也是他們的家族群組，只不過是前些日子才臨時建的，成員裡少了侯家老父親和大姐夫，最重要的是還少了么子侯彥霖。相比起大群組裡的沉靜，這個小群組倒是十分熱鬧，特別是在她發了「我到了」之後，一石激起千層浪，把全部成員都炸出來了。

大嫂：恭喜小語，調虎離山成功！（鼓掌）

侯彥晚：看到人了嗎？說上話了嗎？如果還沒有的話我晚點再來問。

侯母：語語啊，拍張照看看～

侯彥森：抓緊時間，彥霖應該很快就能反應過來。

大嫂：咦，是我眼花了嗎？樓上那位不是說在開會沒空接我電話嗎？嗯？

侯彥森：……

大嫂：呵呵～

侯彥晚：（蠟燭）

侯母：（蠟燭）

侯彥語：（蠟燭）

簡單來說，這個小群組就是以關愛侯彥霖感情狀況為宗旨而存在的組織。上一次出現同類型的群組，還是侯彥晚和大姐夫剛交往的時候。

侯家的人，都有一顆八卦的心。

而這次侯彥霖談戀愛的事情，可謂是引起了全家空前絕後的重視——

小少爺談戀愛不稀奇，稀奇的是他竟然認認真真的主動追了人家大半年；追了大半年才追上就算了，竟然還為了接近對方而在廚房打工了一、兩個月；打工也就算了，後來竟然還向公司遞了辭呈，有模有樣的和對方搭夥做起小本生意來。

要問他們是怎麼知道這些事情的？

呵，你們真是對八卦的力量一無所知。

而當消息飄洋過海，傳進侯彥語的耳朵裡時，她覺得自己彷彿在聽一齣天方夜譚。

實在是太……匪夷所思了！這位慕小姐究竟是何方神聖，居然能把她那個狡猾頑劣的弟弟收拾得服服貼貼？

因為想要知道答案，所以她作為家族八卦小分隊的先鋒，出現在了這裡。行李已經讓司機先運回侯宅了，此時的她一身輕便，只挎了一個布藝包，上面繪著五彩斑斕的城市風景，頗為文藝，而包裡更是只塞了一、兩本隨手在報刊亭買的小說雜誌，方便她將自己偽裝成一個有閒情逸致來一邊喝茶、一邊看書的知性小文青。

她事先看過照片，所以一進餐廳就認出了目標。

室內暖氣開得很足，慕錦歌穿著一身單薄的深藍店服，身前繫著方格圍裙，站在吧檯後低頭做料理。她戴著一張衛生口罩，遮住了小半張臉，只露出一雙蘸了墨似的眼眸，無波無瀾，神情專注，聽到有客人進來的聲音也沒有反應，眼中只有手頭的工作。

來招呼侯彥語的是小山，她迎上來問道：「您好，請問就只有您一位嗎？」

侯彥語點頭應了一聲，指向吧檯前的一個空位，道：「我想坐那裡。」

小山道：「好的，我為您拿一份我們的下午茶菜單。」

拿了菜單在吧檯前坐下後，侯彥語先是打量了一番慕錦歌，然後微笑著緩緩開口道：「妳好，聽說妳就是這裡的老闆娘慕錦歌小姐？」

慕錦歌正在炸東西，油鍋裡發出滋滋滋的細響。她沒有抬頭，只是應道：「嗯。」

侯彥語表現得就像個好奇的新客，她語氣羨慕道：「沒想到慕小姐這麼年輕，就事業有成，自己一個人開店了呀。」

「不是一個人。」慕錦歌淡淡回道，「這家店是我和我男朋友一起開的。」

侯彥語拉長了聲音，明知故問道：「噢……所以說妳男朋友是這家店的老闆囉？」

慕錦歌道：「嗯。」

侯彥語笑道：「真好奇老闆是個什麼樣的人，不會和慕小姐妳一樣惜字如金吧？」

「不，他話很多，也很傻。」慕錦歌終於抬頭看了她一眼，語氣平淡，彷彿在陳述一件再尋常不過的事實，「但是我很愛他。」

侯彥語只覺得心裡一動，竟有些愣住了。

「愛」這個字著實太重，總是把它掛在嘴邊的人要麼是在開玩笑，要麼就是為人輕浮。外國人還好，這條準則對於中國人來說尤為符合。

而當這個人說「愛」的時候，雖然語氣輕描淡寫，但眼中卻是純粹的真誠與堅定。

明明坐在她面前的，不過是個萍水相逢的陌生人罷了。

就在她愣神的空檔，慕錦歌早已經停火，把剛剛炸好的東西夾了一份放在小瓷盤中，放到了侯彥語面前，道：「請慢用。」

侯彥語回過神來，有些疑惑道：「可是我還沒點單啊？」

「新品贈送。」

侯彥語第一次來，不知道這樣的事情幾乎每天都有，以至於她甚至有點懷疑對方是不是認出了自己是侯彥霖的姐姐。

應該不可能吧？一家六口裡她和大哥侯彥森長得像父親，么弟侯彥霖和大姐侯彥晚長得像母親，如果不是站在一起的話，很難發現他們之間的相像之處。

見對方一臉疑慮，慕錦歌解釋：「剛才做的時候我就在想，要把這盤甜點送給下一個進來的客人。」

然後她就進來了，並且坐到了這裡。

侯彥語暗自嘆了口氣，心想對方要是個男的，那她很有可能會以為這是命中注定。可惜對方不僅是個女人，還是她弟弟看上的女人。

她低頭看著盤中放著的那顆小小的丸子，不過兩個食指寬，表面裹滿了麵衣，被炸得金燦燦的，隱隱可見金色下白白的內裡。

就是很普通的炸糯米團吧。

她不喜歡吃糯米製品，也不是很喜歡吃油炸產品，在她看來，這兩者混合起來實在是有點油膩，不易消化。

換作平常，侯彥語早就拒絕了——在拒絕的藝術上，她的造詣比起自家弟弟來說可以說是不相上下，留學以來追她的男人都要占領兩條華爾街了，但有幸能從追求者轉正到正式戀人的屈指可數，那些被宣告出局的人也並無怨言。

無論對人，還是對事，只要是不喜歡，她都能很漂亮的拒絕掉。

然而不知道為什麼，她現在並不想拒絕。

——好歹也是彥霖辛辛苦苦追到手的女孩，十有八九是準弟媳，總要給點面子。

——就……吃那麼一口吧。

這樣想著，侯彥語用筷子夾起一塊金黃色的團子，小小的咬了一口。

一口下去，溫熱的巧克力醬便混著一股味道清新的果汁湧入嘴中——

原來麵衣下白白的東西並不是糯米！而是……而是……

不確定自己的猜想是否正確，侯彥語為了尋求答案，又再次咬下一口。

上一口咬得小是因為不太想吃，而這一口咬得也不大是因為擔心還沒等她弄懂是怎麼一回事，這小小的丸子就被她吃完了。

甜而不膩的味道在口中蔓延，酥脆的麵衣如同夜幕之上的繁星點綴，使得遼闊的天際不至於太過單一。侯彥語不由得發出一聲驚嘆：「這竟然是龍眼肉！」

桂圓這麼小的東西，料理者竟然還能如此耐心的完好的去核，然後將切碎的巧克力塞進去，周身淌上蛋液和蜂蜜，再於麵衣裡裹一圈，放到油鍋裡去炸。(注三)

——這個創意我給十分，滿分十分，不怕你驕傲！

B市這個季節自然是沒有賣這種亞熱帶水果，現在奇遇坊的一箱龍眼都是侯彥霖從南方帶回來的，除此之外他還帶了一箱蓮霧。

侯彥語倒是沒有注意到食材來源的問題，她很快就吃完了那顆小巧的龍眼，意猶未盡的問道：「妳這個點心是按個數賣的嗎？」

慕錦歌答：「只是一時興起想來這樣做一做，菜單上沒有寫。」

侯彥語舔了舔嘴唇上沾著的麵衣，笑道：「那我能就點這個嗎？妳再做幾個給我。」

慕錦歌淡淡道：「桂圓本就上火，更何況油炸過，嚐嚐味道就行了，多吃的話身體承受不住。」

侯彥語這才反應過來，萬萬沒想到一向對飲食節制注意的她竟然會犯這麼愚蠢的錯誤，她笑了笑，說道：「行，那我點杯喝的吧。」

慕錦歌：「好，跟服務生下單就行了。」

侯彥語突然有些明白為什麼自家弟弟會對這個女人如此迷戀了。

當你看著她，就像是在看一幅畫，鴻雁遠山，天清雲淡，就算是做著庖丁之事，也從容優雅得如同彈琴描畫，賞心悅目，讓看客皆沉下心來，穩住心中的浮躁。而吃過出自她手的料理後，水墨畫上就像是用朱紅勾了幾朵花，為整張畫新增濃墨重彩的一筆，令人為之驚豔，更加難以忘懷。

這樣的人，遠遠看著就很美好，但總是讓人忍不住想撥開繚繞的雲煙，走近看得更真切些。

侯彥語自覺心中的天平已經明顯傾斜，如果繼續和慕錦歌面對面的坐著，只怕到時吃什麼都覺得好，偏心起來，無法公正的在家庭八卦小群組裡做出評判了。

於是她拿起包站起來，指了指不遠處的一個沙發位，「我換個位置，那邊桌子大，好看書。」

而在她換了位置、點完單過了沒多久，隔壁桌就來了一個頗為高䠷的女生，隨後一個穿著店服的蘿莉從廚房小跑了出來，坐在了那個女生的對面，兩人聊起天來。

「怎麼不見侯二少人啊？」

無意之間，她聽到女生這樣問了一句。

——侯二少？可不就是自家弟弟的江湖稱號嗎？

侯彥語無比自然的抬頭瞥了那個高個子女生一眼，侯家代代相傳的好腦袋迅速運作起來，但並沒有在印象中檢索到B市哪個大戶人家有這麼一張面孔。

——既然不是彥霖以前的朋友，那多半是後來才認識的了。有意思，聽聽她們眼中的彥霖也無妨。

而這一場民意調查，一直持續到侯彥霖出現才結束。

就算是神經大條如肖悅，此時也石化了。

她看到方才與她們萍水相逢卻相談甚歡的女子笑了笑，這才驚覺對方那雙彎起的眼睛和侯彥霖竟真的有幾分相像，特別是眼底的那一抹狡黠，簡直是一脈相承。

「聊了這麼久，我都還沒自我介紹呢。」侯彥語推了推鏡片不厚的圓框眼鏡，莞爾一笑，「我叫侯彥語，是這個人的二姐。」

肖悅難以置信的睜大了眼，「二……姐？」

侯彥語又喝了口紅酒，笑道：「哎，我知道自己長得比他年輕，但妳也不用這麼驚訝。」

肖悅：「……」好的，現在她相信了，這確實是親姐弟！

站在一旁的侯彥霖看著侯彥語，皮笑肉不笑道：「我親愛的好姐姐，妳怎麼會在這裡？說好的飛機下午三點才到，要我過去接呢？」

侯彥語也操著一口造作的口氣回道：「親愛的弟弟，原諒姐姐我記錯了航班時間，為了彌補對你造成的損失，我決定先來這裡等著給你一個驚喜。」

侯彥霖挑眉，「什麼驚喜？」

侯彥語望了眼並沒有把注意力投過來的慕錦歌，笑吟吟地說了句：「弟媳真美。」

侯彥霖道：「不用妳說。」

侯彥語看向他，悠悠道：「可惜你不一定能娶得到她。」

侯彥霖笑道：「就算這樣，機率也比妳找到真愛的可能性高。」

「過年你能把她請到家裡來，就算你有本事。」侯彥語不緊不慢的說道，「你明白的，我今天過來這一趟意味著什麼，要是過年見不到人，之後還會有人接踵而來的。」

侯彥霖笑咪咪道：「厲害了我的姐，每天和二十六個字母打交道，成語還能用得這麼溜。」

侯彥語微微頷首：「彼此彼此。」

葉秋嵐和肖悅：「……」感覺自己圍觀的不是姐弟相聚，而是一齣侯家相聲。

侯彥語挎著包站了起來，臨走前掛著看似友好的笑容，不忘問肖悅一句：「既然被發現了，那我就先走一步了……對了，還沒問這位小姐如何稱呼呢，以後有機會的話我還想聽妳講有關這家店的八卦。」

「肖……」肖悅馬上改口，臉不紅心不跳，「小丙。」

此時，今天正好輪休的小內在家猛地打了個噴嚏。她並不知道，這是新一任揹鍋俠誕生的標誌。

◎◆※◆※◆◎

晚上開車送慕錦歌和燒酒回家的時候，侯彥霖才有機會把今天的事情好好解釋一遍。

「今天來的那個人是我二姐，比我大兩歲，現在在美國做學術研究。」侯彥霖想起慕錦歌不是那種會時刻留意陌生人的人，於是補了句描述：「就是那個戴圓框眼鏡、穿米色裙子的那個……她平時不戴眼鏡的，鬼知道今天發什麼瘋。」

慕錦歌坐在副駕駛座上，燒酒懶洋洋的趴在她腿上。聽侯彥霖這麼一說，她還是有印象的，「哦，她啊，怪不得。」

「怪不得？」侯彥霖敏銳的捕捉到了關鍵字，「我二姐難道對妳說了什麼嗎？」

慕錦歌摸著燒酒柔軟的貓毛，一邊面無表情的說道：「她用一張支票砸我臉上讓我趕快和你分手。」

「？！」侯彥霖猛地一踩煞車，將車停靠在了路邊。

這時，慕錦歌才不緊不慢的補上一句：「正常劇本應該是這樣發展的。」

「……」

侯彥霖怎麼都沒想到自己有朝一日會反被自己的慣用伎倆對付了，心裡有些好笑，他勾起了嘴角，看向坐在身旁的那人說：「靖哥哥妳學壞了。」

慕錦歌迎上他的目光，淡淡道：「還要多謝你的言傳身教。」

侯彥霖揚了下眉，「靖哥哥，我言傳身教的項目可不止這一個。」

「比如？」

「比如說……」侯彥霖舔了舔嘴脣，「接吻換氣技巧。」

慕錦歌垂下了目光，專心摸貓。

侯彥霖以為她不好意思了，於是適當退步，為彼此讓出空間，笑道：「沒事，妳就當我開了個……」

「霖老師——」慕錦歌突然打斷他，抬頭重新看向他，「這種技巧只能在實踐中磨練吧。」

話音剛落，侯彥霖便傾身覆住了她的脣。

被兩人夾在中間的燒酒：「……」

——**雖然本大王早已習慣，但你們倆能不能稍微顧忌一下協力廠商的感受？嗯？**

牠剛在心裡默默吐槽完，覆蓋住牠整隻貓身的陰影就撤了回去。

——**嘖，這麼純情？**

然而下一秒，牠就一臉懵傻的被提了起來。

侯彥霖終於想起了牠的存在，但並不打算因此終止本次行動，而是無情的把這隻擋在中間礙事的電燈泡拎了起來放到後排，語氣意味深長道：「這個時候你應該自覺迴避，懂？」

燒酒：「……」

——**不是很想懂**。

於是，電．燒酒．燈泡就這樣獨自鬱悶的趴在後座底下待了好一會兒，等汽車重新發動後，才慢吞吞爬回慕錦歌的腿上。

車子行駛了一會兒，侯彥霖再次問道：「對了，靖哥哥，妳還沒告訴我，我二姐究竟做了什麼，讓妳覺得『怪不得』？」

「當我跟她說我很愛你的時候，她反應有點大。」

得虧現在是等紅燈，不然侯彥霖又差點一個緊急煞車。

他震驚的看向慕錦歌，不敢相信自己的耳朵：「妳、妳跟我二姐說了什麼？」

慕錦歌風輕雲淡道：「說我很愛你啊。」

侯彥霖：「……」

——不就是要心嗎！？給妳給妳都給妳！

燒酒瞅著他的樣子不太對，弱弱的問了一句：「……需要我再迴避一下嗎？」

侯彥霖深深的看了牠一眼，「我就欣賞你這樣有眼力的美貓。」

燒酒：「……」**真難得，那麼多章了你第一次誇我美**。

於是本來開二十多分鐘就能到的路程，硬是讓侯彥霖這樣走走停停、折折騰騰，最後開了四十分鐘才到慕錦歌住的社區。

下了車後，慕錦歌才剛上幾階石梯，就聽侯彥霖突然在身後叫住了她：「靖哥哥！」

慕錦歌回頭，「嗯？」

侯彥霖望著她，問道：「今年過年，妳回老家嗎？」

雖然老家的確還有那麼幾個親戚存在，但慕錦歌離家離得早，現在基本上和他們沒什麼往來了，自然也沒有回去的必要。於是她答道：「不。」

侯彥霖有些謹慎的確認道：「那就是妳一個人在Ｂ市？」

慕錦歌：「還有燒酒。」

「那……」侯彥霖認真的看著她，「妳願意跟我回家過年嗎？」

慕錦歌：「……」

「住兩、三天就好，我們家很大，有很多客房空著。」侯彥霖十分誠懇道，「妳看，妳和燒酒兩個過年多冷清啊！我家人多，熱鬧，我二姐也很喜歡妳，希望我能帶妳回去。」

慕錦歌問：「所以你邀請我是因為你二姐的囑咐？」

侯彥霖笑了，他把手插在褲袋裡，身旁的路燈往他身上投下暖暖的一片光，額前的碎髮被夜風吹得有點亂，卻遮不住他眼中的溫柔。

「當然是因為我很喜歡妳，所以希望能帶妳回去見我的家人。」

慕錦歌最終還是答應了侯彥霖。

當看到對方在聽到她的答覆後，一雙好看的桃花眼在路燈和夜色的光影交織下像是有星光在撲閃，臉上綻放出足以溫暖冬夜的笑容時，她不由得心下一動。

其實……她的內心，並沒有表面上看起來的那麼從容淡定。

站在她眼前的這個男人，從小含著金湯匙出生，有著不凡的背景和完整的家庭，雖然小時候因為身體不好而吃過一段時間的苦頭，但現在要什麼有什麼，什麼都不缺，著實是令人羨慕的人生贏家。可儘管他擁有了那麼多不得了的事物，他還是會為了這樣單單一句簡單的應肯而高興不已，興奮得像是被糖果砸中的小孩，知足且快樂。

愛情真是一種很奇妙的東西，能夠讓擁盡所有的人變得容易滿足，又能夠讓原本就幾乎一無所有的人變得貪得無厭。

前者是侯彥霖，而後者則是她的真實寫照。

她獨自孑然在自己的冰雪世界裡行走了太久，無知無覺，無欲無求，本來沒有覺得有什麼不好，可是她偶然在路上撿到一隻燒酒，體會到了熱鬧，再後來走著走著又遇見侯彥霖，見識到了耀眼的陽光。從此太陽在她的世界升起，積雪初融，草長鶯飛，目之所及的風景漸漸鋪上了豐富的色彩，在暖陽下一切都美好得不可思議。

她貪眷美景，不再覺得回到最初的冰雪世界也無所謂，不僅如此，她還開始想要花，想要樹，想要青山碧水，想要蟲魚鳥獸……

她想要將太陽永遠的留在她的世界。

一味索取肯定不行，於是她開始盡她所能的回報太陽，主動對他好，給他溫暖，希望他也能開心。

這種體驗前所未有，很新鮮，也很有趣。

回家後，燒酒繼續追牠之前沒看完的電視劇，而慕錦歌洗完澡後躺在床上看侯彥霖發給她的訊息。

二傻子：剛剛和家裡人說了要帶妳回去的事情，大家都表示很歡迎！

二傻子：［圖片］

慕錦歌戳開他發的那張手機截圖，放大才發現是他家族群組的聊天記錄——

侯彥霖：除夕我帶錦歌回來住三天。

二姐：噫

大姐：噫

大姐夫：噫

大嫂：噫

大哥：歡迎

二姐：（小黑臉）大哥你每次都破壞隊形

父親大人：（色）（色）熱呼呼的兒媳婦！

大姐：？

大嫂：？？

二姐：？？？

大哥：現在是媽在用爸的手機。

二姐：嚇死寶寶了！

大姐：嚇死＋1

母親大人：嘻嘻！

慕錦歌：「……」

真是活潑的一家子。

她答應侯彥霖的時候不覺得有什麼，現在看到聊天記錄，反而有點緊張。想了想，她放下手機，踩著拖鞋出了臥室進了廚房。

燒酒看劇看得入迷，根本沒注意到慕錦歌離開臥室了，直到差不多一個小時後，一股藥膳香味飄到臥室裡，才將牠的注意力從連續劇裡拉了出來。

用餐時間是每間餐廳最忙的時候，所以員工們都是提前吃飯，因此大多也餓得早，就連慕錦歌這種胃口不怎麼大的也經常打烊回來後沒事煮個宵夜，不過都做得簡單，最常見的就是侯彥霖第一次過來時看到的那種蒸蛋，簡便又好吃。

——怎麼今天靖哥哥竟費時做起燉品來了？

這是想不通的地方之一。還有一個讓燒酒感到疑惑的地方就是，這道菜聞起來那麼香並不是因為牠最開始送慕錦歌的小禮物。

這種香味，就是料理本身的真實氣味，沒有任何後期加工。

這說明慕錦歌很有可能是在做別人的料理。

頂著兩團疑雲，燒酒果斷捨棄了讓牠不可自拔的連續劇，屁顛屁顛的跑進廚房尋求真相。當牠跳上廚檯的時候，正好碰見慕錦歌停火揭蓋。

隨著砂鍋蓋移開，一股勾人食慾的香味撲面而來，瞬間侵占了整個廚房，混著淡淡的藥香，甜和苦扣得正好，濃郁又清新，讓人不由自主的想起春雨後的山野，新筍從土壤中冒出來，樹葉抽出新芽，所有春意悄然無聲。

料理本身的顏色搭配也很舒服，白色的淮山、微黃的竹筍、紅色的枸杞、褐色的核桃……

這道菜既有「色」，又有「香」，那麼剩下的就是「味」了。

慕錦歌盯著鍋內的成品看了一會兒，才拿了個碗，給自己盛了一點。

燒酒在一旁十分興奮道：「我也要我也要！」

慕錦歌看了牠一眼，然後找了專用的小勺子餵了牠一口湯。

「喵——」

味道很不錯，湯汁味道濃郁，很鮮，入口時有微微的苦意，但隨後那苦味便自然而然的在舌尖轉甜。

雖是用一鍋素菜燉出來的，卻不會讓人覺得寡淡，就像是一座青山，乍看只有漫山蒼翠，十分單一，但實則包羅萬象，暗藏精采。

——好喝就兩個字，我可以多說幾次！

燒酒抬起頭，正想好好誇讚一番，卻看見慕錦歌喝完後蹙起了眉頭。

然後，牠聽見慕錦歌自言自語般說道：「果然，還是不行。」

「靖哥哥……」燒酒奇怪的問，「怎麼了？」

慕錦歌放下碗，「還差點什麼。」

燒酒從專業的角度出發：「火候和調味都恰到好處啊，沒什麼可挑剔的啊。」

慕錦歌卻依然道：「總感覺和印象裡的有點不太一樣。」

燒酒歪頭不解，「印象裡的？」

慕錦歌垂下眼，沉默了半晌才緩緩開口：「這道菜是我母親創造的……它的名字叫——『錦歌』。」

注二：印度風味煮紅酒，引用mix覓食。
（http://www.douguo.com/cookbook/1071906.html）。

注三：爆漿龍眼起司，引用嬌嬌hello的爆漿荔枝起司。劇情中因季節的關係，把荔枝換成了龍眼。
（http://www.douguo.com/cookbook/809197.html）

3. 奇幻蕉球

很快就到了大年三十。室外飄著柳絮似的飛雪，紛紛揚揚，又悄然無聲落下，一點點的覆蓋即將翻篇的過去，蓋住那些已逝的或非凡或平庸的歲月，只留下純淨的白色，待時光中的匆匆來客留下深深淺淺的新印記，一切從頭來過。

除夕佳節，許多餐廳商場都提前打烊，一般下午四、五點前就關門了，其中有一半店家要休息到初一或初二。不過也有很多是要賺錢不過年的，看準的就是這個供小於求的好時機，非但不提前關店，還延後至凌晨，打出包年夜飯的招牌，價格花樣百出，不過有兩點肯定不變：第一肯定是數字要努力往新年或吉祥的寓意上靠；第二肯定是只高不低，明明白白是宰，願者上鉤，不然怎麼發得起員工的翻倍薪酬。

其中，「周記」就是這樣的業界勞動模範之一。

孫眷朝坐在周記餐廳靠窗的位置喝口熱茶，抬起手腕看了看錶，距約定的時間還有差不多二十分鐘。

這時，他聽到一個熟悉的聲音響起，語氣裡帶著幾分意外：「孫老師？」

孫眷朝抬起頭，看到站在他面前的青年，臉上露出長輩式的和藹笑容，「好久不見，沒想到居然能在這裡碰見你。」

「這句話應該由我來說吧。」應該是還有別的事要做，周琰並沒有坐下來，而是直接站著說，「每年這個時候我都會留在總店幫忙的。」

孫眷朝看了看他身上乾淨如嶄新的制服，又看了看他那雙蒼白乾燥的雙手，笑容有些淡，說道：「我看你不是幫忙，而是監工吧。」

周琰並沒有聽出他的弦外之音，而是就著字面意思，有些無奈的回答道：「我這也是沒辦法，這個時候總有員工想著辦法偷懶，不看嚴一點不行。」

孫眷朝若有所思的點了點頭，就在對方以為他不會再說話的時候，他又冷不防的問了句：「你有多久沒做菜給人吃了？」

聽了這話，周琰頓時感覺有些莫名其妙，但還是保持著微笑回道：「孫老師，您這說的什麼話，幹我們這行的當然得每天和鍋碗瓢盆打交道了。」

「我的意思是——」孫眷朝頓了頓，深深的注視著他，「你有多久沒有像個普通廚師一樣，在廚房做菜給客人吃了？不是上節目作秀，也不是接受採訪時示範，而是待在餐廳的廚房裡，在用餐時間忙得焦頭爛額，努力完成客人們接二連三的點單。」

說得這麼明白，周琰終於聽懂了，他明知故問：「老師您究竟想說什麼？」

孫眷朝語重心長道：「周琰，我想說的道理很簡單，無論是什麼行業，都要腳踏實地。作為見證你一路成長的旁觀者兼長輩，我想我應該提醒你一下。」

「多謝孫老師的關心，我一定謹遵您的教誨。」周琰從善如流，但點頭的時候眼中卻飛快的閃過一絲陰狠，再抬頭時又無跡可尋，他溫聲道：「我還有事，不能陪孫老師久聊了，看您似乎是在等人，那麼我就不多打擾了。」

孫眷朝以為對方把話聽進去了，便不再多說：「行，你去忙吧。」

他沒注意到的是，周琰轉身的同時悄悄握緊了拳頭，溫和的神色也瞬間沉了下來，透著不耐與厭煩。

他也不知道，這個人早就不是當初那個得到一句告誡都會感恩戴德的無名少年了。

當一杯熱茶飲盡，孫眷朝等的人按時前來赴約——

「孫先生。」

侯彥霖在他的對面坐下，慢條斯理的解下宋瑛送的大紅色圍巾，然後才抬眼看向他，臉上掛著無可挑剔的標準微笑。

「找我有什麼事嗎？等一下我還要去接錦歌到我家吃年夜飯呢。」

◎◆※◆※◆◎

除夕這天，奇遇坊依然營業，但是到了下午四點就會關門，等到年後才開業。

也不知道是幸運還是不幸，肖悅正好輪到大年三十這天上班。而且，她還有重任在身。

休息室內，肖悅把一包化妝棉和裝了卸妝乳的分裝瓶放進慕錦歌的包裡，一邊細心叮囑道：「洗澡前記得卸妝，雖然幫妳化得淡，但還是得仔細卸妝，記住了嗎？」

「嗯，記住了，謝謝妳。」

肖悅撇了撇嘴，像是在跟自己嘔氣似的，悶悶道：「不用謝我，其實我後悔死了。」

慕錦歌看向她，「嗯？」

只見慕錦歌臉上化了個裸妝，妝感不重，眼皮上暈著大地色眼影，一雙漆黑的杏眸勾了眼線後更加深邃有神。她的膚色本來就很白，所以只是薄薄的塗了層粉底遮瑕，淡淡的腮紅搽於兩頰，自然不誇張，讓整張臉看起來都比平時更有氣色些。她唇上抹的是溫柔的豆沙色，好看又不招搖，當之無愧的裸妝必備。

她本就生得漂亮，就算素顏走出去也很引人注目，現下經肖悅這麼一打扮，五官更顯立體精緻，原本的清麗更添一筆成熟，十分驚豔。

看著自己出色的成果，肖悅只覺得有兩條彈幕在自己的內心瘋狂刷屏。

——啊啊啊啊我家錦歌真好看真漂亮把她打扮得更美更漂亮的我真是棒棒噠！

——嗚嗚嗚嗚氣死了我竟然把錦歌打扮得這麼好看便宜了大混蛋我真是該死！

其實從她剛得知慕錦歌要跟侯彥霖那個大混蛋回家過年後，這兩個想法就像兩個交鋒的戰士，在她內心大戰了兩百五十個回合，最後卻被半路殺出來的第三個念頭喊了停。

——不管怎麼樣，錦歌都決定去侯家了，難以改變，既然如此，那就要去的漂漂亮亮體體面面的，絕對不能讓侯家那群萬惡的資本家看輕了！

——要讓他們知道，未來一家N口，侯二最醜！

懷著這樣的信念，肖悅憑著自己年長五歲的閱歷自信，主動請纓，幫助慕錦歌為見家長做準備——以慕錦歌的性格，她壓根沒想過還要做準備，以為就跟見朋友一樣，普普通通原原本本就行了，買衣服和化妝都是肖悅提的建議。

網路上都說女生見男朋友的家長能穿褲子就不穿裙子，能素顏就不化妝，能平底就不踩跟，越樸素越好。但這個還是要看情況的，像侯家這種豪門，又是經營演藝經紀公司的，都是講究時尚的人，不好好捯飭捯飭就素面朝天的跑過去合適嗎？肯定不合適啊！

還是那句話，她肖悅要讓所有人知道——未來一家N口，侯二最醜！

而這時的侯彥霖：「……」怎麼突然覺得耳朵有點熱？

高揚看他不停的摸耳朵，以為他是覺得凍耳朵，於是主動問道：「少爺，需要耳罩嗎？」

說到耳罩，侯彥霖就想起感恩節從慕錦歌那裡收到的禮物，頓時心情大好，揚著嘴角道：「沒事，就是覺得好像有人在念叨我似的。」

高揚默默心想：你以為我不知道你是想讓我接你的話說是慕小姐在想你？呵呵，我偏偏不說！

於是最後高助理一本正經的說道：「可能是老爺和夫人想您了，盼著您回去呢。」

侯彥霖幽幽的嘆了口氣：「他們盼的明明是熱呼呼的兒媳婦。」

高揚：「……」得，一家子痴漢。

看到慕錦歌回覆的訊息，侯彥霖彎著嘴角打開車門走了出去。

他遠遠的看見慕錦歌把店門鎖好，與肖悅告別，然後轉身朝他這邊走過來。

待慕錦歌走近，侯彥霖整個人都愣住了。他微微睜大了眼睛，明顯很是驚訝：「靖哥哥，妳……」

慕錦歌穿著一件之前從沒穿過的白色長版羽絨外套，袖口和衣襬繡著幾朵梅花，帽簷滾著一圈淺咖色的絨毛，配上脖子上圍著的那條大紅色圍巾，穿衣風格比平時都要明快不少。她奇怪的看了他一眼，面無表情的問：「怎麼了？」

侯彥霖盯了她好一會兒，才緩緩開口，語氣帶著幽怨：「要見我二姐他們就又穿新衣又化妝的，把自己打扮得這麼好看，明明和我在一起的時候妳都不注意這些的。」

慕錦歌以為他是在抱怨，有些生硬的解釋道：「我不會化妝，也不是很喜歡化妝……太麻煩了。」

「妳啊……」隨著一聲輕輕的嘆息，侯彥霖將她擁入懷裡，親了親她的額頭，「我的意思不是讓妳每次見我時都要好好梳妝打扮一番，而是說妳沒有必要為了我家那群人而做自己不喜歡的事……嘖，他們憑什麼啊？」

「但肖悅跟我說化妝是一種禮節。」

侯彥霖不爽道：「妳跟我回去就已經很給他們面子了，還要什麼禮節。」

慕錦歌頓時哭笑不得，「你跟你家裡的人酸什麼勁啊？」

「恭喜妳，別人家的林妹妹都是水做的，只有妳眼前的這個是醋做的，僅此一家。」

侯彥霖鬆開她，一手接過她手中的行李，一手握住她的左手放入自己暖和的大衣口袋，朝她露出透著幾分狡黠的笑容，「不過封印方法不難，看在第一次的分上給妳打個折，一個kiss就可以了。」

然而慕錦歌拒絕的非常果斷：「不行，肖悅幫我塗了口紅，親掉了怎麼辦？」

侯彥霖：「……」

——太過分了！肖悅那傢伙絕對是故意的！

而早在慕錦歌走近的時候，燒酒就從她懷裡跳了下來，十分有經驗的逃離虐狗現場，被高揚抱進了車裡，然後兩隻孤單的生物互相擁抱，冷眼旁觀著這虐狗的場景。

——我應該在車底，不應該在車裡。

上了車後，侯彥霖陪慕錦歌坐在後座，而燒酒自覺的竄到了副駕駛座。

直到看到高揚把車開進B市某處有名的別墅區，慕錦歌和燒酒才回想起某個十分「親民」的人其實是個富二代的事實。

◎◆※◆※◆◎

侯家位於別墅區的深處，最周邊的鐵欄門差不多有一層樓那麼高，刷著以黑色為主、金色為輔的兩種漆，花紋繁複偏向歐式，十分氣派。大門有專門的保全把守，應該都是為侯家效力很多年的人了，光是看車就知道車裡坐的是誰，自動為他們打開大門放行。

正屋前還有一塊前庭，花園似的，比一個操場還大些，五塊草坪分出四條道，經過精心修剪的灌木呈現出燈籠的形狀，落上一層薄雪；園子兩旁對稱的種著高大的松柏，除此之外還有成片的臘梅，規律的分布著，點綴在蒼翠之間；仔細看的話其實還種了紅梅和粉梅，只是現在天太冷了，還沒開，只有光禿禿的枝椏，等三月稍稍回暖，就會是一派好景象。

一行人一下車，就聞到一股醉人的幽香，是臘梅花的香味。

燒酒抬起圓圓的小腦袋，打量著眼前的豪宅，喵了一聲：「這具身體對這裡有點印象。」

侯彥霖抱著牠，低聲道：「貓還很小的時候，我大姐帶回來過兩次。」

燒酒問：「你大姐今晚也在嗎？」

侯彥霖：「不，她要留在鄧家吃年夜飯，應該明天才和姐夫回來。」

「哦……」

燒酒心想，要是侯彥晚回來了，那可就是三任主人同堂。

——**唉，想想這具身體年紀輕輕的，經歷倒是滿曲折的**。

把他們送到後，高揚就開車走了，開始了他那來之不易的小年假。

而早在他們車子剛開進鐵門的時候，管家就接到消息，帶著兩個傭人站到了正屋外，等候著幫忙拿行李和接待。

「二少爺，慕小姐。」

侯宅的管家是一個看起來頗為和藹的老人，慈眉善目，髮鬢微霜，戴著一副金邊老花鏡，精神矍鑠，穿的不多，但絲毫不怕冷的樣子，身子骨很硬朗。

慕錦歌之前聽侯彥霖說過他，姓陳，年輕時一直跟著侯家老爺做助理，就跟現在的高揚差不多，後來侯宅的原管家被查出了問題，勾結侯家的死對頭偷偷裝竊聽器，被趕了出去，侯老爺就換了跟在自己身邊多年的助理做管家。

雖然陳管家對誰都是樂呵呵的，但據侯彥霖所說，當年他被巢聞從湖裡救出來後，渾身濕淋淋的走回來時，這位脾氣向來很好的管家先生一度氣到想揹個炸藥包去把張家炸了，還是同歸於盡——因為那段時間侯家夫婦都不在國內，把孩子託付給了他，所以他自認辜負了夫婦倆的一片信任，恨不得以死謝罪。甚至直到現在有除了巢聞外的張家人來訪，他都冷臉相待，就差直接說一句慢走不送了。

而侯老爺也是個記仇的，但他畢竟是坐在當家的位置上，不得不為大局著想，避免與其他家族交惡，所以對此睜一隻眼、閉一隻眼，不過每次都在心裡暗自為老搭檔叫好，事後給陳管家多加幾根雞腿。

講真的，要不是當初侯家大半人都不在本地，誰欺負誰還不一定呢。

也就這一會兒工夫，外頭又飄起小雪來。

侯彥霖走在前面，他單手抱著燒酒，回頭呵出一團溫暖的白氣，微笑著朝身後的慕錦歌伸出了手。

「錦歌，來。」

進到室內，侯彥霖把燒酒交給管家抱著，然後脫下大衣和圍巾，十分自然的交給站在一旁態度恭敬的傭人，顯然是被伺候慣了的。

慕錦歌哪裡享受過這種待遇，當即愣了一下，直到聽見侯彥霖的溫聲提醒，才脫下外面那件厚厚的長羽絨，有些不自在的把衣服交到傭人的手上，小聲的說了句謝謝。

侯彥霖這才發現原來她在羽絨服下穿的是一條暗色的冬裙，於是眼中的笑意更深了，湊到慕錦歌的耳邊低笑道：「沒想到第一次見靖哥哥穿裙子，竟然是這個季節。」

慕錦歌不自然的清咳兩聲，扭過頭不說話。

陳管家將兩人的小動作盡收眼底，心裡甚感欣慰，沒想到一轉眼這麼多年過去了，當初那個病懨懨的小少爺不僅茁壯成長，比他爸都要高了，還成功拐了個這麼標緻的女朋友回家。他十分和善的對慕錦歌說道：「夫人早就交代好了，慕小姐就住二小姐房間隔壁的客房，行李我們會拿上去的，有什麼需要就請儘管吩咐。」

慕錦歌僵硬的點了點頭，「好的，謝謝。」

侯彥霖撫了撫她的背，輕聲道：「別緊張，當自己家就好。」

慕錦歌實話實說：「……我家不會有這麼多人。」

侯彥霖在她耳旁悄悄道：「沒事，妳當他們都是薩摩耶。」

慕錦歌：「……」

聽了這話，她更不能直視陳管家那張笑容可掬的臉了。

屋內很暖和，從玄關處起地上就鋪了一層柔軟的羊毛地毯，以梅紅和米色為主，編織著精美複雜的花紋，配合著走廊上橘色的壁燈，渲染出一種溫馨的氛圍，讓人不由得想起風雪中亮著燈的小木屋。

過了短廊，就是客廳，高高的天花板中央垂著一個巨大的水晶吊燈，燈光璀璨，亮如白晝；廳內以樓梯口為軸一分為二，左邊是一條長餐桌，右邊是沙發區，但即使是這樣二合一的安排布局，整個空間仍然看起來十分寬闊，甚至有種可以繞圈練跑步無障礙的感覺。

他們到的時候，沙發上已經坐了兩人，其中一個就是之前見過一面的侯彥語，今天她沒有戴眼鏡，穿著件紅黑搭配的裙子，捲了髮尾，看起來更加成熟。

聽到身後傳來的聲響，她轉過頭來，朝慕錦歌露出笑容，熱情大方的打招呼：「嗨，慕小姐，我們又見面了。」

慕錦歌頷首道：「侯小姐，妳好。」

「我們家可不止一位『侯小姐』，妳這麼喊的話，我會分不清楚妳喊的是誰。」侯彥語眨了眨眼，笑道：「妳像彥霖一樣，直接叫我二姐就可以了。」

慕錦歌只好說道：「二姐好。」

侯彥語身邊坐著的是一個年齡看起來與她相仿的女子，穿著杏色的毛衣裙，面容姣好，氣質端莊，笑起來有兩個小酒窩。

侯彥霖主動介紹道：「坐我二姐旁邊的那位是我哥的妻子沈茜。大嫂，這是我女朋友慕錦歌。」

慕錦歌跟著叫人：「大嫂好。」

沈茜微笑道：「真是百聞不如一見，小霖的眼光果然不錯。」

侯彥霖問：「大嫂，我哥人呢？」

沈茜道：「他臨時要處理一些事，遲了，就讓我先過來了。」

「錦歌，坐我這邊來吧！」侯彥語拍了拍旁邊的位子邀請道，「上次都沒來得及和妳好好聊聊。」

沈茜馬上跟著朝慕錦歌招了招手，「不不不，小錦歌，坐大嫂這邊來，大嫂是過來人，可以傳授妳一些心得。」

侯彥語：「坐二姐這邊來，二姐給妳爆黑料。」

沈茜：「坐大嫂這邊來，大嫂給妳準備了小禮物。」

侯彥霖把身旁人拉著後退了兩步，一本正經的叮囑道：「珍愛生命，遠離怪阿姨。」

慕錦歌：「……」

不理那兩個無端爭起來的女人，侯彥霖回頭問抱著燒酒的管家：「陳叔，爸和媽呢？」

陳管家回道：「老爺在樓上書房裡，夫人在廚房和餡。」

聽到這邊的問答，侯彥語突然道：「對啊，彥霖，我和大嫂的餃子餡都和好了，就差你和大哥的了，快去快去，把錦歌留下來跟我們聊天。」

——嘖，這還是不是親生的啊？

就在這時，侯彥霖察覺到身邊人握著自己的手緊了緊，他有些意外的偏頭看了看慕錦歌，只見對方依然一臉淡然，但略顯僵硬的嘴角還是出賣了她並不那麼淡定的內心，顯然她並不想被單獨留下來應付兩個話癆。

——原來靖哥哥也會有求助於我的時候啊！

侯彥霖勾起嘴角，用力的回握對方，然後對侯彥語和沈茜道：「妳們倆慢慢聊吧，我帶錦歌一起進廚房見媽。」

侯彥語不同意的說：「彥霖，這就是你的不對了，來者是客，你怎麼能讓客人進廚房呢？」

侯彥霖笑道：「那我要去跟媽說，妳不讓她老人家看錦歌。」

侯彥語嗤道：「這麼大的人了，竟然還打小報告，你合適嗎？」

侯彥霖厚顏無恥道：「有什麼不合適的，寶寶只是個孩子。」

「那你拉人家妹子的小手幹什麼，這麼早熟？」

侯彥霖笑吟吟道：「早熟有什麼，只要別早衰就行了，小姐姐妳說是吧？」

慕小姐姐：「……」

趁對面還沒反擊過來，侯彥霖做出妥協的樣子，交出談判條件：「要是妳們真的閒得無聊，那我把燒酒留下來，妳們逗貓玩吧。」

聽他這麼一說，侯彥語和沈茜才注意到管家手中還抱著一隻灰藍色的加菲貓，一時之間四道目光紛紛聚集在了一個點上。

燒酒：「……」**臥槽？**

以犧牲掉燒酒為代價，侯彥霖終於得以帶著慕錦歌脫身，走向廚房。

侯彥霖一邊走，一邊向慕錦歌介紹道：「我們家除夕也會包餃子，但餃子餡是每人做一份，然後交給家裡請的師傅包成一樣的外形，一鍋煮，吃的時候自己在盤裡隨機夾，很難知道哪個是誰做的。」

慕錦歌稍稍放鬆了一些，她問：「你也會參加嗎？」

「會啊！」侯彥霖笑咪咪的回憶，「去年二姐走大運，舀到的餃子連著三個都是我做的那份芥末辣條餡，吃得眼淚直飆。」

慕錦歌：「……」

侯彥霖狡黠道：「不過她不知道是我，因為我也假裝自己中了招，嚼著普通的白菜豬肉餡硬憋眼淚，吃到一半跑出去把餃子吐了回來喝水，說自己剛才吃到的餃子帶芥末，問是哪個混蛋包的。」

「……」真的，你怎麼還不去當演員？

「最後妳猜怎麼了？」

「怎麼了？」

「大家一致懷疑是我哥做的。」侯彥霖悠悠道，「我二姐不敢明著報復他，就瞞著我哥悄悄把大嫂拐出去玩了半個月，讓我哥體驗了把久違的單身貴族生活。」

聽到這裡，慕錦歌實在是忍俊不禁。

看到她揚起的嘴角，侯彥霖停下了腳步。

他溫柔的注視著身邊人，緩緩道：「所以妳看，其實我們都是很普通的人，跟小明、大熊、肖悅他們沒什麼兩樣，妳正常的和我們相處就好了，不用太緊張。」

慕錦歌這才意識到對方剛剛說了這麼一大通，其實都是為了緩解她的情緒，頓時心頭一暖，她點了點頭，「嗯。」

侯家的廚房也很大，一應俱全，裡面有四個穿白衣服的師傅，其中三個在準備年夜飯的飯菜，一個在進門處的廚檯上擀麵，應該是單獨負責侯家特色的包餃子環節。

擀麵的師傅看兩人進來了止想開口喊人，卻被侯彥霖笑著做了個噤聲的手勢。

「哎，老黃啊，你來教我幾招吧，這餡怎麼做才能更鮮啊？」

廚房內除了四個師傅外，還有一個人——站在不遠處低頭沉思的正是侯母文淑儀，此時她正對著搜羅出來的一大堆佐料和食材發愁，不知道該用哪一個。

侯彥霖悄悄向慕錦歌解釋道：「那就是我媽。我爸會做的菜屈指可數，每年都做豬肉餡，卻次次比我媽做的其他餡好吃，我媽不服氣，也跟豬肉餡槓上了，今年想靠這個贏我爸。」

慕錦歌問：「阿姨經常做菜嗎？」

侯彥霖道：「每年就下這麼一次廚房。」

雖然已經盡可能的壓低聲音了，但還是讓侯母也聽見了，她抬起頭，露出一張和侯彥霖有五分相似的臉——她也有雙特徵明顯的桃花眼，眼頭深邃、眼尾上挑，看人時似笑非笑，十分好看，除此之外侯彥霖的唇形也遺傳自她，區別於更像父親的侯彥語。

雖然歲月在她的臉上留下了痕跡，但依然無法改變她是個美人的事實。

看到兩人，她愣了，隨即臉上綻開一朵笑容，「彥霖，這位就是熱……慕小姐？」

……熱？

雖然有些疑惑，但慕錦歌還是禮貌的先打招呼：「阿姨您好，我是慕錦歌，不好意思前來打擾了。」

侯母笑起來時和小兒子格外像，「沒關係沒關係，妳儘管打擾就是了。」

侯彥霖帶著慕錦歌走近，挑眉道：「媽，我可聽到了，妳竟然想讓黃師傅幫妳，這可是犯規的喲。」

「我這不是求助未遂嘛！」提到這事，侯母就嘆了一口氣，「區區一個豬肉餡，我實在搞不出什麼花樣了。」

慕錦歌看了看侯母手邊盆裡已經簡單和了雞蛋、蔥、薑的碎肉，又看了看桌上擺開的各種調料，突然道：「可以加大豆醬。」

「大豆醬？」侯母不確定的指了指離她比較近的一罐東西，「這個嗎？」

「嗯，用溫開水慢慢化開後再少量多次的拌進肉餡。」說著，慕錦歌拿起桌上的一個小瓶子，回頭問擀麵的黃師傅，「請問這個是什麼？」

「那個是肉骨茶粉，是馬來西亞的特產。」

慕錦歌倒了一點在手指上嚐了一下，然後對侯母道：「再放點這個吧。」

並不知道慕錦歌也是個廚子的黃師傅一臉驚訝，心說小姑娘妳坑婆婆不要坑得這麼明目張膽好嗎？明明妳前一秒還不知道那是什麼粉啊！

然而，聽說過慕錦歌種種事蹟的侯母不疑有他，竟真按著她說的去做了。
看到侯母那邊完成得已經差不多了，侯彥霖拿來一個盆，一邊挽袖子、一邊笑道：「靖哥哥，我們一起做一份吧，好久沒幫妳打下手了。」
慕錦歌道：「行啊。」
等兩人做完餡從廚房洗了手出來，發現客廳裡除了侯彥語、沈茜和侯母外，還多了一個西裝革履的男子。那人身材頎長，氣質沉穩，單單只是站在那裡，就能讓人感覺到一股強大的氣場；他的頭髮往後梳得一絲不苟，露出光潔飽滿的額頭和輪廓硬挺英氣的側臉，劍眉入鬢，鼻梁高挺，此時他正神色認真的聽著侯母說著什麼。
侯彥霖喊了他一句：「哥。」
此人正是侯家長子侯彥森，他聞聲偏過頭，朝弟弟點了點頭示意，再將目光落在了慕錦歌的身上，語氣溫和道：「慕小姐好。」
慕錦歌回道：「大哥好。」
侯彥霖笑著提醒：「我和錦歌剛和了餡出來，就剩大哥你了。」
侯彥森卻道：「今年我就不參加了。」
「咦，為什麼？」
侯彥森看著他，緩緩道：「去年揹鍋揹得太慘。」
侯彥霖毫無愧疚之意的哈哈笑起來。
「喵——」
聽到這聲極力呼喚存在感的貓叫，侯彥霖和慕錦歌才想起了燒酒的存在。

循著聲音望過去，兩人頓時都是一愣，隨即侯彥霖笑得更大聲了，連慕錦歌都忍不住笑了起來。

只見在他們進廚房的這半個小時裡，燒酒已然變身成了一位「小公主」，脖子和耳朵都被繫上了像是從什麼禮盒上拆下來的粉色緞帶，兩隻前爪上還被戴上了兩串水晶手鍊。

璃瑩殤．燒酒．J．櫻雪正一臉生無可戀的趴在侯彥語的腿上，面朝這邊，表情格外愁苦，對著他們有氣無力的發出求救信號。

而罪魁禍首侯彥語不知道從哪裡又找出一截粉藍色的紗布，正和沈茜商量著要加在哪裡合適。

燒酒控訴道：「你們這兩個沒有同情心的！竟然還笑！」

侯彥霖笑歸笑，但還是走上前，從自己二姐手裡把可憐的加菲貓解放出來，「要開飯了，妳快去洗洗手準備吧，一手貓毛。」

侯彥語對這手感戀戀不捨，「你這貓真可愛，能借我多玩幾天嗎？」

「那可不行。」侯彥霖抱起燒酒，露齒一笑，「這可是錦歌重要的嫁妝。」

站在不遠處被侯母拉住聊天的慕錦歌並沒有聽到這邊在說什麼。

燒酒：「……」**嗨呀好氣哦從暖暖包到電燈泡最後成了嫁妝**。

直到入席吃飯的時候，侯父才從樓上走了下來。

侯父今年有五十五了，卻依然如一棵青松般挺拔，不怒自威。都說侯家的四個孩子一看就知道是親生的，老大老三像爸，老二老么隨媽，今日一見果然不假，雖然侯彥晚今天沒來，但侯彥霖確實是像極了文淑儀，而侯彥森和侯彥語的面相的確更像侯父，濃眉大眼，鼻頭帶點鷹勾，不笑時看起來有些高冷，不好接近的樣子，尤其是大哥侯彥森，和侯父年輕時簡直是一個模子印出來的。

然而根據侯彥霖的爆料，這位看起來不苟言笑的侯老爺，其實是個熱衷於玩手機小遊戲的悶騷——據說他上一個沉迷的遊戲是開心農場，並且強制推銷給身邊的人，然後每天早上起床做的第一件事就是偷老婆的菜，偷完老婆偷兒女的，偷完親生的再偷兒媳和女婿的。

這個遊戲終結於老二侯彥晚懷孕後，夫婦兩人共同專心養胎，為未來的多口之家做著準備，無心繼續照顧菜地，讓侯父一下失去兩個偷菜的對象，損失慘重。

本來面對這麼高大上的一家人，慕錦歌是有些緊張的，但聽了侯彥霖接二連三的爆料，她越發覺得眼前這些人親切起來，於是心態平和下來，也漸漸的融入進去。

管家像薩摩耶，侯父愛偷菜，侯母想用豬肉餡一決高下，侯彥語吃到芥末辣條餡的餃子流淚不止，侯彥森慘遭揹鍋棄遊不玩……

真的是，很有意思的一家人。

侯家的年夜飯自然是很豐盛，擺滿了長桌：脆皮烤鴨油潤發亮、栗子荷花雞清淡鮮美、糖醋鯉魚甜而不膩、白灼蝦蘸醋獨具風味、黃豆蹄花凍軟糯勁道、醬牛肉不硬不柴……

像他們這樣的有錢人，平時想吃什麼吃不到？所以這一桌年夜飯就算再好吃精緻，也只是家常便飯而已，真正的重頭戲是一年一度的自製餃子。

「今年我申請新增一輪。」侯母指著率先端上來的兩碗餃子，「這一圓一方兩個碗分別裝了用我和孩子他爸各自做的豬肉餡包的餃子，至於哪碗放的是我的、哪碗放的是他的，只有下餃子的老黃才知道。現在我要你們就這樣嚐，然後投票說哪個的味道更好。」

侯父哼道：「幼稚。」

侯母瞥了他一眼，「有本事以後那個遊戲別讓我幫你通關。」

侯父：「……我聽不懂妳在說什麼。」

小輩們忍著笑，紛紛夾起餃子做起了裁判。

圓碗中的就是普通的白菜豬肉餡，肥瘦適中，發揮正常，保持著幾年來的不變口感，一吃就知道出自侯父之手。而方碗那個味道要更重一點，在可以接受的重口味範圍之內，雖然是純豬肉餡，但味道的層次卻更加豐富，肉感也更加鮮美，一口咬下去肉汁橫流，令人把持不住。

投票結果一邊倒，方碗勝出，黃師傅公布結果，竟然真的是侯母贏了。

侯父奇道：「妳突然廚藝開竅了？」

侯母神秘的笑道：「不是開了竅，是開了掛。」

侯父：「……」厲害了我的妻。

二老的豬肉餡提前曝光，侯彥森又沒有參與，所以剩下的就只有三種餡可以猜了。

侯彥霖吃完一個餃子，積極的投入到無獎競猜中：「這是二姐和的餡吧。馬鈴薯泥餡，一股俄羅斯餃子的典型畫風，我記得妳之前的室友就是俄羅斯人。」

侯彥語大方承認了：「算你聰明。」

「這個加了很多胡蘿蔔的肯定是大嫂的。」侯彥霖看了眼慕錦歌筷子上咬了一半露出內裡的餃子，笑著眨了眨眼，「因為大哥不喜歡吃胡蘿蔔，所以大嫂肯定想趁這個機會整一下大哥。」

沈茜說得跟真的似的：「胡說，我明明是致力於改正他挑食的臭毛病。」

侯彥森：「……」痛苦。

侯彥語問：「那按照排除法，最後那個就是你和錦歌做的了。你們的是什麼餡？」

侯彥霖賣關子道：「等你們自己吃到吧。」

侯彥森一頓，淡淡開口：「這麼說，我剛才已經吃到了。」

沈茜好奇的問道：「什麼餡的啊？」

侯彥森猶記胡蘿蔔之仇，勾起了唇角，「自己吃。」

可能是有心栽花花不開，侯彥語連吃五個餃子都不是慕錦歌和侯彥霖做的那份，就在她剛要夾第六個餃子的時候，只聽身旁的沈茜一聲驚呼：「我吃到了我吃到了！」

侯彥語忙道：「大嫂，分我一口！」

沈茜把餃子一口吞完後頗有些無辜的看著她，「不好意思，妳剛才說什麼？」

侯彥語：「……」

慕錦歌用公筷夾了一個放在她碗裡，說道：「這個應該是，妳試試。」

侯彥語很是感動：「錦歌妳真是太善解人意了！今晚我能和妳一起睡嗎？」

侯彥霖一把推開她，「怪阿姨走開！」

侯彥語夾起慕錦歌給她的餃子，一口咬下來，發現竟然真的是不同的餡！

豆角切得細碎，和酥脆的蝦皮一起混入細膩的肉餡中，再加入翻炒過一陣的洋蔥碎丁，不僅去了七分辛辣，吃起來還口口生香，一點都不柴，口味層次豐富，嚼勁十足。

侯彥語驚喜道：「好吃！」

侯母其實已經低調的吃了好幾個了，笑呵呵道：「人家錦歌是專業的，實話告訴你們吧，今天我能贏你們爸，全靠錦歌指點呢。」

侯彥語道：「媽，妳這是作弊了吧？」

侯母辯護道：「誰說的？你們只規定說不能向家裡的廚師求助，沒說不能向準兒媳婦求助啊！」

慕錦歌猝不及防的嗆了一下。

侯父終於看不下去了，開口道：「我說妳矜持一點，別把人家小姑娘嚇跑了。」

然而侯母心大得很：「沒事沒事，跑了的話兒子負責追就可以了。」

◎◆※◆※◆◎

B市有規定，在指定地段，農曆除夕至正月初一，正月初二至十五每日的七點至二十四點，可以燃放煙花爆竹，其他時間皆為禁止。

所以快到晚上十一點的時候，侯家就有組織有紀律的離開一桌的殘羹冷炙，出了正屋後門，來到後院的一塊空地，讓傭人從屋內把掛著鞭炮的竹竿搭著樓梯轉角的窗臺伸出來，一長溜垂下來。

今年這樣的鞭炮一共準備了四條，前兩條向來是定死的，第一條先由一家之主侯父點，第二條則是少當家侯彥森的，這可以說是侯家內部一種不成文的規定和傳統了。至於後面兩條就是純粹放著玩，侯母和沈茜都是書香門第出身的大家閨秀，從小連炮仗都沒玩過，膽子小，從來不敢點，所以一般都是侯彥霖或侯彥語點。這多餘的鞭炮往年都只有一條，兩人都在家的話還要猜拳爭好一會兒，現在好了，有兩條，侯彥霖和慕錦歌玩一條，侯彥語獨占一條。

侯家其實並不是世代經商，而是從官漸漸轉商的，侯彥霖爺爺那一輩就是過渡，交到侯父手上做大，然後直到孩子這代才完全改了背景，可以自由的送出國接受教育。

感覺侯家人都有這麼一種個性，之前被緊逼著不能做什麼事，限制解除後就非要極度放飛。比如說侯彥霖身體強健後就從藥罐子變成了熊孩子；比如說侯家出入境不受嚴格監管後就開始主張多國教育，把孩子都送了出去，一個不剩，不知道的還以為是惹了什麼事要螞蟻搬家呢，其實人家就是放飛自我，估計新鮮了一、兩輩就收住了。

「劈里啪啦——」

鞭炮點燃後一陣亂響，就連留在屋內的傭人都捂住了耳朵。

燒酒壓根就沒敢出屋，這時聽到屋外如雷鳴般的鞭炮聲，又後悔沒和靖哥哥、大魔頭待在一起，獨自一隻貓躲在桌子下蜷著，綁著紗布的大尾巴緊緊的勾著後腿，嚇得都不敢喵一聲，像是怕被這聲音炸出來的年獸一口吞掉似的。

什麼，你問作為一個系統的尊嚴？

燒酒表示：**呵呵，朋友你不知道入身隨俗這個說法嗎？**

——**我發明的**。

而此時室外的放鞭炮現場——

趁著侯父的鞭炮燃完，樓上換新鞭炮的空檔，慕錦歌說道：「我有點擔心燒酒。」

侯彥霖笑道：「擔心牠幹什麼？能折騰牠的人可都已經出來了。」

慕錦歌搖了搖頭，「這放鞭炮的聲音大，我擔心牠會害怕。」

「不會吧。」侯彥霖顯然是在該低估時高估了某貓，「牠不是能自己調節身體嗎？如果害怕的話，把聽覺調低一點就行了吧，畢竟牠是人工智慧。」

這麼一聽，好像還挺有道理的，於是慕錦歌放棄了回去看貓的想法，「也是。」

又一串鞭炮開始劈里啪啦放了，這時侯彥霖突然湊到她耳邊，大聲的問道：「靖哥哥，妳害怕嗎？」

慕錦歌看了他一眼，面無表情的跟著抬高聲量道：「你怕就直說。」

「這都被妳看出來了？」侯彥霖挑了一下眉，低頭說話時嘴唇都快碰到對方的耳朵了，「那一會兒輪到我們放的時候，我躲妳後面可以嗎？」

慕錦歌好笑道：「可以。」

然而就在侯彥語的鞭炮點完，輪到他們那串的時候，慕錦歌才知道侯彥霖所說的「躲後面」是怎麼個躲法——

只見他自然而然就繞到了她的身後，然後兩條胳膊一伸，將她整個人圈在了懷裡，右手與她共同握著剛剛由管家遞來的香支——點鞭炮是不能用火柴或打火機這種明火的，遇風的話火苗會不穩定，存在安全問題。

這橫看豎看左看右看，都是他從後面抱住她，動作親暱。

這個人哪裡是害怕，分明是找著機會吃豆腐！

侯彥霖出來時穿回了他來時的那件大衣，但沒有扣釦子，所以當慕錦歌的後背靠上他的胸膛時只覺得好像挨上了一個人形暖爐，暖烘烘的，溫暖的熱度像是屏障似的從後至前伸展，將她包圍。

身後人的聲音低沉，帶著一貫的慵懶笑意：「靖哥哥，準備好了嗎？要點了喲。」

慕錦歌懶得說他了，只是淡淡應了聲：「嗯。」

說罷，侯彥霖握著她的手，將燃著的香支頭往下靠近芯線，隨即便見一點點火星迅速躥上了那條長長的鞭炮線，開始了征途。

線剛一點著，慕錦歌還沒來得及往後邁開腳步，突然只覺腳下一輕，整個人居然一下子被身後那人打橫抱了起來，然後迅速被帶離危險區域。

跑過侯彥語時，全家唯一的單身貴族很不服氣的吐槽：「侯彥霖，你能耐了！點個鞭炮都秀我一臉！

你……」還不等侯彥語把話說完，點燃的鞭炮就炸了起來，徹底掩蓋住了她的聲音。

大概是抱上癮了，進了安全區域侯彥霖也沒放手，而是繼續抱著慕錦歌跑了好長一段距離，跟負重跑圈似的，倒是一點都不嫌重。

而除了那震天價響般的鞭炮聲外，慕錦歌唯一能聽到的就是侯彥霖的笑聲，從頭頂傳來，痛快愉悅，瀟灑自在。

「咻——」

不知道是哪一家放起了煙花，三團黃色的焰火倏地衝上了雲霄，在遼闊的夜幕上如彩墨般潑灑開來，綻放出橘紅色的花團，而後花瓣凋零散落，像是下了一場絢爛的流星雨，又逐漸隱沒在漆黑的夜色之中，回歸寂然。

可是夜空的沉寂並沒有維持多久，不一會兒又有新的煙花升起、盛開、墜落，周而復始，熱鬧了整個冬夜。

燦爛的煙花在慕錦歌的黑眸中映下絢麗的光影。

那一瞬間，她想的並不是讓侯彥霖趕快把她放下，而是有個念頭如同這漫天的煙花一樣，忽地升起，然後砰的一聲炸開來，熱烈奪目，令人無法忽視——

過去的這一年，真好。

◎◆※◆※◆◎

侯家有守歲的傳統，放完鞭炮後大家漱洗出來穿著睡衣在客廳圍坐一塊兒，一邊開著電視，一邊閒嗑牙、發發紅包，等熬到凌晨就各自回房休息。

除了往年程安出於情面給的紅包外，慕錦歌已經很多年沒有收到過長輩的壓歲錢了，沒想到今年竟然從侯父侯母那裡各收到一個，拿在手裡沉甸甸的，帶著一種久違的溫暖。

初一這天侯家是要去世交的家族串門拜年的，對象比較多，流程也很瑣碎，慕錦歌不用跟著去。等她一覺醒來的時候，侯彥霖他們都已經出門了，下樓的時候只有陳管家笑容和藹的看向她道：「早啊，慕小姐，新年快樂。」

其實現在都快中午了，一點都不早，慕錦歌有些不好意思道：「新年好……不好意思，起晚了。」

管家笑呵呵道：「慕小姐太客氣了，是想先用早點還是直接吃午飯呢？」

慕錦歌問：「今天廚房的師傅不休息嗎？」

管家答道：「還有兩位師傅沒休息。」

在這種私人宅邸裡當廚師，也還真是不容易。

慕錦歌因為昨晚吃的實在不少，所以到現在還不是很餓，於是她道：「我自己去廚房做點東西吃吧，不用麻煩他們了。」

陳管家露出一副「果然如此」的欣慰神色，笑道：「二少爺走之前特意囑咐過，說慕小姐可以任意使用廚房和廚房裡的一切東西。」

「噢……謝謝。」

管家看著她抱著的燒酒，說道：「慕小姐去廚房吧，這貓就交給我來餵，二少爺提前打過招呼，所以家裡買了貓糧和爬架。」

「嗯，那謝謝了。」

想著貓也不能帶進廚房，於是慕錦歌便把燒酒託付給陳管家了。

燒酒對陳管家還是挺有好感的，心說薑還是老的辣，抱貓都有一套，不會像侯彥語或沈茜那樣總會勒著牠哪裡不舒服。

昨天……唉，鬼知道牠經歷了什麼。

看著牠低頭吃貓糧的乖巧樣子，陳管家感慨道：「上次見你，你還是隻小奶貓，差不多才一個月大，現在都快三歲了吧。」

「喵？」**怪不得覺得你很親切**。

「剛開始聽大小姐說要把你送給二少爺的時候，我還很擔心。」管家伸手揉了揉牠的小腦袋，「沒想到你不僅活著，而且還成了二少爺和慕小姐之間的小媒人，了不起。」

「……」**這句話槽點實在太多了，都不知道從哪裡說起**。

正當陳管家絮絮叨叨的時候，有個年輕的傭人走了過來，說道：「陳叔，大小姐回來了。」

「好的，我知道了。」見燒酒也吃得差不多了，管家把牠抱了起來，「來，要去見你的原主人了。」

慕錦歌從廚房出來的時候，就聽到原本安靜的客廳嘈雜起來，有陳管家和一個女人說話的聲音，有傭人搬行李的聲音，有小孩子打鬧的聲音，其中還夾雜著幾聲貓叫，不是慘叫也不是呼救，聽起來還挺樂在其中的。

她剛走出來，那位正在和管家說話的女人就注意到她，笑著望了過來，問道：「這就是慕小姐吧？」

一看到對方那張和侯彥霖有幾分肖似的面孔，慕錦歌就想起昨天侯彥霖說過的話，頓時心下了然。她點了點頭，打招呼道：「大姐好。」

「哎，真乖。」侯彥晚的聲音很好聽，像是黃鶯婉轉，嬌滴滴的，「看來我回來的時機好啊，彥語他們都不在，沒人跟我搶了。」

慕錦歌：「……」

這時，一道軟糯糯的聲音響起：「好香呀！」

慕錦歌循聲望去，只見原本在和燒酒玩得起勁的兩個小孩在她出來後都自動放棄了追貓遊戲，站在原地，神態動作出奇一致的用著雙黑溜溜的眼睛直直盯著她……手上的盤子。

這兩個小孩長得可愛極了，眼睛又黑又亮，皮膚奶白，看起來跟成對的瓷娃娃似的。他們樣貌相似，穿的衣服也是一對，只是顏色不同，一個穿粉、一個穿藍。

「這是我兒子和女兒，兒子小名叫聰聰，女兒叫慧慧，龍鳳胎，都才兩歲多。」侯彥晚介紹道，「聰聰、慧慧，來，叫慕阿姨。」

第一次聽到「阿姨」這個稱呼，慕錦歌愣了一下。

本來以她這個年齡，叫姐姐也是可以的，但她現在的身分是侯彥霖的女朋友，要是叫了姐姐，輩分就亂了，所以只得叫阿姨。

呵呵，都怪侯彥霖。

於是兩個孩子十分乖巧的朝慕錦歌異口同聲道：「慕阿姨——」

慕錦歌沒有多少和小孩子相處的經驗，有些生硬的扯了扯嘴角，努力讓自己看起來和善一點。她溫聲道：「你們好，新年快樂。」

然而這兩個孩子不愧是有著侯氏血脈，一點都不怕生，屁顛屁顛的跑了過來，仰著頭看向她。聰聰嚥了嚥口水，開口道：「慕阿姨，妳、妳拿的是什麼啊？好香……」

慧慧接口道：「想吃……」

一旁的陳管家和侯彥晚都樂了，侯彥晚笑道：「哈哈，兩個吃貨。」

慕錦歌看他們仰著頭實在費力，於是蹲了下來，把盤中盛著的甜點給他們看，一邊道：「我自己做的一些點心，要吃嗎？」

聰聰盯著盤中黑黑白白的圓球，好奇的問：「什麼點心呀？」

慕錦歌道：「椰蓉巧克力球（注四）。」

「椰蓉……巧克力……」慧慧笑起來時眼睛彎得像月牙似的，「好像很好吃的樣子。」

聰聰回頭問侯彥晚：「媽媽，可以吃嗎？」

侯彥晚道：「這個你得問慕阿姨，問阿姨可不可以給你們吃呀？」

聽了這話，兩個孩子都用著期待的目光望著慕錦歌，接著就聽慧慧糯聲糯氣道：「慕阿姨，妳可以、妳可以讓我們吃嗎？」

在兩個孩子渴盼的注視下，慕錦歌忍俊不禁：「當然可以。」

聰聰和慧慧不忘禮貌：「謝謝阿姨！」

慕錦歌先是用筷子夾一個餵了慧慧，然後又餵了聰聰，看著兩個小孩像小倉鼠一樣嚼著東西，心裡也跟著柔軟起來。她問：「好吃嗎？」

聰聰道：「好吃！」

慧慧跑回去拉住侯彥晚的手，小小年紀就會推銷了：「媽媽、媽媽，這個好吃，妳吃！」

慕錦歌抬頭，也對侯彥晚道：「大姐，妳也嚐一嚐吧？」

侯彥晚道：「可是妳還沒吃呀，聰聰慧慧這都吃了兩個了，我再一吃，就沒多少了，讓家裡其他人知道了，肯定要說我欺負妳。」

慕錦歌道：「沒有的事，這個做起來很容易，而且我也不餓。」

「這……」

慕錦歌看了眼懶洋洋趴在地上舔毛的燒酒，認真的說道：「如果不是妳當初買下燒酒，我後來也不可能撿到牠，更不可能和侯彥霖認識，真的要感謝妳。」

「哎呀，都快成一家人了，還跟我說這個。」侯彥晚嘆了一句，「那我就不客氣啦。」

而當她吃下一顆後，才發覺這並不是一道普通的巧克力甜點。

準確來說，這並不是巧克力球——

椰蓉的甘甜與黑巧克力的苦澀相互調和，進入口腔後，在脣舌間慢慢的化開，而真正的驚喜是在咀嚼時，預想中更加濃郁的巧克力味並沒有迸發，牙尖觸及到的柔軟令人十分意外。

原來椰蓉巧克力只是件外衣，實際上裡面包裹著的竟然是一小截香蕉，在咀嚼之間於口腔中散發出一股獨特的淡淡奶香，口感黏稠，像是一張從裡面往外鋪開的網，把椰蓉和黑巧克力的味道包在了一起，使得味道不至於零散混亂。

侯彥晚讚道：「唔！味道很不錯嘛！」

慕錦歌道：「謝謝，喜歡就好。」

「對了，我突然想起有一樣東西可以給妳，作為回禮。」說著，侯彥晚朝她神秘兮兮的眨了眨眼睛，隨後把一兒一女叫到身邊，蹲下身小聲的交代著什麼，說了一會兒後連管家都加入了他們的悄悄話小組。

慕錦歌：「？」

就聽慧慧突然冒了句：「噢！也就是說慕阿姨是小……」

「噓！」侯彥晚及時封口，叮囑道：「把東西拿過來給慕阿姨再叫，知道嗎？」

兩個孩子聽話的點了點頭，像是小雞啄米：「知道了！」

悄悄話會議散會後，就見兩個小孩在管家的帶領下啪嗒啪嗒跑上樓，去找什麼東西了。侯彥晚則對此閉口不談，只是拉著慕錦歌坐到了沙發上，跟她聊起天來。

慕錦歌：「？？？」

十分鐘後，慕錦歌知道了答案。

聰聰有些吃力的抱著一本相冊跑到她面前，獻寶似的遞到她面前，但畢竟只是兩歲小孩，再聰明也有限，他站定後想了好一會兒，都沒想起來母親給他安排的臺詞是什麼，求助般的回頭望了侯彥語一眼，侯彥語提示道：「聰聰，這是什麼呀？」

「這是，這是……」一個小燈泡在聰聰的腦袋上亮了起來，「我小舅的黑、黑膩史！」

慧慧倒是對自己要說的話記得很熟，笑容燦爛：「請小舅媽欣賞！」

慕錦歌：「……」

而燒酒已經笑翻在地。

可以的，小舅媽。

侯彥霖一進門，就被自家小外甥撞了個正著。

聰聰剛才光顧著跑，沒注意到門口進來一人，猛地撞了一下，要不是侯彥霖眼疾手快的把他抱住了，只怕現在早屁股著地，哇哇大哭了。

侯彥霖俯身，輕鬆的用單手把小外甥抱了起來，讓他坐在自己的手臂上，一邊低頭問：「玩什麼呢，跑得這麼瘋。」

聽聽揮舞著小手，很是興奮道：「有大貓追！」

侯彥霖疑惑，「大貓？」

就在這時，緊跟著追過來的燒酒殺了出來，模仿著電視劇上看到的猛獸，做出一副氣勢洶洶的樣子。

「喵！」**小兔崽子往哪裡跑！**

侯彥霖目光往下落，正好對上燒酒自以為露著凶光的雙眼。

聽聽歡快的叫起來：「啊，大貓！被大貓追上了！」

侯彥霖笑了，彎著眼角，語氣輕鬆的跟燒酒打了個招呼：「嗨，大貓。」

燒酒：「……」

「大貓？大貓為什麼不來追我？」見半天沒有動靜，藏在短廊外的慧慧忍不住了，跑了出來，「啊！小舅舅！」

侯彥霖道：「哎呀，這不是我們的慧慧小公主嗎？來，讓舅舅抱一抱。」說著，他蹲下身將聽聽放了下來，轉而用兩隻手把慧慧抱了起來舉高高轉圈圈。

似乎是習慣了，慧慧一點都不怕，反而覺得好玩極了，又是笑又是尖叫的，喜悅激動得不得了。

燒酒目瞪口呆。

看不出來啊，大魔頭竟然這麼會哄孩子！

就在侯彥霖把慧慧放下來的時候，一片紅色從小女孩的口袋裡掉了出來，然後就聽聽說道：「紅包掉了！」

「嗯？」侯彥霖撿了起來，還給外甥女，「哪裡來的紅包，怎麼不交給媽媽保管？」

慧慧雙手拿著紅包，奶聲奶氣道：「這是、這是小舅媽給的。」

侯彥霖一愣：「妳說誰？」

慧慧用著一雙無辜的大眼睛望著他，「小舅媽呀。」

侯彥霖問：「是不是一個頭髮長長的，長得很漂亮的姐姐？」

兩歲大的孩子對長相沒太大感覺，對食物倒是有點印象，聰聰積極發言道：「我們吃了小舅媽做的點心，超好吃的！」

這麼說，那就是他家靖哥哥了！

畢竟現在待在這個家裡的、會下廚做飯還好吃的女性，只有那麼一個。

侯彥霖心裡高興，往兩個外甥白乎乎、胖嘟嘟的小臉上一人親了一口，從大衣口袋掏出兩個厚厚的紅包，說道：「小舅平時真沒白疼你們。來，這是小舅給你們的紅包，要和小舅媽給的那份一起交給媽媽保管，知道嗎？」

兩個孩子接過紅包，乖乖的點頭，「知道了。」

於是侯彥霖一手抱著慧慧，一手拉著聰聰，身後跟著燒酒，聲勢浩大的走進了客廳。

本來還擔心靖哥哥一個人在家會無聊，沒想到進入客廳就看到她和大姐侯彥晚坐在沙發上，兩人湊得還很近，居然在說說笑笑。

侯彥霖把孩子放下，自個兒好奇的湊到了兩人身後，問道：「妳們在聊什麼呢？」

聽到他的聲音，慕錦歌動作敏捷的將腿上攤開的一本東西合上了。

——有問題。

侯彥霖心裡頓時湧起一股不太好的預感。

侯彥晚把散落的碎髮撩至耳後，回頭笑盈盈的看向他，一點都沒有被抓了個現行的慌亂，「彥霖，你怎麼單獨回來了？」

「爸他們下午要留在鄭家打牌，無聊得很，我就先回來了。」侯彥霖內心疑慮，表面微笑，「看來妳們倆相處得還挺不錯的嘛，都聊些什麼呢？」

大概是想著剛剛才收了小舅舅的好處，知情者慧慧跑了過來，大聲洩密道：「我知道我知道！媽媽在跟小舅媽說黑膩史！」

聽聽附和道：「小舅舅的黑膩史！」

侯彥霖：「……」

「姐。」他說怎麼看靖哥哥腿上的那本東西有點眼熟呢，「妳給錦歌看的這本相冊難道是……」

侯彥晚大方承認道：「既然都被你撞見了，那我們就正大光明來重回兒時吧……錦歌，剛才我講到哪張照片來著？」

慕錦歌把相冊重新翻開，指了指這頁最後的一張照片，「這張。」

照片上的侯彥霖大概只有七、八歲，因為身體不好，所以看起來比同齡人要羸弱些，穿著件長袖條紋襯衫配卡其色吊帶褲，腳上穿著棕色皮鞋，標準的小少爺打扮。

他抬眼看向鏡頭，似乎有些緊張，手在身側握著小拳頭，嘴角卻配合的揚了起來，一雙桃花眼似笑非笑，額頭還貼了個紅點。

侯彥晚用手指遮住照片右下角的時間，問：「妳猜這是什麼季節拍的？」

慕錦歌看了看照片裡正太時期侯彥霖的穿著，推測道：「秋天。」

「錯！」侯彥晚把手指移開，露出拍攝日期，揭曉答案，「是大夏天！」

慕錦歌奇怪道：「這不是在B市嗎？」

侯彥晚笑道：「就是在B市。那會兒我和彥森已經出國了，所以很多事情都是聽我媽和陳叔說的，說彥霖有好長一段時間都特別喜歡穿這一套，臭美唄，七、八月份室外溫度直往三十度以上飆的時候，還吵著鬧著要這樣穿，最後熱得身上全是痱子哈哈哈哈哈……對了，還有這個小紅點啊，每天都要貼，以為能辟邪似的哈哈哈哈哈……哎喲我們快往後面翻，我都等不及要講他剛出國時中二的那些歲月了，笑死了！還好照片我們都偷偷存下來還洗了出來。」

被揭短的侯彥霖老臉一紅，蠻橫的把相冊奪了過來，「不許看了！」有張照片可能是沒有放好，經他這麼一搶，像時光的一片落葉似的，悠悠的落到了侯彥晚的身上。

侯彥晚拿起來一看，「咦，這不是那個誰嘛？」

侯彥霖生怕落出來的照片是他和哪個女生的合照，頓時緊張起來，誓要趕在侯彥晚給慕錦歌看之前攔下來：「誰啊？」

侯彥晚道：「就張家的那個，現在是大明星的那個。」

「噢，妳說巢聞啊……」侯彥霖鬆了一口氣，「真稀奇，原來小時候我和他還有合影啊？」

慕錦歌挨過去看了眼，形容生動：「你站他旁邊就像跟豆芽一樣。」

「他比我大好幾歲呢！」侯彥霖不服氣的辯解道，「而且那時候我身體差，所以看起來比較弱，現在我肯定要比他強壯，不信的話明天就可以比一比！」

慕錦歌：「明天？」

侯彥霖道：「明天巢聞和梁熙要過來拜年，然後我們一起去大覺寺上香……大姐，明天妳來嗎？」

侯彥晚搖頭，把照片還給他，「不了，聰聰和慧慧聞不慣寺廟的香火味，我怕回來後他們咳嗽。」

侯彥霖點頭，「了解。」

看著侯彥霖一副抱著相冊打算找個地方好好鎖起來的樣子，慕錦歌叫住了他：「等等。」

「怎麼了？」

「你能把剛才那張穿吊帶褲的照片給我嗎？」

侯彥霖哭笑不得，「靖哥哥，真人就在妳面前隨叫隨到呢，要照片幹什麼呢？」

慕錦歌認真的回答道：「你小時候真可愛，比現在可愛多了。」

侯彥霖：「……」

哪裡有火？他要馬上把這本相冊燒個精光！

最後，侯彥霖不僅沒有燒成相冊，還在後來陸續回來的家族大隊伍的脅迫下，乖乖的把那張照片交給了慕錦歌。

◎◆※◆※◆◎

翌日，大年初二。

吃過午飯後，侯彥語興致勃勃的拉慕錦歌進房間要教她下棋，而侯彥霖自然是不甘示弱的追上去，和侯彥語展開了一場拉鋸戰，然而鷸蚌相爭漁翁得利，聰聰和慧慧看準時機溜上來牽著慕錦歌的手，把慕錦歌帶回樓下和他們一起畫畫。

今天早上的時候大姐夫鄧翀過來了，現在正和侯彥晚在樓上跟侯父侯母喝茶談家常，兩個孩子就放在客廳玩。

燒酒趴在柔軟的地毯上，懶懶的打了個貓呵欠，剛準備換個姿勢，結果突然被一隻肉呼呼的小白手按住了，接著就聽慧慧用著軟糯糯的聲音喊了句：「別動！」

「喵？」燒酒抬眼一看，才發現小女孩腿上放著一本畫本，手上抓著一枝藍色的蠟筆。

慧慧奶聲奶氣，語速比較慢：「大貓別動，我在畫你。」

聽了這話，燒酒向她投以欣賞的目光。

——小小年紀挑模特兒就這麼有眼光，很有前途啊小朋友！

——看在妳的審美水準這麼高的分上，我就勉為其難的保持姿勢讓妳畫好了。

「畫好了！」慧慧認真的畫了差不多十分鐘，把畫本翻過來朝著燒酒，「大貓你看，四不四很像？」

只見紙上用深藍色的蠟筆粗糙的畫了兩團拼湊在一起的頭身，頭比太陽還要圓，四條腿奇短無比，一條大尾巴跟狐狸似的，兩隻耳朵一邊三角、一邊半圓，然後又用黑色的蠟筆畫了臉和鬍鬚，大小眼也就算了，居然嘴巴還是歪的。

除此之外，小姑娘還很有心的在牠圓滾滾的腦袋上畫了青天紅日，四條短腿下畫了青草粉花，尾巴旁邊畫了個簡易的房子，三角形的屋頂、四邊形的牆壁，總高度和貓差不多。

燒酒：「……」

慕錦歌坐在沙發上看過來，「慧慧畫了什麼？」

慧慧十分得意的把大作展示給小舅媽看，「大貓！」

慕錦歌點了點頭，「嗯，畫得很好啊。」

燒酒瞪大了貓眼，炸道：「哪裡好了！靖哥哥，小孩子不能像妳這樣慣的！」

慕錦歌置若罔聞，把畫舉到牠旁邊，比了一下，補了句評價：「很傳神。」

燒酒覺得有一口貓血哽在喉間，怒道：「什麼鬼！這張破畫根本無法傳達出我絕世美貌的萬分之一好不好！？」

慧慧聽牠一直在叫，不由得有些害怕，往慕錦歌身邊縮了縮，怯怯的問了句：「大貓好吵，牠、牠不高興了嗎？」

慕錦歌安慰道：「沒有，牠很喜歡妳的畫，所以很興奮。」

慧慧登時眼前一亮，情緒又恢復了，「大貓，我再畫一張！」

「……」燒酒翻了個身，躺平在地上，無奈道：「唉，來吧。」

慧慧這邊安靜下來了，聽聽又用小手抓住了慕錦歌叫道：「小舅媽，小舅媽！」

慕錦歌現在已經對這個稱呼免疫了，她問：「怎麼了？」

聽聽把撕下來的畫遞給她，「送給妳！」

慕錦歌接過他手中的畫紙，大概可以看出上面畫的是兩個人，長頭髮穿裙子的是女生，短頭髮穿褲子的是男生，男的比女的高半個頭，兩人手拉著手，腳邊還跟著一團神秘的灰色物體。

「這是、這是小舅舅和小舅媽！」聽聽講解道，「帶著大貓散步！」

侯彥霖不知道什麼時候從樓上下來了，出現在沙發背後，看了眼畫中的內容，笑道：「聽聽，敢情小舅在你眼中頭上就只有三根毛？」

小孩子的笑點總是很低，單單這麼一句話，就讓聽聽笑翻在沙發上，半天說不出話。

慕錦歌瞥了他一眼，「你一個二十多歲的人，跟一個兩歲的孩子計較什麼？」

侯彥霖一本正經道：「認知偏差要從小糾正。」

「你小時候不也這樣畫的嗎？」

侯彥霖頓時整個人都不好了，「那本相冊連這個都有？！」

「有一張是你三歲時舉著你的大作，一臉得意。」慕錦歌提醒他道：「每隻手只有四個指頭，畫的還沒聽聽好。」

侯彥霖：「……」

陳管家這時過來說道：「二少爺，巢聞少爺和梁小姐來了。」

侯彥霖頷首：「好，讓他們進來吧。」

對於梁熙這個名字，慕錦歌已經很熟悉了，但這還是她第一次見到真人。與預想中的不同，雖然那女子的妝容和著裝都十分成熟幹練，但不難看出年紀還很輕，二十剛出頭的樣子，留著齊肩的短髮，脫下外套後穿著一件高領毛衣，肩膀單薄，身材清瘦，個頭不高，踩著雙高跟短靴。

跟在女子身後的正是慕錦歌經常在電視和車站廣告看板看到的巢聞，一百九十公分的大塊頭，穿著一身暗色，不是黑就是灰，生得極為英俊，五官稜角如在冰上雕刻出來一般，深邃又硬朗；他板著一張棺材臉，沒有什麼表情，但就是這樣一個看起來感情淡漠的男人，卻是電影界公認的實力派演員，離影帝只有一步之遙。

聽聽終於止住了笑，從沙發上爬起來望著巢聞發愣，「我好像、好像在電視裡……看過這個叔叔。」

「這是侯大小姐的孩子吧。」梁熙露出和氣的笑容，走近發紅包給小孩，「來，這是阿姨和叔叔給的紅包，新年快樂。」

聽聽雙手收了下來，「謝謝叔叔阿姨。」

慧慧放下畫筆，也接過紅包，窮盡自己的詞彙量道：「祝叔叔阿姨……萬事吉祥，身體健康！」

「真乖。」梁熙看向慕錦歌，「這位是？」

聽聽興奮的介紹道：「小舅媽！小舅媽！」

慕錦歌道：「妳好，我叫慕錦歌，是侯彥霖的女朋友。」

梁熙看著她，不確定的問了句：「慕小姐是不是在餐廳工作？」

慕錦歌：「是。」

梁熙沒有提起去年吃到的那道花心大蘿蔔，只是說道：「去年侯少請我去妳工作的餐廳吃過飯，味道很不錯。」

慕錦歌自然也還記得那一次，「謝謝。」

侯彥霖看了眼正在把東西往裡搬的傭人，好笑道：「你們來就來，還送什麼禮啊。」

「去年要是沒有你和你哥的幫助，我和巢聞絕對熬不過來。」梁熙正色道，「知道你們家肯定什麼都不缺，送點年貨聊表心意。」

侯彥霖：「嗨，說這些。」

巢聞也開口了，他的聲音很低，有種獨特的磁性：「侯二，這次多謝你。」

侯彥霖懶洋洋道：「巢聞，你要回報我們很簡單，好好演戲，多得獎、多拿代言，成為我們公司的搖錢樹就行了。」

他這一句本是玩笑話，沒想到梁熙真的認真匯報道：「除夕前一天我們飛去紐約見了郭城，談了下一部電影的事，預計四月份的時候在國內S市開機。」

「我聽說過，郭導這部片就是衝著得獎去的，好好把握。」侯彥霖看了眼慕錦歌，意有所指道：「首映場記得多送我一張票。」

梁熙笑著答應：「一定。」

後來侯彥森和沈茜夫婦從房間出來，一群人又聊了一陣，才各自出門。

侯彥森要跟著沈茜回沈家，侯彥霖和慕錦歌還有巢粱兩對去大覺寺。本來侯彥語也要去的，見一行人裡除了她以外竟然都是成雙成對，就乾脆留在家睡午覺了；燒酒犯懶，也沒有跟過去。

大覺寺是古寺，兩道靈泉水環繞寺廟，在龍王堂前積成龍潭，寺內古樹繁多，參天茂盛，千年銀杏，松柏抱塔，種種奇景匯成八絕。這裡的白玉蘭格外有名，在早春開花，可惜現在還不是時候，過段時間，等三、四月份的時候再來，又是另一番風景。

Ｂ市是古都，寺廟很多，各有千秋，求子去紅螺、問學去臥佛、求官去潭柘、參禪去廣濟……其中據說大覺寺的平安符特別靈驗，來這裡上上香求一符，保佑來年平平安安。

亨通也好，富裕也罷，最重要且基本的還是平安。

初一來上香拜聖的人多，初二人就要少些了，兩對人上了高香，互相求了平安符，就慢慢一階一階往下走。梁熙和侯彥霖說工作上的事，走在了後頭，而不管事的巢聞和慕錦歌反倒湊在了一起，兩個話少的走在了前頭。

走到一半的時候，巢聞突然開口問道：「妳和侯二在一起多久了？」

慕錦歌愣了一下，而後淡淡答道：「去年夏天認識，今年一月交往。」

巢聞思忖道：「看來侯二真的很喜歡妳。」

慕錦歌：「……」

「雖然他看起來像是花花公子，有點輕浮……」應該是不大習慣幫人說話，巢聞的語氣有點生硬，他頓了頓，斟酌道：「但那都是他裝的。」

慕錦歌看向他，「你現在是在幫侯彥霖說話嗎？」

巢聞平靜道：「我只是在陳述一個妳已經知道的事實。」

沉默了半晌，慕錦歌才說道：「現在我和侯彥霖一起開了家餐廳，有空就和梁熙一起過來吃飯吧。」

巢聞：「好。」

而他們身後那原本該在談正事的兩人——

「今年華盛經紀部的政策會有所調整，盡量把資源撥下去……」說著說著，侯彥霖突然壓低聲音，悄悄的跟梁熙說了句：「對了，謝謝妳上次的幫忙。」

「上次？」想起對方指的是什麼後，梁熙也壓低了聲音：「你用上了？」

「效果不錯，沒讓巢聞發現嗎？」

「沒，我把那幾條訊息刪了。」

「梁熙熙，幫我保守這個秘密，尤其不能讓巢聞和錦歌知道，他們會笑話我的。」

「嗯，我知道了。」梁熙看了前面那個高大的身影一眼，心說：要是真讓巢聞知道我跟你說他做過這種事，他肯定又要生悶氣了。

注四：巧克力香蕉椰蓉球，引用吾愛烘焙。（http://www.xiachufang.com/recipe/100483490/）

4. 焦糖味噌

慕錦歌本來是打算初三走的，但奈何侯家的人盛情難卻，硬是把她留著多住了兩晚，逛了廟會又看燈會，所以直到初五下午，她和侯彥霖才離開侯家。

每天大魚大肉伺候著，饒是素來胃口小、吃不胖的慕錦歌過完這個年也不免長了幾斤肉，燒酒就更別提了，圓了一圈，慕錦歌抱起牠來時感覺跟舉重似的，所以直接把牠扔給侯彥霖抱了。

回到了住所，侯彥霖又以搬行李和搬燒酒為由，再次成功踏進這間出租房，而慕錦歌拿鑰匙開了門後則先是把剛剛在樓下信箱裡找到的信封拆了開來。

侯彥霖見她看得認真，好奇的問道：「這是什麼？」

慕錦歌一邊看，一邊答道：「房東寄過來的水電費單。」

侯彥霖若有所思的點了點頭，「哦……」

等看完上面的明細，慕錦歌把帳單塞回信封，抬頭看了眼還傻站在客廳的某人，問道：「不是說等一下你們家還有什麼事嗎？怎麼還不走？」

「靖哥哥，妳看……」侯彥霖舔了舔下脣，猶豫道：「我們一起開店，也見過家長了，那……」

慕錦歌：「那？」

侯彥霖繞著彎說道：「我就是想說，我自己住的那間房子還挺大的，有多餘的房間，還有一些燒酒以前用的玩具，雖然地方沒有妳這裡近，但平時上下班開車也很方便……」

慕錦歌看著他，直截了當的問：「你想和我同居？」

侯彥霖態度誠懇道：「希望妳能好好考慮一下這件事，不用馬上做決定。」

慕錦歌收回視線，淡淡道：「好，我會考慮的。」

侯彥霖原以為她會果斷拒絕，沒想到竟然應下了，所以愣了一下才道：「真的？」

「嗯。」

侯彥霖喜出望外，當即撲過去抱著慕錦歌就是一陣亂啃。

燒酒：**我需要墨鏡！！！**

成功在對方白皙的脖頸上留下一記新鮮的吻痕，侯彥霖功成身退，戀戀不捨的摸了摸對方有些發燙的臉頰，深情款款道：「妳慢慢考慮，反正『兩情若是久長時，又豈在朝朝暮暮』。」

慕錦歌拍開他那隻雖然賣相極佳但仍然不能掩蓋其本質的鹹豬手，面無表情道：「別人吟詩作對，都是雅興大發，你吟詩作對，是獸性大發。」

侯彥霖抬手撩起她的一綹長髮，低頭吻了吻，一雙好看的桃花眼卻直直的盯著慕錦歌，帶著略有些危險的笑意，低笑著緩緩道：「靖哥哥，我要是真獸性大發起來，怕嚇著妳。」

慕錦歌不以為意回道：「我會打電話叫動物園的人來抓你的。」

侯彥霖愣了一下，然後「噗」的一聲笑了出來。

真行啊！他專業撩妹二十年，今日敗在靖哥哥手上，一點都不虧。

慕錦歌莫名其妙的看著他，「你笑什麼？」

「靖哥哥妳真是太可愛了。」侯彥霖止住了笑，湊過去啄了啄她的臉，蜻蜓點水的落了一個吻，便撤了回去，「那我先回去了。」

而就在他開門準備出去的時候，慕錦歌喊住了他：「等等。」

侯彥霖回頭，笑道：「嗯？捨不得我？」

「不是。」慕錦歌立即無情的敲碎他的黃金夢，指著剛才由他拎進來的一大袋東西問道：「這一袋是什麼？」

剛才上樓時她沒注意看，以為是侯家人送的一堆年貨之一，但現在仔細一看，地上一堆物品裡只有這個的包裝是暗色的，顯得有些格格不入，不像是侯家的人送的。

「妳說這個啊？」侯彥霖頓了頓，隨即語氣輕快道：「本來想偷偷送給妳，沒想到被妳發現了呢。」

慕錦歌問：「你送我的？是什麼？」

「不是什麼貴重的東西，我走後妳自己打開來看吧。」侯彥霖眨了眨眼，「就這樣，靖哥哥拜拜，不要太想我。」

等他走後，慕錦歌坐在沙發上，把那個深色的包裝打了開來。

裡面裝的是一個朱紅色的方盒，很大，跟蛋糕盒似的，盒子上沒有印任何商標和字跡，打開來看只見裡面鋪了層黑色的絨布，內部劃分成大小不一的細格，每個格子裡都放了形狀不一的瓶子，拿出來一看，全是國外原產：紐西蘭的奶油、西班牙的橄欖油、印度的黑胡椒、義大利的黑醋、法國的淡奶油、泰國的魚露、英國的李派林烏斯特醬……

她一樣樣拿起來看，擺到茶几上列成一排，然後才發現盒子底下還混著幾瓶沒有標籤文字的，看不出產地，可能是國內的調料。

慕錦歌對調料並沒什麼講究，但在食園裡耳濡目染過一段時間，大概可以推測出這些調料都來自於最佳產地中最具口碑的品牌。

但其實，其中有幾種調料連她都不是很瞭解，畢竟廚師會的菜再多，也都是主攻一個系統的，像她母親慕芸就是做淮揚菜和粵菜的，而她這種不中不西、放飛自我的，要是放在早些年還沒那麼能包容創新的料理界，肯定只會被打成不倫不類。能瞭解這麼多種調料，只可能是走南闖北見多識廣的老江湖。

侯彥霖又是怎麼知道的？是向顧孟榆諮詢的嗎？

不，如果真的那麼大費周章，那個二傻子肯定會藉此各種求親親求抱抱的，怎麼可能低調到把這袋東西混在侯家人的禮品間，直到她主動發問才提起？

「靖哥哥，妳怎麼了？」燒酒見她沉默不語，於是回過頭來，這才看到茶几上一排的瓶瓶罐罐。牠跳上沙發，再輕輕躍到茶几上，走近挨個打量，在最末的一瓶前停下道：「哇，這瓶辣醬蒜蓉醬的包裝我認得，是已經退隱的一位川菜大師祖傳秘製的，當初周琰很想要，但是接連吃閉門羹，根本要不到。」

聽牠這麼說，慕錦歌更是確定了：「這份東西，不該是侯彥霖送的。」

燒酒雖然也覺得奇怪，但也想不出其中暗含什麼玄機，只好道：「可是大魔頭剛才不是說了嗎？是他送給妳的。」

是啊，如果不是他送的，那他為什麼不說出真正送出這份禮的人的名字？

究竟，是誰送給她的呢？

◎◆※◆※◆◎

新年新氣象，奇遇坊年後開張，每個人似乎都有些微的變化：小丙剪了個瀏海，小山打了耳洞，小賈看小丙的眼神更殷勤了，雨哥把頭髮兩側剃了，問號回家一趟後戒菸了；而肖悅竟然剪了個短髮，整了個梨花燙，染成了栗色……

剛開張還沒一個星期，慕錦歌作為天川街最年輕的成功營業者，接受了本地電視臺的一個採訪，而為了避免麻煩，奇遇坊對外宣稱只有一個老闆，侯彥霖在當天抱著燒酒出去溜達迴避了。在這次採訪中，慕錦歌的態度要比比賽那會兒好多了，雖然還是神色淡淡，但起碼會配合著回答一、兩句的。

三月初的時候，顧孟榆來了一趟。

一進店門，她就抓著侯彥霖問道：「我聽說過年的時候你把錦歌帶回家了？」

侯彥霖正坐在櫃檯前玩手遊，懶懶的應道：「是啊，妳怎麼知道的？」

「彥語曬她弟媳都曬到美國去了好嗎！」顧孟榆憤憤道，「太過分了，那你們來我們家拜年的時候，怎麼都不帶上錦歌啊？」

侯彥霖道：「串門客套這種事，她不適合做。」

顧孟榆把他的手機按下，「就算這樣，你小子起碼通知我一聲啊，這樣我就不把彥語喊到我那裡去，直接上你們家找了……不是，你們倆啥時好上的啊？我怎麼不知道？」

「就過年前不久。」侯彥霖也順勢放下手機，抬起頭笑咪咪的看向她，「說起來妳還是我和錦歌的半個牽線人，為了感謝妳，這頓我請了，孟榆姐想吃什麼就點什麼吧。」

顧孟榆撫額長嘆一聲：「天啊，我就這麼糊裡糊塗的吃了頓做媒飯。」

現在已經將近一點了，午餐時段接近尾聲，室內客人還是比較多，顧孟榆最後在寵物區內找到一個比較喜歡的空位。

奇遇坊的規定是這樣的，帶寵物的客人在一般情況是坐寵物區，如果室內人少的話可以坐到A區和B區，而尖峰時期普通客人如果在普通區域找不到座位，是可以坐進位置相對比較充足的寵物區。

除了考慮距離和光線等條件外，顧孟榆選擇這個位子還有一個重要的原因。

隔壁桌的客人帶了隻漂亮的薩摩耶，漂亮得讓她移不開眼。

她是個犬控女，家裡養了一隻金毛和一隻牧羊。

本來去年她是還想養一隻薩摩耶的，但是卻被她父母無情阻止——因為工作性質，她時常出差，飛這兒飛那兒，養的兩條狗只有放在顧宅讓父母幫忙養著。

這情況用顧母的話說就是：「我們家的狗已經夠多了，甜甜（金毛）、沫沫（牧羊）和朔朔（顧孟榆的小名）。」

而顧父更是一聲長嘆：「不說孫子了，妳什麼時候扔給我們的能不是狗，而是熱呼呼的女婿啊！」

……好吧，這個逼婚是她自找的。

想到這裡，顧孟榆就悲從中來，看向薩摩耶的目光中也多了一份沉重。

「？」阿西莫夫斯基回望過來，吐著舌頭，保持著優雅依舊的微笑。

直到小山把顧孟榆點的菜端上來，這場略有些悲傷的人狗對望才得以中止。小山道：「顧小姐，這是您點的特製蘋果泥燴飯(注五)。」

顧孟榆收回目光，朝小山莞爾一笑：「哦，好，謝謝妳。」

她有一段時間沒來了，沒想到這裡竟又新增了不少料理，所以拿到菜單時很是驚喜，趕快點了最感興趣的新品。看到蘋果泥這個關鍵字，她還以為是一道頗為小清新的料理，沒想到上來後的菜色比想像中要沉許多，顏色奇怪的蘋果泥和米飯混成一團，上面還灑了一層白芝麻。

顧孟榆喝了口店內免費提供的大麥茶，舀了勺泥中有飯、飯中有泥的燴飯，淡定自若的吃進嘴中——

這道菜裡所用的蘋果醬並不是超市裡直接買的那種，也不太像是用機器直接打的，嚐這味道，應該是把蘋果烤軟之後再刮出來的瓤，格外濃郁，味道也隨著顏色而沉了下來，更有質感。而蘋果泥顏色的奇特並不僅僅是出於這個原因，除此之外，很大一部分的原因在於調料。

香甜的蘋果泥中，竟然還加了辣油和黑胡椒！

獨特的甜辣味道瞬間征服了味覺，讓原本已被過年時的山珍海味麻痺的唇舌猛地甦醒過來，原地復活，壯志凌雲的開啟新一年的征途！

因為職業病的緣故，顧孟榆一邊品嘗，一邊喃喃般將心中的評語說了出來，不時肯定的點了點頭，沒一會兒就將盤中的燴飯一掃而光。

用紙巾將嘴角擦乾淨，再喝一口熱茶，茶足飯飽的顧孟榆這才察覺到來自於身旁的兩道目光。

她偏過頭，發現隔壁桌那隻薩摩耶的主人正在看她。

鍾冕早就吃完了，一如既往的帶了筆電來寫稿。當與顧孟榆四目交會的時候，他下意識的就是目光一躲，靦腆的開口：「妳、妳好，我是一名作家，最近打算開始寫一本以慕小姐為原型的小說，涉及美食，所以……妳剛剛說的那些話，可以再、再重複一次嗎？我想為小說取材。」

作家？

顧孟榆打量著他，越發覺得這個人有些眼熟。

鍾冕見她不說話，以為她是在懷疑自己，忙道：「我絕對不是壞人，也不是、不是想藉機搭訕，我是這裡的常客，慕小姐和侯先生都認識我……我知道我有些冒昧，如果妳不願意，那就算了，沒關係的。」

然而顧孟榆卻是突然問：「你是不是鍾不曉？寫《不如我們在城市間流浪》的那個？」

「啊！」鍾晃愣了一下，才虛心道：「那確實是我的拙作。」

聽到答案，顧孟榆露出笑容，「真是緣分啊，沒想到在這裡碰見你。」

鍾晃流露出疑惑的神色，「我們認識嗎？」

顧孟榆道：「我們之前在同個場地做過簽售，你忘了嗎？」

鍾晃還是很茫然，「妳也是作家嗎？」

「不算，我是美食評論家，之前出過一本有關西北美食走訪記錄的書。」顧孟榆笑著提醒道：「鍾老師，你真是貴人多忘事，那時在休息室我們不還交換了名片嗎？我的筆名叫朔月。」

鍾晃語氣歉意道：「不好意思，我忘了……」

顧孟榆並不計較，「沒事。你剛才說你要以錦歌為原型寫一本小說？」

鍾晃推了推眼鏡，「嗯，是這樣。」

「那麼，有什麼問題就儘管問我吧。」看著男人怯生生的樣子，顧孟榆覺得有些有趣，「不過我有一個要求。」

鍾晃問：「什麼要求？」

顧孟榆笑道：「後來我回家拜讀了鍾老師的作品，覺得寫得真的太好了，所以想要鍾老師你給我一個特別簽名，在我買的那本書的扉頁簽一句話。」

鍾晃點頭，「哦哦，可以啊。」

顧孟榆忍不住調戲他道：「就簽『我想要和美麗的朔月小姐一起在城市間流浪』好了。」

「咳咳！」鍾晃猛地被口水嗆了下，整張臉都漲紅了。

◎◆※◆※◆◎

二月開春，本地衛視V臺開了檔新節目，叫《滿意百分百》。

這檔節目其實就是一齣美食節目，核心是廚藝比拚，打擂制，每一期都會選個普通觀眾作為「滿意獲取目標」——節目組會事先挑選報名參與的觀眾，進行資料收集，形成一份人物檔案，然後請這位入選的觀眾來到節目現場，公開檔案，擂主和挑戰者將透過當場研究公開的資訊而烹飪出一份自認為適合目標的料理，給目標觀眾和評審品嘗，最後由這位觀眾和四位評審亮牌投票，決定挑戰是否通過。

為了增加節目的看點，《滿意百分百》請了視歌雙棲的當紅小鮮肉郎桓和綜藝界的美女主持人莫堃搭檔主持，五個評審裡四個都是業界人士，保證了節目的專業性，而剩下的一個位子則是每期更換，邀請演藝圈內的業餘人士參與，賺收視。

周琰是《滿意百分百》的首個擂主。

他是目前全國最年輕的特級廚師，一路的奮鬥史感人勵志，差點都要拍成電影，名氣自不必說，再加上長相周正，在飽受油煙的這一行裡是當之無愧的男神，上鏡效果不錯，自然是V臺敲下這檔節目策劃後首個邀請的人選。

節目首集與他爭奪擂主的是業界一名資歷頗深的老廚子，年齡大了他十多歲，平時他見著了都要喊人一聲叔。節目組這樣安排也是頗有深意，一位是世代庖丁技藝流傳的老江湖，一位是白手起家奮力拚殺上來的後起之秀，傳統與新興，同時也是兩代人的對決。

最後結果不負眾望，年輕一派獲勝，老廚師長嘆一聲長江後浪推前浪，甘拜下風，轉身退出舞臺，輸的也很體面。

首集節目播出後，身邊不少熟人都在恭喜周琰得勝，還有好些觀眾在網路上發表評論說真是捏了把冷汗，說這場比拚真是精采極了等等。

對此，周琰都是嗤之以鼻。

贏得首集完全是在意料之中，準確而言，所有成功在他看來都是理所當然——

他可是擁有美食系統的人，走的每一步都是經過了系統的精細計算，和那些在這個世間摸打滾爬、摸索前行的人不同，他是被上天眷顧的男人，從七年前就行走在通往輝煌的道路上，成功是已知的，他要做的只不過是順著邁開腳步而已！

明明是毫無懸念的比試，卻還有一群人愚蠢的以為難分勝負，實在是太可笑了！

《滿意百分百》是錄播制，週一錄，週日播，四集下來差不多就是一個月了，他依然穩坐在擂主的寶座上。

只不過在第四集的時候，出現了點波折——

「咦，這不是孫老師嗎？」

休息室內，兩位專業評審正和周琰談笑風生，其中一位名叫林玨的評論家抬眼就看見電視臺的實習助理推開了休息室的門，然後孫眷朝從外面走了進來。

孫眷朝穿著一身毛呢西裝，像個老紳士，他笑起來時眼角泛起眼紋，但這並不影響他的儒雅，他溫聲道：「你們好。」

「老師？」周琰有些驚訝的看向他，「您來電視臺這邊有事嗎？」

孫眷朝道：「王秉身體不好，要動個手術，暫時不能參加這個節目了，正好前天我從外地回來，這週空著，就答應了他來填這一集的缺。」

王秉是另外一位固定的專業評審，四十多歲，是三位專業評審裡年紀最大，也最不好相處的，沒想到和素來以溫文爾雅著稱的孫眘朝竟是多年好友。

另一位叫做劉小姍的評論家笑道：「那節目組一定樂壞了吧，我聽其中一個導演說過，說最開始就想請您，但您沒接受。」

林玨附和道：「是啊是啊，要不是孫老師您沒來，也輪不到我來做這個評審吧。」

孫眘朝對兩人的恭維不以為意，只是客氣的微微一笑，轉而又對周琰道：「來之前我在網路上補了前三集的節目。」

經過上一次在周記的談話，周琰很快意識到對方話中有話，問道：「您覺得怎麼樣？」

孫眘朝礙於旁邊有其他人，想為他留幾分面子，於是頷首淡淡道：「等這集結束，我一起評價吧。」

周琰笑著道：「好啊，那我就洗耳恭聽了。」

這集的挑戰者，有點不一樣。

前來挑戰的是一個叫做徐菲菲的女生，只有二十三歲，十分年輕，並不是什麼正經八百的職業廚師，但是做菜有一手，是網路上近來很有名的一個美食主播。

她化著妝戴著美瞳，假睫毛跟扇子似的，臉塗得很白，頂著一張標準的網紅臉，再加上擁有一副魔鬼身材，前凸後翹，在直播中征服了不少宅男粉絲。嚴格來說，她是不符合《滿意百分百》參賽資格的，但看她在網路上有名氣，已經紅了一段時間，現在直播元素又很流行，所以節目組最終還是同意讓她上臺，順應潮流，製造點話題，帶動節目的收視率和熱度。

這樣的素人在周琰看來完全不值得一提。

不過，既然能成為知名的美食主播，徐菲菲還是有兩把刷子的，不是純粹的花瓶。聽主持人唸完這期目標觀眾的人物資料後，她敏銳的捕捉到目標愛吃魚和酸甜口味這兩點，當即選了魚和番茄這兩樣食材。

而懷著些許惡意，周琰不著痕跡的觀察她拿了什麼，然後自己也跟著拿了條魚和番茄。

做魚可不是件容易事，既然對方如此自信，那他就讓她見識見識什麼叫自不量力。想到這裡，低頭處理魚鱗的周琰勾起了嘴角。

半個小時後，呈現在評審與觀眾面前的是一盤松鼠桂魚和一碗番茄桂魚湯。

前者是周琰做的，後者是徐菲菲做的。

一番品鑑後，目標觀眾和兩位專業評審都一邊倒向周琰，那位刷臉的業餘評審沒什麼主見，聽了身邊林玨的評價，也把票投給了周琰。

五票裡四票都是支持周琰，剩下的那一票其實已經沒什麼意義了。

然而就在這時，全場內被認為是最支持周琰的孫眷朝，卻沒有為周琰錦上添花，助他創造全票通過的輝煌紀錄。

翻過白板，他的行楷寫得非常漂亮，即使是徐菲菲這樣俗氣普通的名字，被他這麼一寫，彷彿都帶了幾分清新脫俗的仙氣。

周琰眼色一沉，背在身後的手緊緊握住拳頭，手背爆出青筋來。

「雖然我的這一票改變不了什麼，但既然我手上有這枝筆，就該寫下我真正的想法。」孫眷朝的評論一如既往的溫潤，「專業的點評，剛才小林和小劉已經說得很詳細了，我沒有什麼補充，在這裡就不贅述了。如他們所說，徐小姐的菜尚有不足，但是我覺得對於一個業餘人士來說，能做成這樣已經不錯了。」

「而且這道菜有一點很打動我，那就是剛才徐小姐介紹的時候說的，她之所以會把魚做成番茄湯，是因為考慮到現在天氣還很冷，也很乾燥。的確，一邊喝著熱呼呼的魚湯，一邊吃著細心片好的嫩肉，的確比吃油炸出來的松鼠魚要適合些。在這一方面上，我覺得徐小姐比周琰更加細緻，更加為食客考慮，不僅分析了給出的人物資料，還結合了當下的季節氣候，所以我把我的這一票投給她，算是一點鼓勵吧。」

本來一票未得、很是尷尬的徐菲菲，聽到他的這番評價，十分感動的朝他深深鞠了一躬，「謝謝孫老師！我會繼續努力，不斷提升自己的！」

鏡頭從孫眷朝切到徐菲菲，又從徐菲菲轉到周琰的臉上。

只見周琰仍是一臉寵辱不驚的微笑，一直背在身後的手不知何時放鬆的垂在了身前，聽到宣布他守擂成功的消息後只是虛心感謝，表現得無可挑剔。

——**25/100**。

◎◆※◆※◆◎

隨著附近的大學陸續開學，奇遇坊的大學生客人也逐漸多了起來。

魏玲今年大二，是B市某所名牌大學的學生，因為學校離天川街比較遠，所以她很少來這一帶逛街，上次來是去年秋天為室友慶祝生日時來的，在這邊的一家自助式餐廳吃了飯後就去看電影，那時候這條街上還沒有奇遇坊這家店。

今天她會來這裡，也是陪朋友逛街，走了兩個鐘頭實在是走累了，路過奇遇坊看到門外的小黑板招牌上寫著有下午茶，便想著進去坐著歇會兒，兩人還可以聊聊天。

「噫，這家店的菜單怎麼這麼奇怪？」

魏玲坐下後看了看下午茶菜單，本以為和大多餐廳差不多，無非是奶茶、咖啡、蛋糕、炒麵什麼的，沒想到細細密密列了一堆，每一樣看名字還很匪夷所思。

「讓我看看。」

坐在她對面的女生名字叫唐夢婕，是另一所名牌大學的大二生，和魏玲是國中同學，曾經是班長，而魏玲以前是班上的國文小老師，兩人從國中時就是下課後會手拉著手相約去上廁所、說悄悄話的交情。

「煮紅酒，檸檬紅薯，枇杷膏燉蛋……」唐夢婕笑起來，「厲害了，我們是進了黑暗料理店嗎？」

魏玲見服務生還沒空顧及她們，於是道：「反正現在還沒點單，要不我們先撤？」

唐夢婕阻止她：「別啊，我的腿實在是走累了，想坐一會兒，再說了，嚐嚐鮮也不錯，妳沒看這店裡生意還挺好的嘛？」

魏玲看了看四周，「這倒是。」

唐夢婕道：「不過看到這些菜名，我突然想起一人。」

魏玲問：「誰啊？」

唐夢婕用手托著下巴，緩緩道：「哎，妳忘啦？就我們國中那個，我和她不是很熟，沒說過幾句話，但有段時間妳和她關係還不錯，叫慕什麼來著……名字記不清了，但我記得她的外號叫『巫婆』。」

「哦哦，妳說慕錦歌啊。」魏玲對這個人的印象還是挺深的，「『巫婆』這個外號是妳取的，妳當然記得啦！」

唐夢婕笑道：「我？是我嗎？我有那麼壞？」

魏玲毫不客氣道：「哈！得了吧唐夢婕，妳在我這裡的黑歷史可多著呢！妳忘記了嗎？那時候有個男生寫情書給巫婆，體育課時回教室悄悄放在她桌子抽屜裡，正好被回來喝水的我們倆看見了，還假冒巫婆回了封信給他，好好調戲了人家一頓呢。」

唐夢婕自戀道：「妳這麼一說我想起來了，唉，我還真是從小腹黑到大。」

「哈哈哈妳真是夠了！」

看了看手機訊息，魏玲道：「哎，我表哥說晚上請我們吃飯，問我們現在在哪裡，說現在正開會，快開完了，等一下來找我們。」

唐夢婕挑了挑全靠眉筆劃上去的眉毛，「妳表哥？就是那個幫妳要到了巢聞簽名的那一個？」

魏玲有些炫耀的意味道：「是呀，他現在在演藝經紀公司工作，每天都能見到好多明星呢。」

唐夢婕眨了眨眼，「那讓他過來這邊吧，我好想聽聽爆料。」

魏玲一邊在手機上輸入資訊，一邊道：「哈哈，好啊！我把位置發給他，讓他來找我們。」

兩人只是想找個地方坐坐，累翁之意不在食，所以看了遍菜單後只點了兩杯熱奶茶，和一份從名字上看來最正常的炸豆腐。

今天奇遇坊跑堂的人手有點不夠，侯彥霖回公司主持會議去了，雨哥重感冒請假，小丙和小山忙得暈頭轉向，所以廚房的人也會幫忙送送餐。

慕錦歌炸完豆腐後見小丙在結帳，小山在點單，小賈在按她教的作法做訂單，問號在後面的廚房做著晚餐時段的準備，而一旁的肖悅在忙著做飲品——咖啡和奶茶都是她從葉秋嵐那裡偷師過來的，葉秋嵐知道後跟慕錦歌和侯彥霖開玩笑，問他們打不打算拓寬店面，要是真拓寬了，能不能租她六坪設個飲品區做做生意。

司馬昭之心路人皆知，這葉秋嵐要是真過來了，哪裡是為了賺錢，分明就是近水樓臺先得月，想離肖悅近些。

油炸小點不能放，放涼了就不好吃了，所以慕錦歌摘了口罩，乾脆拿著餐點自己送過去。她來到魏玲和唐夢婕這一桌，把炸豆腐和蘸料碟放下，「請慢用。」

「哦，謝謝……咦？」魏玲抬起頭，一眼就認出了素面朝天的慕錦歌，「妳是慕錦歌？」

這種被問名字的場景實在是發生過太多次，所以慕錦歌一點都不覺得驚奇，只以為是哪個在電視或網路上見過她的路人甲。她淡淡道：「妳好。」

自從考上高中後，兩人就沒有再見過了，沒想到今天這麼巧，說曹操曹操就到，竟在這裡遇見了，所以魏玲也不管之前和慕錦歌有什麼過節，很是熱情道：「妳不記得我了嗎？我是魏玲呀，還有唐夢婕，我們國中時都同一個班的。」

慕錦歌看了看眼前這兩張化了妝又戴了美瞳的臉，實在是陌生得很，於是實話實說道：「不好意思，我不太記得了，妳還有其他事嗎？」

熱臉貼了冷屁股的魏玲：「……」

「慕錦歌，妳真的不記得我們了嗎？」唐夢婕提示道，「我是班長唐夢婕啊，魏玲是當時我們班的國文小老師……對了，國中時妳們關係不還挺好的嗎？」

單說魏玲和唐夢婕這兩個名字，慕錦歌是沒有什麼印象，但如果是說班長和國文小老師，那麼她是記得的。

不過在印象裡，她記得國中班上的那個女班長眼睛有點小，好像是單眼皮，頭髮因為自然捲的緣故所以總是有點亂，管風紀很厲害，但總是和男生吵架；而國文小老師國中時剪的是標準的學生頭，戴著一副厚重的眼鏡，性格開朗，所以人緣很好。

都說大學像個整容院，好幾年沒見了，兩個人簡直大變樣。唐夢婕的一頭自然捲變成了黑長直，貼了雙眼皮貼、戴了美瞳，化個桃花妝，說起話來細聲細氣了，哪有半分昔日吼男生時凶巴巴的樣子；而魏玲也取下了眼鏡，留長了頭髮，眉毛修得又長又細，穿著打扮都很講究。

慕錦歌看了她們好一會兒，才勉強將這兩個人與記憶中少女時期還未長開的青澀面孔重疊在一起。她點了點頭，「現在記起來了。」

魏玲尷尬的神色緩和過來，她笑道：「真是好久不見了，感覺國中後就沒有妳的消息了，妳沒加班級群組，每一年的同學聚會也沒來，我和唐夢婕還有點擔心妳呢。」

慕錦歌只是說：「我很少回J省。」

唐夢婕見她穿著這裡的店服，問道：「沒想到妳也考來了B市，現在是課餘時間來這裡打工嗎？」

慕錦歌淡淡道：「我是全職。」

「全、全職？」唐夢婕驚訝的睜大了眼睛，「妳沒上大學？」

慕錦歌道：「我國中後就沒上學了。」

魏玲和唐夢婕對視一眼，震驚之餘漸漸對慕錦歌產生出一種憐憫之情。

——真可憐，居然讀完九年義務教育就沒唸書了……為什麼不繼續唸？難道是家裡窮？不對呀，印象裡慕錦歌家庭不貧困呀！難道是沒考上好的高中？慕錦歌的成績有那麼差嗎？雖然排不到前面，但也不至於落到沒學校讀的下場吧……

——嘖，不管怎麼樣，也就只拿個國中文憑了。

——真是慘啊，二十歲就背井離鄉來工作了，只能在餐廳打打工、跑跑堂。怪不得看她沒化妝，在餐廳當服務生一個月能有多少錢啊？哪裡有錢買化妝品？只怕薪水繳了房租就只剩下吃飯的錢了吧。

——唉，可憐，她這輩子也就這樣了吧……

如此心理活動了一番，兩人都多少明白過來為什麼剛才慕錦歌要說不認得她們了——國中畢業就銷聲匿跡，肯定是不想讓他們這些老同學知道她沒有繼續上學的事情，現下被撞破，又是正好撞見她上班當服務生的時候，對方肯定尷尬到了極點。

慕錦歌在她們面前應該會感到很自卑吧。懷著這種奇異的同情，魏玲熱心道：「我現在在A大讀書，唐夢婕在B大，妳休息的時候可以來找我們玩啊。」

或許她自己都沒注意到自己說出這句話時，特意強調了她和唐夢婕所在的大學。

慕錦歌覺得對方既然這麼熱情，自己也該說點什麼好，於是想了想，說道：「A大我去過，跨年晚會辦得挺好的。」

聽完這句話，魏玲已經腦補出眼前這人當時走進憧憬的A大，然後看到校道上的學生時黯然神傷的場景了，出於同窗情誼，她真心邀請道：「下次來A大一定要來找我啊，我帶妳好好逛逛，我們學校的圖書館修得很漂亮，我是本校學生，可以押學生證帶妳進去看看。」

慕錦歌：「哦。」

一旁的唐夢婕用著關懷老同學的語氣問道：「對了，妳現在有男朋友了嗎？我在社團認識好多條件不錯的男生，可以幫妳介紹介紹。」

慕錦歌面無表情道：「不用，我有男朋友了。」

「哇，好羨慕！」魏玲笑了笑，「我和唐夢婕現在還是單身狗呢。」

話是這樣說，但魏玲和唐夢婕都不約而同認為慕錦歌的男朋友估計也就是個工讀生或是底層的社會人士，畢竟像她這種學歷和社會地位，又能接觸到多高端的人呢？

慕錦歌沒時間跟她們繼續閒扯了，於是開口道：「如果沒有其他事的話，那我先回去了。」

魏玲以為她是怕聊太久了被老闆罵，心裡更是同情了，應道：「嗯嗯，妳快去工作吧。」

慕錦歌走了之後，唐夢婕才語氣唏噓的低聲道：「明明感覺不久前還是同學，沒想到轉眼大家就不是同一個世界的人了。」

魏玲附和：「是啊。」

唐夢婕攪了攪杯中的奶茶，「其實我國中時還嫉妒過慕錦歌呢，覺得她長得漂亮，當時隔壁班都有男生暗戀她。」

「啊，我也是。」魏玲也說出自己的經歷，「高中時我還關注了一下我們那裡各個學校的校花，沒見任何一篇討論帖子提名她，我那時還覺得挺奇怪的，以為她是不是長胖或是長殘了，沒想到啊……」

這種事情，當被嫉妒的對象風光無限的時候，嫉妒的人只能深埋於心，說一個字都是丟人的恥辱，可一旦被嫉妒的對象從雲端掉下來，這些曾經見不得人的秘密就都能坦坦蕩蕩從土裡挖出來暴露在陽光下，明明毫無悔過的意思，說出來後卻自認為能把自己的人格顯得更加高尚似的。

唐夢婕嘆了口氣：「她一個人在這大都市也怪不容易的，以後我們經常來照顧一下生意吧。」

燒酒：「……？？」

牠能夠讀取每個關乎慕錦歌過去命運的人的資訊，從魏玲和唐夢婕進門起，牠就意識到這兩人是慕錦歌的國中同學，而且暗地裡沒少說過慕錦歌的壞話。所以見那兩人開始拉著慕錦歌說話，牠覺得有些不太對勁，便跳下了桌子，悄悄的躲在魏玲的椅子下聽她們說話。

不聽不知道，一聽笑得牠差點撞到椅子腿上。

聽夠了笑話，牠從椅子下鑽出來，小跑回櫃檯，跳上凳子後再躍上桌子，肉呼呼的貓掌往電視遙控器上一按，將電視換了個頻道，然後調高了兩格聲量。

別忘了，牠可是高級的人工智慧系統！

十幾秒後，螢幕上開始播放過年後慕錦歌接受電視臺採訪的影片——這個採訪節目前不久才播出過，除了慕錦歌這段還有其他經營者的，連成一個系列，全被燒酒完整保存下來，現在牠又調用程式將這個系列採訪在電視上播出來，自然插入無違和，餐廳內的客人都以為是廣告後的採訪節目，沒有任何疑問。

魏玲和唐夢婕的位子離餐廳的電視螢幕不遠，魏玲剛準備夾一塊炸豆腐嚐嚐，就看到電視上出現慕錦歌的臉，她馬上放下了筷子，對著對面的人說道：「哎，唐夢婕，妳看，巫婆上電視了誒！」

影片裡的記者正在進行正式採訪前的背景概述：「站在我身邊的這位就是天川街最年輕的餐廳經營者慕錦歌小姐，她曾在去年獲得本市新人廚藝大賽的冠軍，然後利用在大賽中得到的店面獎勵，開了奇遇坊創意菜餐廳。去年十二月才開的店，今年一月就取得全街飲食商家營業額第一的佳績，而這家餐廳裡的每一道菜都是慕小姐的原創，據……」

魏玲和唐夢婕：「……」

——原來慕錦歌並不是在這裡打工，而是這家店的老闆？！

——二十歲就自己開了家餐廳，還大獲成功？！

至於之後記者和慕錦歌說了些什麼，她們已經聽不進去了，滿腦子都在快速回憶自己剛才有沒有在慕錦歌面前說漏什麼。

一時之間，兩人誰也說不出話來，就這樣相對沉默著，氣氛有點尷尬。

半晌，魏玲才試圖打破尷尬，乾笑道：「國中時有次我生日，收到過慕錦歌送的餅乾，那樣子簡直不忍直視，看了就讓人倒胃口，我碰都沒碰就扔了，沒想到現在她的怪異料理會這麼受歡迎，現在人的品味還真是奇怪哈哈哈哈……」

「就是，當時妳還給我看過。」唐夢婕也扯了扯嘴角，「估計也是圖個新鮮吧，知道味道之後就不會吃了。」

說罷，兩人又聊了幾句別的，才夾起剛才慕錦歌端上來的炸豆腐，蘸了蘸一起送上來的佐料，同時放入了口中。

啪——

第二個巴掌，就這樣再次將她們打得措手不及！

切成麻將塊的絹豆腐在裹了厚厚的一層玉米澱粉後，放進油鍋裡炸得外酥內嫩，一口咬下去脆脆的，脆皮下的質地溫柔柔嫩，口感極佳。而最令人拍案叫絕的是這個蘸料，竟是以味噌做底，混合了白糖，烤到表面焦糖化後又與芝麻醬混合，灑了些胡椒粉增味。

清淡的豆腐與這鹹甜鹹甜的佐料結合，好吃到懷疑人生！（注六）

等兩雙筷子碰到一起時，兩人才發現裝著豆腐塊的碗已經空了。

而後她們才猛地從沉迷美食的狀態中脫離出來，意識到自己竟然立了FLAG，什麼只圖個嚐鮮以後就不吃了，明明是吃了後還想再吃，恨不得天天光顧！

——慕錦歌做的東西居然這麼好吃？！

這就……更尷尬了。

唐夢婕扶額，不敢相信這一切，也顧不上腿累了，只想趕快離開這裡，「魏玲，妳問一下妳表哥什麼時候到啊？要不我們去找妳表哥好了。」

「嗯好，我問問。」魏玲和她有同感，打開手機正要發訊息去問，就看有新訊息來了，「啊，他說他已經到門口了，哎……我看到他了！」

唐夢婕跟著她往門口望去，只見和魏玲的表哥李豫一塊兒進來的還有個穿黑灰色大衣的高個美男，比李豫高半個腦袋，寬肩長腿，身材好得不得了，相貌俊美。而那位帥哥進來後就在櫃檯前停了下來，專心的逗店裡那隻醜兮兮的貓玩，李豫往這邊過來前還特地跟他說了什麼話，神態恭敬。

就在唐夢婕和魏玲止不住偷瞄的時候，侯彥霖正好聽完燒酒的陳述，抬頭往她們這邊似笑非笑的望了一眼。

那一瞬間，魏玲和唐夢婕的小心臟都不受控制的加速跳動起來。

等李豫坐下後，魏玲拉著自家表哥悄悄問道：「表哥，你和那個逗貓的帥哥認識嗎？」

李豫笑道：「怎麼不認識？他是我們的小老闆，華盛的二少爺兼藝術總監。」

「！」

兩個小女生都是頭一回在現實生活中見識到真正的高富帥，當即更興奮了。

魏玲努力讓自己看起來不那麼激動，問道：「他怎麼會跟你一起來啊？是要和我們一起吃飯嗎？」

李豫解釋道：「想什麼呢！侯少是來找他女朋友的。」

——哦……名草有主了。

兩顆撲通撲通的小心臟像是突然被澆了一盆冷水。

唐夢婕不甘心的問道：「他來這裡找他的女朋友？」

李豫點頭，「是啊，他女朋友是這家店的老闆，剛開始看到妳們發給我的地址時我還沒想起來，停車時碰到侯少才想起來的。」

「老闆？」魏玲捕捉到了重點，難以置信道：「你是說……慕錦歌？」

「妳知道慕小姐啊？」李豫小聲說著另外兩人一點都不想知道的八卦，「聽說過年的時候都見過家長了，我們公司的人現在就等著吃喜糖呢。」

魏玲和唐夢婕：「……」

這下子兩顆被澆了冷水的小心臟像是被瞬間關進了冰箱的冷藏室，溫度還打到最低。

很好，很響亮的第三個巴掌。

魏玲和唐夢婕最終是灰溜溜的走掉了。

◎◆※◆※◆◎

等兩人離開後，侯彥霖才進休息室換衣服。

他今天一早就趕去公司處理正事，睏得不行，剛才要不是聽燒酒說了那兩個女生的事情，想著要站在外面給靖哥哥撐個場子，他早就想進來躺在小沙發上補一覺了。

許是睏得頭腦有點不清醒了，他進來時都忘了鎖門，等他聽到身後傳來開門的「喀嚓」聲時，才想起這事。

但是，已經晚了。

慕錦歌本來只是想進來喝一杯水的，沒想到一打開門就看到這麼「香豔」的一幕——某個已經脫掉大衣和西裝外套的傢伙背對著她正將白色襯衫脫到一半，露出半邊肉色，寬闊結實的肩膀暴露無遺。

侯彥霖雖然皮膚白，但並不是白斬雞身材，只見他背上的斜方肌和臂上的三角肌都是鼓囊囊的，一條脊椎溝深凹硬朗，實力闡釋了穿衣顯瘦、脫衣有肉這句話。

聽到身後的聲響，他一愣，睏意頓時少了三分，再一回頭看清來人，他這下徹底清醒了。

「……」

反應過來後，侯彥霖迅速將襯衫重新穿上，簡單的扣了中間兩顆釦子，然後佯裝防禦似的雙手交錯在胸前，一秒鐘入戲：「妳、妳……流氓！」

慕錦歌：「……」

侯彥霖捏著嗓子道：「看了人家的肉，人家就是妳的人了，妳可要對人家負責！」

慕錦歌：「……」

見對方一聲不吭的轉頭準備離開這間開始冒妖氣的房間，侯彥霖又一秒出戲，立即箭步上前一手把門關上、一手把人拉住，大剌剌的笑道：「靖哥哥，我跟妳開玩笑的，別像見了洪水猛獸似的嘛。」

慕錦歌發自內心道：「你不去當演員真屈才了。」

侯彥霖一本正經的說：「不行，演藝圈潛規則這麼多，人家的清白之身只能留給靖哥哥潛。」

「你不潛別人就算好了，誰還能潛你？」慕錦歌有些好笑，然後一回頭，就看見身後人半隱半現的胸肌，頓覺臉上燒得有些疼。

人家針眼都長眼上，難不成她的長臉上去了？

越看越覺得不自在，於是她乾脆伸手幫侯彥霖把沒扣好的釦子從上往下扣好，一邊語氣生硬道：「你是小孩子嗎？釦子都扣不好。」

侯彥霖看著她低頭幫自己扣釦子，神色淡漠，動作認真。從他這個角度來看，慕錦歌的眼睛是往下垂著的，濃密的睫毛微微顫動，就像是蝴蝶的翅膀般輕輕掠過他的心臟，癢癢的，又像是除夕那晚被握在他們手中的那根香支，燃著明明滅滅的火星，點燃了他的芯線，火花一路爬上來，在他的心間竄起火焰，一股熱意升騰而起，灼熱了他的五臟六腑，燒得他口乾舌燥。

他的喉結上下滾動一番，然後他伸手握住慕錦歌抬起的手腕，難以自抑的弓身低頭覆上對方的薄脣。

隨著一聲悶響，慕錦歌被侯彥霖壓在牆上熱切的吻起來，不過她並不會覺得後背撞得疼，因為某人雖是獸性大發，但還是很體貼的用另一隻手墊在了她的背後。

她不是一個擅長接吻的人，尤其還是應付深吻，面對脣舌的糾纏她總是處於被動，不過現在已經比第一次和侯彥霖接吻時好多了，至少身體不會太僵硬，反應過來後還會嘗試的給點回應。

也就是這一點回應，就足以讓侯彥霖彷彿嚐到了莫大的甜頭般欣喜若狂，他踴躍的勾住對方的舌頭，得寸進尺，攻城掠地，封鎖住了對手所有的退路，氣勢洶洶的將她逼入了絕地。

「喀嚓。」

就在這時，休息室的門被突然打開，肖悅一邊走進來一邊道：「錦歌，妳是不是身體不舒服啊？怎麼這麼久都不出……啊！」

真是色令智昏，房內的兩人都忘了鎖門。

肖悅的到來終於給兩人的這次深入交流畫上了句號，聽到這聲尖叫，慕錦歌猛地推開了侯彥霖，神色恢復平靜，但臉上不自然的紅色卻沒有那麼快褪去。

侯彥霖也收起眼底洶湧的慾望，微微的揚起嘴角，臉上掛起他一貫的慵懶笑容，還若無其事的向肖悅打招呼：「嗨。」

而回應他的，是飛來的一團抹布。

「混蛋！流氓！變態！色狼！裸露狂！你你你！」肖悅瞪著眼跺著腳，指著他破口大罵起來，詞窮不過兩秒，又迅速想到了新詞，「禽獸！登徒子！無恥之徒！」

侯彥霖：「……」

嗯，他該慶幸肖悅個頭太矮，準頭又差，所以沒有抹布砸中他這張驚天地泣鬼神的俊臉，不然他可就不能繼續憑藉美貌來迷暈靖哥哥了，畢竟有抹布的臭味。

或許是徹底詞窮了，也或許是怕他事後報復，肖悅罵完就氣衝衝的跑掉了，連抹布都顧不上撿。

真的氣死她了！她要馬上跟葉秋嵐講這件事！然後和葉秋嵐一起商量商量，看怎麼做才能把錦歌從火坑裡救出來！

肖悅走後，慕錦歌沒忍住，「噗」的一下笑了出來。

「靖哥哥，妳還笑。」侯彥霖抬手輕輕捏了下她的鼻子，挑眉道：「看見妳男朋友被別人罵得狗血淋頭是件很開心的事嗎？」

慕錦歌誠實道：「是。」

侯彥霖很是無奈的笑了笑：「那我真該把早些年那些批我是二世祖敗家子的報導給妳看，妳應該能樂一天。」

「那不一樣。」慕錦歌說道，「肖悅罵得名副其實，但那些記者是在詆毀你。」

侯彥霖見她對自己護短，心裡十分高興，又得了便宜還賣乖道：「靖哥哥，這可是我人生中第一次被人扔破抹布，妳都不心疼一下我。」

「你要我怎麼心疼你？」

侯彥霖笑咪咪道：「親我一下。」

「剛才不是已經親過了嗎？」

侯彥霖理直氣壯道：「妳不知道親吻是會上癮的嗎？」

慕錦歌淡淡道：「你不知道一件事重複得太頻繁，是會厭倦的嗎？」
侯彥霖：「……」
「不想被我厭倦的話——」慕錦歌面無表情的嚇唬他，「就節制點。」
說罷，她逕自走出休息室，留霖妹妹一顆試圖撒嬌的心在原地嘩啦碎了一地。
快速換好衣服後，侯彥霖追了出來，站在慕錦歌身後，故作漫不經心的問道：「對了，剛才餐廳裡坐著的是妳國中同學？」
慕錦歌瞥了他一眼，「你怎麼知道？」
侯彥霖直接把某貓供了出來：「燒酒告訴我的，牠能讀取人物資訊。」
突然想起什麼似的，慕錦歌說道：「看到她們，我倒想起一件事情。」
侯彥霖以為靖哥哥是要跟他傾訴過去的不愉快了，洗耳恭聽道：「什麼事？」
然而慕錦歌卻是問道：「清明節放假那三天，你要回侯家嗎？」
侯彥霖有些意外，但還是笑著回道：「如果是妳有事留我，那我就不回去，反正我們家每年清明都齊不了人的，我大哥去了就行。」
慕錦歌點了點頭，問道：「那你可以陪我回趟J省嗎？」
J省，是她的老家，而眾人皆知清明是祭祖和掃墓的日子。
侯彥霖愣了一下，「靖哥哥，妳的意思是……」
「帶你見家長。」慕錦歌輕描淡寫道，一雙黑眸無波無瀾的看著他，「去不去？」

注五：蘋果泥燴飯，引用瑞喵烤烤烤的甜辣蘋果泥義麵。劇情中將義大利麵改成了燴飯。

（http://www.xiachufang.com/recipe/100588262/）

注六：炸豆腐和烤味增醬，引用三千里的小丫杈。

（http://www.xiachufang.com/recipe/100542430/）

5. 豆粉糍粑

三月的最後一天，鍾冕帶了一位朋友來奇遇坊。

他的這位朋友很年輕，二十歲出頭的樣子，身形削瘦，穿著一件襯衫套著方格線背心，在這個早春時節顯得很是單薄。也許是作息不規律的原因，他的臉色蒼白，沒有什麼血色，襯得頭髮黑得像在墨裡浸過似的，一雙褐色的眼睛像是覆了層烏雲，有些陰鬱。

進門後他只是默默跟在鍾冕身後，坐下來後一語不發，安靜得像座雕像。

這個時間點餐廳人少，又是熟客了，鍾冕直接自己寫了訂單拿到吧檯這邊來，順便和侯彥霖他們這些熟人打個招呼。

侯彥霖看了看靜默的坐在薩摩耶旁邊的青年，笑著問鍾冕道：「大作家，你的這位朋友有點眼熟啊，上過電視？」

飛醋吃完後，他對鍾冕沒有那麼敵意了，但仗著人家脾氣好，偏不叫對方的名字，而是張口閉口「大作家」的，一開始叫得鍾冕很不好意思，後來才慢慢習慣了。

鍾冕點了點頭，輕聲道：「他叫紀遠，是個畫家。」

「紀遠？」侯彥霖有些驚訝，「那個天才畫家？」

鍾冕沒想到他會知道紀遠，以為他也是懂藝術的，心裡對侯彥霖的敬佩更甚，由衷感嘆道：「侯先生真是見多識廣！」

「他很有名的，少年成名，年紀輕輕隨便一幅畫都能在國外拍個六、七十萬美元，我身邊還挺多人想要買他一幅畫掛在家裡裝文青愛現一下，可惜供不應求，紀遠在市場上流通的畫作不多。」可惜侯老闆一張嘴就是市儈，他笑著調侃道：「大作家很行嘛，不是說自己沒朋友嗎？一來就帶個藝術界的大人物。」

鍾冕知道他是在說年前找地方寄養阿西莫夫斯基的事情，神色一窘，忙解釋道：「紀遠是我編輯的表弟，我們是很偶然的一次機遇認識的，也好長一段時間沒見過面了。昨天我編輯有事，讓我幫他帶一個東西給紀遠，然後我才又見到了他。」

——嘖嘖，作家幫編輯跑腿。

侯彥霖真的忍不住翻了個白眼。

「昨天見到他的時候我嚇了一跳！」鍾冕絲毫不覺得有什麼不對，絮絮叨叨起來，還流露出擔心的神色，「他比上次見面時瘦了不少，臉色也不好看，整個人陰沉了好多，我以為他是生病了，但他說沒有，只是最近心情不好，說上個月從國外領完獎回來後就沒再出過門了，所以我想帶他出來走走。」

「哦，然後就走到我們店來了？」

鍾冕笑得很靦腆，「這家店讓我覺得很溫暖，慕小姐的料理很神奇，總是能將我從瓶頸中救出來，我猜紀遠心情不好可能也是創作中遇到困難了吧，所以就把他帶過來了。」

侯彥霖現在看鍾冕，只能看到三個字：老好人。

都說寵物隨主人，侯彥霖都和鍾冕成了朋友，燒酒和阿西莫夫斯基的關係也大有改善。

「喂，阿雪。」燒酒走到阿西莫夫斯基面前，毫不客氣的用厚實的肉墊拍了拍牠白花花的身體，「我怎麼覺得你胖了？」

阿西莫夫斯基保持著優雅的微笑，忽地用狗爪子將燒酒按趴在地上，然後低頭友好熱情的舔了下牠圓乎乎的小腦袋。

燒酒崩潰道：「啊啊啊啊別舔啊我叫你別舔！本喵大王帥氣的髮型啊啊啊啊！」

阿西莫夫似乎很高興，又不停用嘴頂著燒酒，硬是把燒酒在地上翻了個一百八十度。

就在一貓一狗玩得正起勁的時候，燒酒一個抬頭，不經意的對上兩道幽深的目光。

鍾冕帶來的那個朋友，一直在看著牠。

不是像其他客人看貓貓狗狗打鬧時那樣饒有趣味的看，而是投以一種很複雜的目光，沉甸甸的，其中暗藏的多種情緒就像是顏色各異的顏料，放在一起混成濃稠的黑色，反倒看不出調和前的成分。

按理來說，對上這麼一雙眼睛，牠應該覺得毛骨悚然才是。但奇怪的是，燒酒不僅不覺得可怕，而且還從這個眼神中感受到了濃濃的悲傷——已經遠超過憂鬱的程度了，是帶著絕望意味的悲傷。

——**這個人，是怎麼回事？**

燒酒從阿西莫夫斯基的狗爪下翻了個身，走到紀遠的腳邊蹭了蹭，見他沒有任何反應，又大著膽子跳到了他的腿上。

「喵喵喵？」**騷年你怎麼啦？人生在世最重要的就是開心嘛，如果不開心的話就摸貓，再不開心的話就多摸兩次。**

然而紀遠並不能聽到燒酒說的話，只是凝視了牠好一會兒，才伸出手摸了摸牠的腦袋，但並不是像其他人摸貓那樣摸，而是動作謹慎的碰了一下，像是為了確認牠是真實存在似的。

也許是因為平時話說得少，他開口時嗓子都是沙啞的，音量很小聲，就像是喃喃：「我看得不是很清楚……你怎麼會變成這樣？」

——啊？我變成什麼樣了？

燒酒被問得一頭霧水，開始快速回憶之前是否有接觸過眼前這個人，但無論是檢索自己系統的記憶還是這具身體存在的記憶，檢索結果都為零；校準了查全率和查準率後，結果還是不變。

燒酒能對自身的感官做一些特殊的調整，比如說剛剛牠就把自己的聽覺能力調高，而且面向的不是所有事物，僅僅是特別留意靖哥哥和大魔頭那邊，聽鍾晃走過去跟他們說了什麼，所以牠對紀遠的情況也有了大致的瞭解。

內設程式將剛才紀遠說的那句話翻來覆去重播了三次，燒酒才聽清楚紀遠前半句說的是「我看得不是很清楚」。

——所以這個人悲傷的原因是因為他身為一個畫家卻患了眼疾嗎？

而就在燒酒尋思著該怎麼憑藉一貓之力給予對方一點安慰的時候，卻發現紀遠的身體突然顫抖起來，就像痙攣了一樣。

「喵！」

燒酒一抬眼就見一片陰影覆下來，嚇得牠一個敏捷趕快跳回了地上。

只見下一秒，紀遠就整個上半身都撲到了桌子上，身體不舒服似的，彎著瘦骨嶙峋的背脊，單薄的肩膀抖動著，看起來像是在街頭上吹著寒風瑟瑟發抖的流浪漢。他把臉埋在雙臂裡，嘴裡發出模糊不清的悶哼。隨著痛苦加劇，他難以忍受的抬手捂住了頭，身體一晃，從椅子上重重的摔到了地上。

這下連阿西莫夫斯基都受到了驚嚇，開始吠起來：「汪、汪！」

聽到這不小的動靜，餐廳內所有人的目光都望了過來。離這裡最近的是正在附近桌收餐具的雨哥，見狀趕緊把碗碟放下一個箭步衝上來問：「這位先生你怎麼了？」

鍾晁也趕快跑過來，和雨哥一左一右把紀遠扶了起來，滿臉擔憂與緊張的問道：「紀遠，你、你怎麼了？是不是哪裡不舒服？啊？」

「頭好痛……」紀遠發出一聲呻吟，然後費力的抬頭看了鍾晁一眼，皺起了眉頭，臉上浮現出疑惑的神色，「不曉哥？」

鍾不曉是鍾晁的筆名。

鍾晁握住他冰涼的手，忙道：「我、我在這裡。」

紀遠嘴唇發白，眼神流露出幾分茫然，「不是……你什麼時候來的？」

鍾晁以為他指的是自己從吧檯回到座位區的時間，於是乾巴巴道：「看到你突然摔在了地上，我就回來了……對不起！我剛剛就是去跟熟人打個招呼，我沒想到你會這樣……對不起！」

「打招呼？」紀遠愣住，然後緩緩的打量一下周圍，聲音顫抖道：「這裡是……我怎麼會在這裡？」他的聲音虛弱，後半句含糊不清，鍾晁沒有聽清楚，只關切的問道：「紀遠，你說什麼？你哪裡不舒服？我現在送你去醫院吧！」

「不用……我昨天才去醫院體檢過。」

「諱疾忌醫是不行的！你還這麼年輕！」鍾晁急道，「你都一個星期沒出門了，昨天我才去了你家，你哪有去醫院？！」

紀遠睜大了布著血絲的雙眼，「你說什麼？我……啊！」話還沒說完，他的腦袋又是一陣撕裂般的疼痛，痛得他叫出了聲。

侯彥霖走了過來，看他這樣子，說道：「直接叫救護車吧，我看他意識都不太清楚了。」

鍾冕是關心則亂，聽對方這麼一說才想起應該要叫救護車，趕快掏出手機，但氣人的是指紋識別突然鬧脾氣，試了好幾次都沒解鎖成功，等輸密碼的視窗彈出來後，他著急的輸入密碼，還沒輸完，手腕就被人用力的握了一下。

這時紀遠舒展開了眉頭，雖然臉色還是不太好，但神色輕鬆了許多。他清咳兩聲，講話恢復了正常音量：「不曉哥，真不用了，我就是沒休息好，一下子有點天旋地轉，現在已經沒事了。」

鍾冕才不相信，「你剛剛發作得這麼厲害，怎麼能說沒事就沒事呢？不行，我不能讓你逞能。」

紀遠拗不過他，只有無奈道：「那就去醫院吧，別喊救護車，我自己能走。」

「紀遠！」

紀遠看著他道：「不曉哥，叫計程車就行了，沒必要搞得那麼大張旗鼓。」

「那好吧，我叫車帶你去醫院。」

鍾冕嘆了口氣，一邊扶著紀遠，一邊對侯彥霖道：「侯先生，抱歉，剛才的訂單要取消了，但是錢我會給的，晚上回來付。」

侯彥霖也不跟他客氣，指著薩摩耶道：「正好你這狗也帶不去醫院，就放我們店吧，當作押金。」

鍾冕剛才被紀遠嚇得快魂飛魄散了，差點忘記了阿西莫夫斯基的存在，他忙道：「謝謝！」

兩人說話的時候，旁邊的紀遠則一直低著頭，目光定在燒酒身上。突然，他動了動嘴唇，用著極輕的聲音說了一句話——

「我真的，很羨慕你。」

◎◆※◆※◆◎

下午茶時段結束後，侯彥霖進後廚幫忙。慕錦歌看他時不時拿出手機來看，猜到他是在和鍾冕聯繫，於是問了句：「鍾冕他朋友怎麼樣了？」

侯彥霖笑咪咪的匯報道：「說已經到醫院了，掛了急診，不過應該要晚點才能過來把狗帶走了，急診室裡人也挺多的，而且到了晚上從市醫院過來這邊的路上會很塞車。」

「嗯。」慕錦歌淡淡應了聲，然後用燒酒的貓飯碗盛了份炒飯遞給他，交代道：「拿這個餵阿雪。」

「哇，靖哥哥妳居然還給薩摩耶做了特製炒飯？」侯彥霖接過香噴噴的炒飯，挑眉道：「燒酒會嫉妒死的。」

慕錦歌道：「牠平時吃的還少？你看著點，別讓牠搶阿雪的。」

侯彥霖笑道：「遵命。」

他把炒飯端出去，發現燒酒就緊挨毛白勝雪的薩摩耶趴著，兩眼放空，不知道在想些什麼，連聞到炒飯的香味都沒有反應。他把碗放在阿西莫夫斯基面前，看牠乖乖開吃後燒酒還是沒有動靜，心裡好奇，便伸手捏了捏那張扁臉，問：「蠢貓，想什麼呢？」

燒酒語氣深沉道：「那個紀遠，有點奇怪。」

侯彥霖摸了摸牠手感滿分的肉墊，漫不經心的問：「哪裡奇怪？」

燒酒愁眉苦臉道：「他說他羨慕我。」

侯彥霖噗的一聲笑了，「這有什麼，我也羨慕你呢！每天吃了趴、趴了睡，晚上進靖哥哥的房間暢通無阻，還能享受靖哥哥的照顧。」

燒酒嚴肅道：「問題是他看我的眼神很悲傷。」

侯彥霖只覺得牠是貓心敏感了，不以為奇道：「搞藝術的，差不多都這氣質，特別像他這種天才，思維和我們這種凡夫俗子不一樣的。」

「好吧……」燒酒也想不出個所以然，索性暫且不管。從思考中脫離出來後，牠才被打通嗅覺似的，一個甩頭看向已被阿西莫夫斯基吃了一半的炒飯，瞬間炸了，「靖哥哥竟然給這白毛怪做了炒飯？！」

薩摩耶抬起頭，微笑著看著牠，「嗷？」

侯彥霖強行把牠的腦袋板正、面向貓糧，帶著幾分幸災樂禍的語氣說道：「靖哥哥說了，那是專門給阿雪的，你不許吃。」

燒酒憤憤道：「啊啊啊啊靖哥哥偏心！她給我做的時候從沒放過這麼多肉啊啊啊啊！」

侯彥霖笑了笑，正想說什麼，就看到電視上出現一張熟悉面孔，「誒，那不是周琰嗎？」

只見電視上正在重播徐菲菲挑戰周琰的那一集《滿意百分百》，周琰做的松鼠桂魚賣相極佳，橙紅橙紅的淋汁散著熱氣，形如松鼠的魚身還撒著蒜末、豌豆、蝦仁、筍丁和香菇，色彩豐富，隔著螢幕彷彿都能聞到香味。而相比之下，徐菲菲的魚湯雖然也有紅有綠，但是看起來卻寡淡得多，在舞臺的燈光下顯得小家碧玉。

小賈完成任務後走出廚房來休息，看到電視螢幕正在播放的畫面，腳步一滯，「哎，我一直說想回去找這一集來看，老是忘了。」

小丙路過瞥了他一眼，「怎麼，想看徐菲菲啊？」

「雖然以前看過她的直播，但她的長相實在不是我的菜。」小賈笑呵呵的看著她，忙表忠心，而後又道：「妳不知道嗎？就這集《滿意百分百》爆出黑幕，說孫老師和這個徐菲菲有不可告人的交易。」

小丙：「啊，我在網路上好像也看到了，但沒有點開來看，究竟是怎麼回事啊？」

小賈兩手抱於胸前，意有所指道：「一個是特級廚師，一個是美食主播，誰更專業不用想也知道，但評審裡最具權威的孫眷朝卻在大家一面倒投給周琰的時候，卻把票投給了徐菲菲，簡直不可思議，況且周琰可算是孫眷朝的半個學生，孫眷朝竟然連自己的學生都不支持了，轉而支持個野路子出來的女主播。」

小丙當然聽出了他的言下之意，「但這都是節目組為了製造話題故意安排的吧。」

「節目官網也都出來澄清了，沒有干涉每一位評審的投票。」小賈將自己掌握的所有情報全都娓娓道來，「重要的是有證據啊！其他兩名專業評審都說在錄影前看到徐菲菲和孫眷朝私下接觸，而且除夕那天兩人不好好待在家裡過年，反而出現在周記約會，雖然沒有被拍到在一起的照片，但有他們同一天分別出入周記的監視錄影截圖。」

小丙驚詫道：「不會吧？孫老師的年齡都可以當徐菲菲她爸了吧！」

小賈嘖道：「現在孫眷朝就是被人群起攻之啊！還有人匿名爆出他以前收錢寫評，儘管那人沒有提出證據，但妳知道的，網路鍵盤俠那麼多，現在網紅主播什麼的又是熱門話題，孫眷朝的一世英名都在網路上被毀得差不多了，甚至有篇帖子還寫說要他滾出美食圈呢。」

「天啊！孫老師沒辯解嗎？」

「他這個歲數的人不太經常上網路，也沒申請什麼社群帳號，倒是那個因為生病所以暫時退出節目錄製的王秉老師出來替孫眷朝說話，還和節目組槓上了，說身體康復後也不會回去當評審了。而徐菲菲也發文表示，說她那天根本沒去過周記，欲蓋彌彰，結果截圖一出來就打臉了，她現在把留言回應都關了。」

小丙半信半疑道：「我覺得孫老師不像是那樣的人啊。」

「知人知面不知心啊！」小賈看熱鬧不嫌事大，笑道：「妳別看孫眷朝文質彬彬的像個老紳士，說不定就是個衣冠禽獸，會玩得很。」

侯彥霖不怎麼關注美食圈的資訊，所以還是頭一次聽說這件事。他聽得一愣一愣的，心裡越發覺得不對勁，正想向小賈要網路消息的連結，就看見慕錦歌不知道什麼時候也出來了，站在小賈身後，面無表情，眼神冷得結冰。

等前面兩人嘰嘰喳喳得差不多了，她才緩緩開口：「小賈，方便把你剛才說的在網路上看到的爆料，網址也傳給我看一看嗎？」

◎◆※◆※◆◎

清明的時候，侯彥霖跟著慕錦歌回了J省的N市。

N市離B市還是有點距離的，慕錦歌考慮到燒酒，本想坐火車的，但她現在是餐廳的老闆兼主廚，出門的時間有限，況且想到坐火車可能會很委屈某人，於是最後還是訂了機票，為燒酒打了疫苗開了證明，準備當天托運。

明明之前徵詢意見時，某貓還是滿口答應，甚至一副高興的模樣，嚷著終於可以一貓享受旅途耳根清淨眼不見心不煩了，可等他們到了機場，看到高揚把事先準備好的航空箱搬來後，燒酒卻死活不肯離開侯彥霖的懷抱，並且喵喵喵的叫起來——

「啊啊啊我不要進小黑屋！」

「嗚嗚嗚大魔頭你不是有錢有勢嗎就不能包個私人飛機帶我一起飛嗎！」

「你們不在的時候我發生點什麼意外怎麼辦啊到時我一隻貓客死他鄉……」

高揚：「……」

講真的，他上一次看到這麼生離死別般的畫面，還是去年第一次從慕錦歌那裡帶走燒酒的時候。

侯彥霖看牠叫得撕心裂肺，想了想道：「要不你就留在B市，別跟我們去了吧。」

燒酒強烈反對：「不行！」

侯彥霖耐心道：「那你就放寬心，很安全的，你睡一覺就到了。」

燒酒的兩隻前爪死死抓住他的外套不放手，「嗚嗚嗚安全個屁啊！我在網路上看到好多寵物被托運死的帖子！」

礙於高揚還在旁邊，侯彥霖沒有提「系統」這樣的字眼，而是委婉道：「不會的，你比普通小動物都要聰明。」

然而燒酒絲毫聽不進勸，爪子抓得更緊了，「我才不被你糊弄！總之我就是不放手！」

侯彥霖抬起頭，眼神示意高揚抓好燒酒，然後逕自將身上的外套脫了下來。

沒了人肉衣架子支撐，灰色的外套往下掉，燒酒還沒反應過來，要不是身後有高揚抱緊了牠，牠早被衣服拖著摔到地上了。

「……」抓著衣服的燒酒一臉懵傻。

「把衣服連貓一起放進箱子裡。」脫下外套，侯彥霖裡面穿的是一件白色印花的純棉長T恤，他指揮完高揚，又伸手摸了摸燒酒的下巴，笑咪咪道：「既然你這麼捨不得我，那就枕著我的衣服睡吧，緊張的時候聞一聞衣服上熟悉的氣味就不怕了，乖。」

燒酒：「……」**你以為我是狗嗎！**

等慕錦歌上完廁所回來，發現貓和箱子都沒了，她問：「燒酒呢？」

侯彥霖指了指前方，「已經托運了。」

慕錦歌愣了一下，「怎麼不等我回來？」

侯彥霖嘆了口氣，語氣頗有些吾家有兒初長成的意味：「孩子懂事，說怕妳捨不得牠，就讓我趁妳不在的時候把牠送走了。」

慕錦歌看了看他，又問：「你的外套呢？」

侯彥霖解釋道：「我怕牠冷，就把衣服墊在箱子裡了，反正車上還有備用的。」

高揚：「……」顛倒黑白，我只服侯少。

慕錦歌點了點頭，倒也沒有懷疑。

侯彥霖握住她的手，笑道：「別擔心啦。」

其實他看得出來，慕錦歌的心情不大好。那天聽小賈說了孫眷朝和徐菲菲的傳聞後，慕錦歌雖是沒說什麼，神色也無異樣，但他還是能夠感覺得到她對這件事的在意，整個人這幾天都少了幾分精神，沉默變多了，明顯有心事的樣子，卻又誰都不說，連燒酒都不知道她怎麼了。

侯彥霖有點猶豫。

當他看到網路上盛傳的那些「證據」後，反而相信孫眷朝是被冤枉的——縱觀通篇爆料，最真實的證據就是除夕那天孫眷朝和徐菲菲同時出現在周記餐廳的監視錄影照片了，可是那天孫眷朝去到周記明明是約了自己見面，地點讓自己選的，而他會選在周記，是想順便來看看燒酒那缺德的前宿主把餐廳經營得怎麼樣；最後談完話，他出於晚輩的禮節，讓高揚先開車把孫眷朝送回了家，然後才去奇遇坊接慕錦歌一起回侯家。

所以說，除夕那天孫眷朝根本不可能是在周記和那個年輕女主播約會。

發現這個最大的破綻後，他立即暗中找人調查，下面的人很快就回報了情報，結合目前手上的資訊來看，不難推測出孫眷朝是被人陷害的，《滿意百分百》另外兩個專業評審就是幕後最大的推手。

如果說美食評論界按水準劃分層級，那也是個上尖下寬的三角形，孫眷朝是頂尖的一線，而林玨和劉小姍則是二線中的翹楚，說出來光鮮，其實處境很尷尬，後有顧孟榆等一批年輕的有實力者步步緊逼，前頭又有一個孫眷朝死死的壓著，多年來不上不下，謀求不到一點地位提升，就開始動一些歪腦筋。

排擠新人什麼的已是家常便飯，但說實話，年輕一輩裡在這行對他們最有威脅的大多都是家裡有些背景的，像是顧孟榆，他們哪敢動，所以忙活來忙活去，就只剷除了幾個小嘍囉，於事無補。

既然除不掉追兵，那就推翻橫在前面的高牆。

然而，林玨和劉小姍這兩人畢竟不是專業搞大新聞的，很多事情做的時候還是留了漏洞，要在輿論上反將一軍也不難。

難的是，扳得倒兩個小兵，但動不了藏在背後借刀殺人的 BOSS。

不過，暫時不動 BOSS 也可以，當務之急是先把孫眷朝從輿論風波中撈出來，而最簡單粗暴的方法就是他站出來告之實情，說明當天孫眷朝見的人是他，而不是徐菲菲。

其實若真的見了徐菲菲，也未必有什麼。現在很多人就是對女性有偏見，裙子穿短點、妝化得濃點，當個網紅做個主播就被人戴上有色眼鏡看待，還沒經過瞭解，就主觀的對別人貼上了花瓶、輕浮、妖豔賤貨的標籤，覺得她跟異性見面就肯定不可描述，能在大舞臺上獲得一點支持和鼓勵都是背地裡有什麼骯髒的幕後交易，這種思想實在病態。

如果是普通的一名平民百姓跳出來證明，百分之九十沒人會相信，但侯彥霖個人社群網站的粉絲數量好歹有上萬人，好友名單裡也大多是耳熟能詳的大人物，可信度較高，由他出面解釋的話，很快就能幫孫眷朝脫離困境。

但是這麼做的話，慕錦歌就會知道他私下和孫眷朝聯繫的事情了。

這才是令侯彥霖猶豫的重點所在。

上了飛機後，慕錦歌坐在座位上睡覺，侯彥霖動作輕柔的將她的腦袋靠在自己肩膀上後，偏頭望向窗外的藍天白雲，一直保持的笑容漸漸隱去，取而代之的是眉頭微皺的沉思模樣。

◎◆※◆※◆◎

將近兩個小時的飛行後，他們抵達了N市。

在行李轉盤處領到了燒酒，一打開箱門，圓滾滾的扁臉貓就撲到了慕錦歌身上，像是幾百年沒見面似的叫道：「靖哥哥我想死妳了！」

侯彥霖把牠從慕錦歌懷裡拎走，笑著問道：「兒子，枕著爸爸的衣服睡，是不是特別有安全感？」

燒酒晃了晃尾巴，頗有幾分得意道：「對啊，安全得我忍不住在上面撒了泡尿。」

「沒關係，一件衣服而已。」侯彥霖摸著牠的貓背，不緊不慢道：「說起來，我穿過羊毛、貂毛，倒還真沒穿過貓毛。」

燒酒脊背一涼，瞪大眼睛看著他，「你你你想幹什麼？靖哥哥，妳看看他！」

慕錦歌沒有理會他們幼稚的小打小鬧，直接道：「我們出去坐地鐵。」

N市是J省省會，四大古都之一，文化底蘊不比B市差，水域面積較大，旅遊景點一籮筐，整個城市也很宜居，四季分明，雨水充沛，當地人也很熱情友好。

雖然是差不多一年只回來一次，但慕錦歌對家鄉的交通還是很熟悉，帶著侯彥霖和燒酒轉了兩次地鐵線，出地鐵後進了老城區的一個社區。

望著眼前水泥灰的舊房子，一人一貓動作一致的仰頭，侯彥霖好奇道：「這裡就是妳家嗎？」

慕錦歌淡淡應道：「嗯，我媽的房子。」

侯彥霖問：「去B市學藝前，妳就住在這裡？」

「對。」慕錦歌帶他上了樓，一邊走一邊說道：「我唸的小學和國中也是在這附近。」

侯彥霖放燒酒自己下地走，然後拿出手機拍了張樓梯照後，才動手搬行李。

他腿長力氣大，三兩步就追上了慕錦歌的腳步，笑吟吟的問：「那之後可以帶我去看看嗎？」

慕錦歌瞥了他一眼，「這有什麼好看的。」

侯彥霖眨了眨眼，「靖哥哥，求求妳了。」

慕錦歌最受不了他撒嬌，有些彆扭的偏過頭，過了幾秒才回答道：「知道了，吃晚飯的時候路過那裡指給你看。」

侯彥霖露出得逞的笑容。

慕錦歌的家樓層不高，就住在三樓，進去後屋內比外面看起來要大，大約二十二坪多，兩房一廳。幸好買得早，不然放在房價炒得比天高的現在，像慕芸這樣的單親媽媽很難在這個地段有能力買下這麼一戶房子。

屋內收拾得很整潔，家具上都鋪好了防塵布，只要把布一掀，通通風、拖拖地，差不多就能住人了。

慕錦歌從一個房間的櫃子裡抱出一套乾淨的床單和枕套，遞給侯彥霖，指了指右側的臥室說道：「你去把那邊臥室的床單換了……你會換床單吧？」

侯彥霖自賣自誇道：「靖哥哥，我可是居家必備好男人。」

慕錦歌面無表情道：「那你等一下把地也拖了吧。」

侯彥霖趁機湊上去親了她的臉一口，「遵命！」

一旁的燒酒閒著無聊，語氣期待的問道：「靖哥哥，我能幹什麼啊？」

慕錦歌指了指陽臺，「出去待著，別掉毛。」

侯彥霖毫不留情的笑起來：「哈哈哈哈哈！」

燒酒：「……」

等兩人把屋子收拾好的時候，已經快六點了。

侯彥霖拖完地後又在他負責換床單的房間轉了圈，看到桌子上透明防塵袋裝著的教科書，問道：「靖哥哥，這是妳的房間啊？」

「嗯。」慕錦歌把換好被套的棉被抱了一床過來，安排道：「今晚你就睡這間，我睡我媽的房間。」

侯彥霖看著她，裝作漫不經心的提議道：「靖哥哥妳看，這天氣還涼著，要不我們擠一擠，睡一塊兒也挺暖和的。」

慕錦歌看都懶得看他，「你要是怕冷，就抱著燒酒睡。」

侯彥霖笑嘻嘻道：「我這不是怕妳冷嗎？」

慕錦歌冷冷道：「被子很厚，我不冷。」

侯彥霖：「……」

以前是日常撩妹，現在是日常撩靖哥哥和日常撩靖哥哥失敗。

不過沒關係，雖說睡不到靖哥哥的人，但能睡靖哥哥的床不是？這也是足以載入史冊的一大飛躍啊！

天川X蒼和
極品の黑暗料理女神
Would you like som
典藏閣

做人嘛，就要懂得知足常樂。

把要做的都做完後，慕錦歌換上鞋，抱著燒酒道：「走吧，帶你們去吃晚飯。」

她帶侯彥霖和燒酒去的不是N市隨處可見的X味連鎖店，也不是當地有名的夜市，而是一家名不見經傳的小店，就在這附近的一條小巷子裡，看店面也有些年頭了，現在正值用餐時間，裡面的年輕客人沒幾個，看起來都是老熟客。

慕錦歌不用看菜單，進去直接說道：「老闆，來兩份鴨血粉絲，一份蟹黃小籠包和一份湯包。」

「好咧。」正低頭結帳的中年婦女回頭望過來，看到她時愣了一下，驚奇道：「哎呀，這不是慕芸的女兒嗎？」

慕錦歌微微頷首：「柏姨，好久不見。」

姓柏的老闆娘熱情的招呼他們坐下，「一年沒見了，算算時候妳也該回來了……這次待多久？」

「待過清明就走。」

「哎，怎麼不多待幾天呀？妳現在還在B市那個什麼食園學習嗎？」

慕錦歌簡潔道：「沒，我自己開了家餐廳。」

「在B市開店啦？出息了！」老闆娘高興得好像是自己在首都開了店似的，隨後她才把注意力放到侯彥霖身上，「這位是……」

慕錦歌介紹道：「我男朋友。」

侯彥霖最擅長討長輩歡心了，他笑道：「阿姨妳好。」

「噢，你好你好！」老闆娘看了看他，又看了看慕錦歌，立即領會兩人這次回來的意義，「你們倆真般配，要是慕芸看到了，一定會很欣慰的。」

也不知道是不是老闆娘私心幫他們插了個隊，兩人點的東西很快就一齊上來了。

慕錦歌專門要了個小碗，為燒酒夾了些鴨血和少許鴨內臟，又舀了點湯給牠，把貓餵了後自己才動筷子，她向侯彥霖推薦道：「柏姨和劉叔是常州人，做的蟹黃小籠包很道地，你多嚐嚐。」

常州是蟹黃小籠包最早的發源地，皮薄餡厚，口不捏死，露出一點誘人的橙黃，餡是剁碎的豬肉和蟹黃混在一起做成的，口味鮮美，就算現在並不是吃蟹的最好季節，也不失為一道美味。

鴨血粉絲湯算是N市的代表了，X味連鎖店就是專門做這個的，遍地都是，很多遊客慕名而來，來這裡必吃一碗鴨血粉絲，在大店面拍拍照、打個卡，也就嚐個鮮；但真正的高手都在民間，街頭小巷的這種小店面賣的更加真材實料，價格也實惠，銅板價就能吃個飽。

吃完飯後，慕錦歌履行諾言，帶侯彥霖去看了她以前讀的小學和國中，她對上學時的事情記得不是很多，所以也沒什麼可說的，簡單介紹了一下就抱著燒酒往前走，走了一會兒才發現侯彥霖沒有跟上來。她回頭一看，某人竟然還站在原地，拿著手機藉著路燈的光線拍照。

慕錦歌走回去，「你在幹什麼？」

侯彥霖道：「拍照啊。」

慕錦歌看了看學校前圍著的鐵網，皺眉道：「這有什麼好拍的？」

侯彥霖笑道：「紀念紀念嘛。」

慕錦歌轉身就走，「無聊。」

「靖哥哥，妳等等我。」侯彥霖收起手機，追了上去。

其實從下飛機後，他就拍了不少照片。

散完步回到慕家，侯彥霖又拿出手機，登入通訊軟體，點選某個人的帳號。隨即他傳了今天拍的九張照片，並附上一句話——

「我來到妳的城市，走過妳來時的路。」

◎◆※◆※◆◎

第二天就是清明節，兩人一貓吃過早飯後，來到了墓園。

今天是一年一度的特殊日子，十一點不到，墓園門口就停滿了車。墓園裡都是前來掃墓祭祀的市民，提著祭品香火，大多都是以家族為單位，一邊聊天、一邊走上公墓間逼仄的石階。

空氣中瀰漫著紙錢燃燒的氣味，一股又一股的輕煙縈繞在整片墓園間；墓園的廣播響著悠遠的鐘聲，其中夾雜著誦經的音樂，讓每個走進來的人都不由得放慢了步伐，好像稍有點急躁都是對這裡的褻瀆。

慕芸的墓在坡頭，要走很長一段臺階，然後是在一排墓地的最盡頭。

像他們這種小老百姓，能在這千城區的墓園裡買一塊墓地已經是傾盡所能了，自然不能和侯彥霖他們家族的墓地相比——專人管理負責，修得各種氣派，墓誌銘洋洋灑灑，記錄著墓主不凡的一生。

慕芸的碑很簡樸，就是用黑色大理石砌的碑身和碑臺，上面貼著慕芸二十歲出頭時的一張照片，雖然是黑白的，但並不影響她的美貌，一雙丹鳳眼黑白分明，眼角上挑，配上那對柳葉似的眉，透著股冷傲；也許是出於拍照時攝影師的要求，她微微勾起了脣角，淡漠多過笑意，但這一點弧度多少讓她的神情看起來柔和了些許。

燙金色的碑文與隔壁的墓碑相比要簡潔太多，無兄弟姐妹，無愛人伴侶，只生有一女，立碑的落款也是慕錦歌的名字。

真是短暫又冷清的一生。

慕錦歌停下腳步，目光下移，眉頭皺了起來——

只見墓前不知何時放了一束潔白的梔子，用著點滿白星的透明包裝紙包著，靜靜的靠在石碑前，散發著清新的香氣。

四月天裡尚且春寒料峭，再熱一點才是梔子花盛開的最好時節，所以這一束梔子開得並不算好，只有兩、三朵徹底展開了，瓣尖還染著點點青色，革質的綠葉間是覆著青黃的花苞，鼓囊囊的，醞釀著未來盛開時才會展露的驚豔。

有人來看過慕芸，不僅送了花，還把墓碑和墓臺擦過了。

侯彥霖把手中提著的祭品和紙錢放下，蹲下來看了看那束花，觀察道：「這花應該是在這裡放了一夜吧，花瓣都有點蔫了，而且今天凌晨不是下了一陣雨嗎？這包裝紙裡還是濕的。」

慕錦歌彎腰將手中抱著的白菊放在墓碑另一側，拿出帶來的廢報紙墊在膝下，跪著把塑膠袋裡的東西都拿出來，一邊尋思道：「不知道是誰。」

印象裡，慕芸是喜歡梔子的。

五、六月的時候，N市街頭會有些小販出來擺小攤，挑著扁擔，籮筐裡放著新鮮的梔子花、白玉蘭和茉莉花，蓋著兩個笸籮，上面放著用線串的胸針或手環，賣得很便宜。每次看到後，慕芸都要買兩對梔子花胸針，把線一圈圈纏在自己和女兒衣服的釦子上，好看又好聞。

侯彥霖看了她一眼，試探性的問道：「會是妳家其他人嗎？」

「我媽沒有兄弟姐妹，遠房親戚都沒感情。」慕錦歌將橘子放在盤中，然後又將杯子滿上了白酒，輕描淡寫的說道：「我外公去的早，我外婆改嫁後有了新的家庭，去了外地，那時候我媽已經能夠自己養活自己，便跟我外婆斷了聯繫，沒一起走，而是一個人來了N市，用我外公留給她的遺產開了私房菜館。」

能聽她這樣談及家事，實在很難得，侯彥霖珍惜著這次機會，又問：「那妳外婆來看過妳媽媽嗎？」

「沒有，我沒通知她，她大概還不知道我的存在。」慕錦歌淡淡道，「我媽以前跟我說過，孩子是母親身上掉下來的肉，這是什麼都改變不了的，外婆雖是改嫁，但心裡還是會記掛著她的，這樣就足夠了。外婆有追求幸福的權利，既然我媽當時已成年，就不想做那個累贅，不聯繫也是希望外婆在新家庭裡的處境不會變得尷尬，而且這樣外婆也不會知道她的磕磕絆絆，為她難過擔心。」

聽了這番話，侯彥霖只覺得這樣的想法看似溫柔，實際上非常殘忍。

不難想像當初慕芸也是抱著這樣的想法，在身患絕症時並沒告知遠在B市學藝的女兒，然後孤獨的在醫院死去，所有的消息都是在她死後由醫護人員告知慕錦歌的，突如其來，晴天霹靂。

不過每個人都有自己的苦衷，逝者已逝，不加妄議。

侯彥霖幫著把東西擺好，然後跪在報紙上，傾身鞠了一躬，鄭重其事的說道：「阿姨，初次見面，我是侯彥霖，以後我會好好照顧錦歌的，您就放心的把女兒交給我吧。」

慕錦歌愣了一下，臉上有些燒，不自在的別過頭不看他，「你說這麼大聲幹什麼？我媽又不耳背。」

侯彥霖笑咪咪道：「這裡那麼吵，阿姨之前又沒見過我，萬一以為是隔壁墓地傳來的說話聲那不就慘了？說不定晚上還會托夢給妳，說妳瞧瞧住她隔壁的那誰誰誰的女兒都領男朋友過來了，豈不尷尬？」

慕錦歌：「……」盡是些歪理。

兩人分別上完香、跪拜完後，就找了個墓園免費提供的火盆，開始燒紙錢。

大概是被侯彥霖的話癆性子感染了，慕錦歌一邊燒著紙錢，一邊也絮絮叨叨起來，講了講這一年跌宕起伏的經歷，講她從鶴熙食園出來了，講她撿到了一隻貓，但因為怕牠受不了香火的氣味所以今天沒帶出來，講她在Capriccio遇到了一群很好的人，講她遇見侯彥霖，講她贏了比賽，現在有一家自己的店。

雖是絮絮叨叨，但每件事她都差不多是一筆帶過，特別是那些不好的事情，就只是提了一下，有的甚至直接忽略了。

黃紙在火盆裡燒成黑色，一陣微風吹過，將些許紙灰吹到了墓臺和兩人的衣服上。

說完自己的現狀，慕錦歌沉默了一會兒，才沉聲緩緩道：「我見到了那個妳念念不忘的人，但他已經把妳忘得一乾二淨了，表面看還是個人樣，但做的事卻很齷齪，讓人失望。」

聽了這話，侯彥霖抬頭看著她，抿了抿嘴角，神色複雜。

等把帶來的紙錢和冥幣都燒完後，慕錦歌把垃圾收進塑膠袋，拍了拍身上的灰，對侯彥霖道：「走吧。」

「等等。」侯彥霖站了起來，突然道：「我還有一些話想跟阿姨說。」

慕錦歌沒有管他，只以為他又要說些令人難為情的話。

侯彥霖凝視著碑上慕芸的照片，卻是道：「阿姨，其實孫老師並沒有忘記您，他當時離開時根本不知道您懷了身孕，這些年來他一直都沒結婚，就是心裡一直還記掛著您，但他回國後聽說您有了女兒，便以為您已經結婚成家了，所以才沒有來找您，一是怕自己痛苦，二是怕打擾到您。」

慕錦歌怎麼都沒想到他會是說這些內容，登時一怔，驚愕的望向他。

侯彥霖繼續道：「『慕』這個姓氏本就比較獨特，『錦歌』這個名字又可以說是當年他和您的定情信物，所以決賽那天他看到錦歌就想起了您，順著錦歌的參賽資料調查下去，這才知道原來您一直是單親媽媽，不僅沒有如他預想的那樣幸福的生活下去，而且還在五年前就香消玉殞。」

慕錦歌臉色一變，聲音轉冷：「你怎麼會知道這些？」

侯彥霖回頭，將目光落在了她身上。

「因為在那場比賽之後，孫老師就找到了宋姨，瞭解了妳的情況。後來宋姨離開B市後，他又從宋姨手中要到了我的聯絡方式，並透過宋姨跟我打了招呼。」侯彥霖收起了臉上的笑意，正色道：「我不能保證孫老師的人格，也不是在為他洗白，但起碼在最近的這件事上，我知道他是被冤枉的，因為除夕那天他之所以出現在周記，是約了我談話，談完後我親自把他送到了家門口。」

慕錦歌突然想起什麼，動了動嘴唇：「那個放了各種調料的袋子……」

侯彥霖點頭承認：「對，是孫老師交給我，讓我以自己的名義送給妳的，是新年禮物。」

慕錦歌寒聲道：「你為什麼不告訴我？」

「錦歌，對不起。」看到對方的眼神，侯彥霖其實已經慌了，但他還是做出一副鎮定的樣子，向慕錦歌伸出了手，溫聲道：「我本來想找個時機好好的告訴妳，但是剛剛聽妳對阿姨說的話後，我突然覺得必須要在這裡把話說清楚。」

但是慕錦歌卻把他的手拍開了。

她冷冷的看著他，咬牙道：「你早就知道孫眷朝和我的關係了，還一直私下跟他聯繫。」

侯彥霖只覺得剛剛手上輕輕的一拍竟讓他渾身上下都疼痛起來，他的喉結上下滾動一番，最後只啞聲說道：「對不起。」

「侯彥霖，我在你面前是不是一點隱私都沒有了？」慕錦歌很少生氣，但她一生氣，說話就會比平時尖銳十倍，顯露出毒舌的隱藏屬性，「你以前調查我也就算了，你說你會改，我信你，但你不僅沒有改，還變本加厲，直接瞞著我插手進來干預！看著我什麼都不知道的樣子，你很得意是不是？你是不是覺得全世界就你最聰明，其他人都很蠢？！」

侯彥霖曾經一度以為自己在談話上戰無不勝，沒有他圓不回的破綻，沒有他說服不了的人，但是此時此刻在慕錦歌面前，他卻有種啞口無言的感覺，腦袋一片空白，甚至有點語無倫次：「錦歌，我不是這個意思，我只是覺得這樣……這樣或許能幫到妳一點。」

慕錦歌閉上眼，深呼吸一口氣，冷冷道：「算了，你別說了，我看過你是怎麼糊弄別人的，硬是把黑的說成白的，我不想看你也用這一招來對付我。」

「錦歌……」

慕錦歌拿著東西轉過身，逕自下了石階。

「暫時不要跟我說話，我要冷靜一下。」

◎◆※◆※◆◎

燒酒在家裡癱了一上午，百無聊賴。

牠剛把慕錦歌走之前事先倒好的貓糧吃完，正尋思著是睡覺好呢還是幹啥好呢，就聽見大門處傳來開鎖的聲音，於是立即興奮的翻身，屁顛屁顛的跑到門口蹲著，渾然不覺自己的舉動更像一隻汪而不是喵。

「靖哥哥！大魔頭！你們總算回來了！」

先進門的是慕錦歌，燒酒在她腿邊蹭了蹭，聞到淡淡的香火氣味，挾裹著絲絲冷冽。

牠敏銳的察覺到對方此時不一般的氣場，有些疑惑的抬起扁扁的圓臉朝上望去，從牠這個角度至多只能看到慕錦歌緊抿的嘴角，沒有一點弧度，她並沒回應牠熱情的迎接，而是冷著張臉，一語不發，好像又變回了最開始相遇時的那個大冰山。

燒酒不知所以，扭頭望向跟在後面進來的侯彥霖，只見一向吊兒郎當、嬉皮笑臉的大魔頭居然也是一反常態，臉上沒有一分笑意，面色凝重，平時總是望著慕錦歌發亮的眼睛也黯淡下來，就像是烏雲遮住了閃爍的群星。

——**有情況！**

牠走到侯彥霖跟前用前爪扒拉了下他的褲腿，卻同樣沒有得到回應。

「錦歌——」忽然侯彥霖開口了，他看著正在換鞋的慕錦歌，沉聲道：「如果妳看到我會覺得心煩，那我今天……還是不住在這裡了吧。」

一聽這話，燒酒更驚了，牠抬頭忙問道：「大魔頭你怎麼啦？發生什麼事了嗎？」

然而慕錦歌卻沒有回答，她提著包逕自進了房間，然後還把臥室門關上了。

如果說剛剛侯彥霖的眼底失去星光，那麼這下子連夜幕下的萬家燈火也一齊拉了閘，黑得徹徹底底，伸手不見五指。

他嘆了一口氣，蹲下身摸了摸燒酒的腦袋，低聲道：「替我好好陪在靖哥哥身邊。」

燒酒見他站起來後轉身走了出去，驚慌道：「喂！大魔頭你去哪裡？！」

侯彥霖走到了門外，簡單交代道：「今天我去外面住，明天我會回來和你們一起去機場的。」

燒酒一臉懵傻：「到底發生了什麼事？你們好歹說個前提回顧給我聽啊！」

可惜侯彥霖現在並沒有那個心情為牠講講前因後果，大門「啪」的一聲在燒酒面前關上了，帶起一陣冷風。

——**所以這兩人是鬧矛盾了嗎？**

燒酒沒想到自己的貓嘴這麼靈驗，早上自己待在家裡時還嘀咕說這兩人秀恩愛秀個沒完，牠在一旁看著都要瞎了，沒想到中午回來兩人就鬧彆扭了？

唉，不過牠現在倒覺得與其吵架，還不如發狗糧塞死牠算了。

所以難怪說夫妻吵架冷暴力要不得呢，這讓夾在兩人中間的孩子多難受啊！

雖然隔著房間的門，但慕錦歌還是能聽到外頭關門的聲音。

她靜靜的躺在床上，心煩意亂，說不清到底是對侯彥霖生氣多一點，還是對一時口不擇言的自己嘔氣多一點，抑或是對後悔吵架的自己氣惱多一點。

她其實知道侯彥霖是為她好。

但世上大多的「為你好」都有毒——去做你根本不想讓別人做的事，去瞭解你根本不想挖出去給人看的過往，去幫你做一些你會不假思索拒絕掉的決定。

她不認為自己的出身有什麼悲慘，單親家庭又怎麼樣？現在這個社會上單親家庭像量產似的，隨處可見，總比父母雙亡的孤兒幸福千百倍吧？再加上家裡又是開館子的，經濟條件不錯，她從小吃穿不愁，強過貧苦人家的孩子，還有什麼不滿足的呢？

可她不確定侯彥霖會怎麼想。

那個人錦衣玉食，父母健在不說，還有關愛他的哥哥姐姐，一出生就是特權階級，站在金字塔高處，光芒萬丈，對比之下她的這點背景好像真的顯得不幸起來。

別人怎麼看她，她都無所謂，但她無論如何都不想侯彥霖可憐她。

世界上比她可憐的人多得是，但慕錦歌只有一個。

所以她希望侯彥霖只是純粹的因為愛著她而對她好，並不含絲毫同情的成分，不然她會害怕太陽有一天會離開她的世界，去照耀比她的世界更荒蕪的地方。

這大概，就是很多人所說的「患得患失」吧。

慕錦歌躺在床上，不知道怎麼就睡了過去。

等她醒來的時候發現床尾疊好的被子展開了一半，彆彆扭扭的蓋在她身上，主要遮住了後背和小腹。

她的意識還不是很清楚，迷迷糊糊的喚了聲：「……侯彥霖？」

然而回應她的並不是那個總帶著幾分笑意和懶散的熟悉聲音。

扁臉貓用肉墊拍了拍她的手，「靖哥哥妳醒啦？」

「燒酒？」她漸漸清醒過來，看到燒酒的嘴巴和鼻子間有一小塊結痂的紅色，「你的嘴怎麼了？」

燒酒伸出舌頭向上舔了舔，「這個啊……嘶，我開門撞的。」

慕錦歌：「開門？」

燒酒的語氣頗有些得意，像是在炫耀自己幹了一樁大事，「對啊，妳不是把臥室門關了嗎？我撓了好一會兒的門都不見妳搭理，就想學網路影片裡的那些寵物一樣跳起來將門把咬下來，沒想到第一次跳的時候沒控制好，把臉撞傷了，不過好在我機智，又從餐桌那裡把椅子一路推了過來，最後是站在椅子上用爪子開的！」

慕錦歌撐著身體坐了起來，「被子也是你幫我蓋的？」

燒酒一副求表揚的樣子說道：「那當然了！快誇我是貼心小棉襖！」

慕錦歌從床上抓了把灰藍色的貓毛，「嗯，這件小棉襖還掉毛。」

燒酒：「……」

睡了一覺後，慕錦歌覺得心情好多了，她把被子重新折好，然後揉了揉掉毛小棉襖的腦袋，「燒酒，謝謝你，不好意思讓你擔心了。」

燒酒仗義道：「沒事，我可是答應了大魔頭要好好陪著妳。」

慕錦歌：「他人呢？」

「早出去了，說今天去外面住。」燒酒問道：「靖哥哥，妳和大魔頭究竟怎麼了？」

慕錦歌淡淡道：「吵了一架而已。」

燒酒道：「怪不得你們倆看起來都怪怪的……啊，對了！我一直等妳醒，是想跟妳說件事！」

慕錦歌問：「什麼？」

燒酒從床上跳到了放著包的床頭櫃上，從那裡叼起一團黑乎乎的東西，但是牠的嘴太小了，沒叼住，所以只能用爪子把東西推到了地上，說道：「剛剛想在妳包裡翻逗貓棒，結果發現大魔頭的錢包還在妳這裡，他什麼都沒帶就出門了，怎麼吃飯住宿啊？」

慕錦歌彎腰從地上撿起侯彥霖的黑色皮夾，打開一看，發現金融卡、現金果然都在裡面，甚至身分證也在。

——連身分證都不帶，那個二傻子怎麼住飯店？

就在她準備合上皮夾的時候，突然注意到右下角的塑膠框裡放了張去年她為了開店跑手續而拍的一吋證件照，也不知道皮夾主人是怎麼偷偷弄到手的。

慕錦歌遲疑了一瞬，但終究沒有出於個人肖像的維護把照片拿出來，而是任那張證件照留在那裡，然後合上了皮夾。

她拿起手機，準備在通訊軟體上問一下某個二傻子的地理位置。

而就在她打開通訊軟體時，看到侯彥霖帳號旁有訊息未讀的標識，點進去後螢幕顯示出一條訊息及數張照片。

那條訊息是昨晚發的。

慕錦歌不怎麼玩手機，平時用通訊軟體更多的就是和侯彥霖聊天，這兩天兩人同吃同住，犯不著在網路上交流，所以她昨晚到現在都沒打開過通訊軟體，店裡的員工知道她的習慣，有什麼事情都是發手機簡訊告訴她的。

「我來到妳的城市，走過妳來時的路。」

配圖是九張照片，前面八張分別是出機場、上地鐵、進社區、上樓梯、進家門、到鴨血粉絲店、過小學、逛國中這八個情景的照片，其風格呼應文案，沒有拍人和景，拍的都是腳下的路，從陽光正好到夜色降臨，入鏡的除了道路以外，還有兩雙腳，一前一後——走在前頭的一直是慕錦歌，跟在後面的則是侯彥霖，步步跟隨，不曾變更。

而第九張照片好像是晚上他們回來在人行道等紅綠燈時拍的，拍的是地上的影子。身後的路燈替水泥地覆上一層暖暖的橘黃，兩人的站位還是一前一後，影子被拉得很長，身後的人不知道是什麼時候半展開了手臂，沒有讓她察覺，但是從影子上看卻像是他從後面抱著她似的，兩人緊緊相依。

慕錦歌盯著手機螢幕，感覺自己真的是一點脾氣都沒了。

燒酒見她一動不動，開口問道：「靖哥哥，妳問大魔頭了嗎？」

慕錦歌把九張照片都保存下來後，直接退出了通訊軟體，站了起來，然後一邊往外面走，一邊撥出侯彥霖的電話。

鈴聲響了兩下後，對方就接通了，語氣透著些緊張：「……錦歌？」

慕錦歌直截了當的問：「在哪裡？」

侯彥霖愣了一下，「啊？」

慕錦歌用肩膀夾著電話，一邊坐在凳子上穿鞋，「你現在在哪裡？」

侯彥霖：「其實我也不知道該怎麼描述這個位置……」

「發個定位給我。」慕錦歌拿好鑰匙打開了門，「你就待在那裡，不要亂走。」

剛掛電話，侯彥霖就把位置發過來了，慕錦歌看了看，不遠，就在她國中校園那一帶。

不過這個定位也並不是百分之百精準的，等慕錦歌到了手機地圖上顯示的目標點時，發現這裡是條大馬路，而四周並沒有侯彥霖的蹤影。

於是她再次打侯彥霖的電話，卻沒想到手機裡的女聲提示對方已關機。

雖然知道他那麼大一個人出不了什麼事，但慕錦歌還是不由得心急起來，她繞著學校走了一圈，最後終於在學校對面馬路的報刊亭找到了他。

只見侯彥霖隨意的靠著報刊亭側面的綠牆站著，身材修長，引得路過的女性紛紛側目，忍不住悄悄打量和竊竊私語。對於這些帶著少女心的好奇目光，侯彥霖早已見怪不怪，一副淡定自若，倒也沒瞎撩，很有名草有主的矜持。

慕錦歌一路走得急，走近時還在微微喘氣，「侯彥霖。」

侯彥霖循聲看去，眼睛一亮，就差一條狗尾巴在後面搖了，「錦歌？妳竟然真的來找我了！」

慕錦歌看著他，面無表情的問：「打電話給你為什麼關機？」

侯彥霖可憐兮兮道：「手機沒電了，妳讓我不要亂走，所以我就一直站在這裡。」

慕錦歌這才注意到他手上還端著一份糍粑，就是街上到處都有人推著輛自行車賣的那種，一個個香甜軟黏的小糯米團子，裹上一層黃豆粉，又淋了紅糖，灑了些白芝麻，是很多學生放學後必買的小食。

她疑惑道：「你沒帶皮夾，哪裡來的錢買糍粑？」

「我也是出來後才想起皮夾放在妳家。」侯彥霖笑了笑，「不過我人見人愛，順手幫了小販一個忙，他就請我吃這個。」

「……」她怎麼就忘了這人是厚臉皮的自來熟呢？

慕錦歌裝作自己上個問題只是隨口一說的樣子，接著又問道：「那你沒想起來你的身分證也在皮夾裡嗎？沒有身分證你怎麼住飯店？你是打算睡大街嗎？」

侯彥霖如實相告：「N市有我家投資的連鎖飯店，我不用身分證和錢也可以入住。」

「……」慕錦歌覺得自己真是傻透了。

「哎，錦歌——」看到對方神色微妙然後轉身就走，侯彥霖心裡一喜，邁開長腿追了上去，嘴角都快咧到耳根子了，「妳難道是怕我挨餓受凍，所以才這麼著急的出來找我？」

「……」

「妳很擔心我？」

慕錦歌惱羞成怒，冷冷道：「閉嘴。」

侯彥霖眨著眼，喜孜孜的問：「靖哥哥，我們這算是和好了嗎？」

慕錦歌：「……」

侯彥霖趁機解釋：「靖哥哥，我真的知道錯了，我就是在孫老師找到我後有點得意忘形，覺得自己有資格為妳做些事情，覺得妳的事就是我的事，想炫耀一下，結果一不小心就……越界了。對不起。」

過完馬路，慕錦歌的腳步停了下來。

她回過頭，看向身後那人，正色道：「侯彥霖，你給我聽好了。」

侯彥霖也跟著停了下來，心裡一緊，神色認真。

「你認為的沒錯，你當然可以幫我做主一些事，就如同你默認我可以代表你處理一些事情一樣。」然而出乎他意料的是，慕錦歌並沒有再懟他，而是心平氣和說道：「但是，不要瞞著我，在做之前要告訴我一聲。」

侯彥霖忙道：「好的，我會記住的。」

慕錦歌轉過身，繼續往前走，一邊走一邊道：「今晚不許睡外面，跟我回去。」

「睡外面？」侯彥霖理解的「外面」顯然和慕錦歌說的「外面」不一樣，「靖哥哥的意思是我們倆可以睡同一間房了？」

慕錦歌毫不留情的打碎他的美夢：「我是說外面的飯店。」

侯彥霖笑了笑，又繞回之前的話題：「靖哥哥妳還沒回答我，妳剛剛急匆匆的出來，是擔心我嗎？」

「……」

「靖哥哥，妳走這麼快是害羞了嗎？」

「……」

「靖哥哥，妳要不要嚐嚐這糍粑，味道還不錯，挺甜的。」

「……吵死了！」

由於兩人的平均海拔和顏值都很高，所以不少旁人投來圍觀的目光，看女的在前面快步走著，男的在後面憑著兩條大長腿毫不費力的追著，一個板著臉不說話，一個笑如桃花絮絮叨叨。不知那男的失敗了多少次後，他女朋友終於肯把手伸出來給他握著了。

最終兩人十指相扣，並排而行。

6. 綠野蔬派

網路上有關孫眷朝的不實傳言突然被壓了下來。

四月初，徐菲菲以網紅身分簽約娛派，隨後她的經紀團隊就以一紙訴訟殺雞儆猴，把率先帶起來傳播的網友告上了法庭；同時華盛娛樂的公關出來澄清說明，因為公司內部購買了美食元素的ＩＰ，為了更好的籌備，某位高層在除夕那日約了孫眷朝在周記短暫交談，瞭解業界詳情，兩人交談完後就一起離去，有街道的監視錄影為證。

在這之後，網路上又有新聲響起，匿名扒皮劉小姍和林玨，並暗指幕後是有周琰授意協助。

其實這只是篇毫不引人注意的帖子，卻在人為的炒熱下有了上千次的轉發分享。對此，劉小姍和林玨本就心裡有鬼，不敢做什麼，只是底氣不足的發了類似「清者自清，濁者自濁」的聲明，但周琰自認落下的把柄不多，便打算採取和徐菲菲一樣的做法，以轉發不實資訊超過五百次的罪名理直氣壯的控訴對方。

結果周琰剛要出手，對方像是早有所料似的，把那篇帖子刪個精光，連帳號都註銷了，功成身退，只留下抹不去的痕跡——很多雜七雜八的公眾號或私人號都保存了那人當時發的長圖，見那人刪了帳號，就零零散散的又發了出來，大雜居小聚居，每篇轉分享都不超過五百次，讓周琰想告都告不成。

這可把周琰氣得夠嗆。

說實話，這種輿論戰在侯彥霖他們這些演藝圈專業人士的眼中，連小兒科都算不上，頂多只能算個寵物科吧。

局面反轉，陰謀揭曉，眼看已經雨過天晴見彩虹，但對此事一直耿耿於懷的還有一個人。

那就是王秉。

當初就是他臨時找孫眷朝代他當評審，那時他面臨一場小手術，起碼要休養一週，又不想因為自己的原因給節目組添麻煩，就私下拜託了多年的好友過來幫忙，沒想到反而讓好友名聲受損。現在他主動退出節目，還是待在家裡休養，太太在廚房裡做飯，女兒去外地讀大學了，寒暑假才回來。

王秉坐在沙發上，瞪著身旁失蹤幾天後終於現身的好友，問道：「你總算來了，這幾天風頭那麼緊，你跑哪裡去了？」

「風頭那麼緊？」孫眷朝喝了口熱茶，仍是一副儒雅的樣子，不緊不慢道：「王老師，你別說得我跟通緝犯似的行嗎？」

王秉都快被他這個慢性子氣死了，憤憤道：「你知道我在說什麼！劉小姍和林玨那兩個小兔崽子，竟然黑到你頭上來了，節目組也不幫著說句公道話，真是太欺負人了！」

孫眷朝揚了揚眉，「所以你就一氣之下付了違約金，不參與這節目了？」

「這種爛節目有什麼可留的！」王秉這幾年炒股票賺了不少錢，雖然付違約金時的確肉痛了一下，但繼續待在那裡，他怕自己去到現場全身每個細胞都要疼，「不過公道自在人心，我瞧網路上這風向開始變了，你有望洗脫冤屈啊！」

孫眷朝笑看他道：「你怎麼比我還緊張？」

說起這件事王秉就後悔極了，「那可不是嗎？要不是我生病要動手術，你也不會替我上一集節目，如果你不替我當這破爛評審，那兩個小混蛋能抓到機會整你嗎？」

孫眷朝淡淡道：「事情都過去了，就是網路上鬧得大而已，我沒什麼事。」

王秉才不信，「現在是沒事了，可畢竟給你造成了不可改變的影響啊！你在《美食華夏》的專欄不都被撤了嘛！」

孫眷朝卻是溫聲道：「我做評論家快三十年了，也是時候給年輕人騰騰位了。」

王秉一愣。

「誒，不、不是……」他頓了頓，一臉驚訝，「老孫你這是什麼意思？你不至於吧！」

孫眷朝解釋道：「這是在這件事之前我就考慮好的事情，我不是跟你說過，一直以來我都有在做調料進出口的生意嗎？我打算漸漸退下來，把重心放到從商上面。」

美食評論家單靠稿費和邀評費是很難養活自己的，年輕一代的評論家裡大多都是家庭有背景的，沒有背景的紛紛抓住網路傳媒的機遇來發展自己，而像他們這種老評論家，多是靠發展副業，單純全職的幾乎已經沒了。

王秉沉默了數秒，才開口道：「你都想好了？」

「想好了。」孫眷朝為了讓老友更加安心，透露了更詳細些的計畫：「你既然這麼喜歡上網路，那應該也知道我和華盛的高層主管見面的事情，我們也有談到這件事，那位先生想要投資發展餐飲業，問我願不願意與他合作，當他的顧問。」

王秉皺眉道：「可靠嗎？你一個孤家寡人，到時被騙了，小心連養老院都住不起！」

孫眷朝失笑：「知道了，你就放心吧，我還等著你時不時來養老院看看我，給我帶點好吃的呢。」

「唉，你啊……」事到如今，王秉已經放棄勸他找個女人趕快娶了，「對了，你還沒告訴我，你這幾天跑哪裡去了呢。」

孫眷朝垂下眼，看著杯中浮著的茶梗，輕聲道：「沒什麼，就是去了趟J省。」

「怎麼，那裡有新館子開張？不對呀，這清明節……誰趕這個日子開業啊？」

孫眷朝道：「我是去上墳的。」

王秉疑惑道：「上墳？誰啊？」

孫眷朝只是淡淡的笑道：「一位故人。」

「哦……」

這時，放在他口袋中的手機震了震，孫眷朝掏出手機，發現是一封簡訊。

「孫叔叔，小心周琰。」

◎◆※◆※◆◎

「什麼？妳要報名參加《滿意百分百》？！」

王秉退出《滿意百分百》的評審陣容，留下個空位，正好顧孟榆這段時間在B市寫稿，沒什麼事，節目組就找上她，邀請她去補王秉的位子，哪怕只有一集也行，就當救場。

顧孟榆雖然自身已經是小有名氣的評論家了，但同時還是孫眷朝的粉絲，她見自家偶像上了這個節目後被潑了一盆髒水，自然不可能那麼乾脆就答應節目組的邀請；說實話，她心裡已經做好了拒絕的打算，只是不想那麼直白，便委婉的說要考慮考慮。卻沒想到今天她來奇遇坊，跟侯彥霖和慕錦歌說起這事後，慕錦歌竟然一臉淡定的跟她說她要參加這檔節目。

顧孟榆表示受到了驚嚇，畢竟那可是比賽採訪時惜字如金、錄影上傳網路也不露一點臉的慕錦歌啊！上電視錄節目什麼的，感覺完全不是她的風格好嗎？

於是她下一秒便看向站在一旁摸貓的某人，質問道：「彥霖，你說，是不是你在背後搞鬼？」

侯彥霖露出無辜的表情說：「孟榆姐，這次真不是我，是錦歌自己想去的。」

「開了奇遇坊後，就沒和別人比試過了。」慕錦歌神色淡定的解釋道：「有競爭才有進步，我就是想去試試。」

顧孟榆道：「可是擂主是周琰啊！」

慕錦歌：「周琰是很厲害，但妳看，不還是不能全票通過嗎？」

侯彥霖抱著貓，在一旁瞎湊熱鬧道：「孟榆姐，妳的意思是我們家錦歌拚不過那個姓周的？」

「也不是……」顧孟榆看了看兩旁，然後壓低聲音說道：「很多人都以為這次背地裡整孫老師的只有劉小姍和林玨，但我覺得這事跟周琰脫不了干係，現在網路上的輿論雖然有反轉，但是劉小姍和林玨卻仍得節目組網開一面，留了下來，恐怕多是周琰在其中斡旋，在這之後這三人就是一夥的，這樣就是兩票，還有……好了，我決定了！」

侯彥霖和慕錦歌話聽到一半，都不知道她突然決定了什麼，兩人一貓動作一致的抬眼看向她。

顧孟榆拍桌子道：「他們有人，我們也有人啊！反正這段時間我很閒，去這破節目當評審也不錯。」

聽她這句話，慕錦歌卻蹙起了眉頭，「妳不用這樣。」

顧孟榆知道她在擔心什麼，於是認真道：「放心，我會公正評判的，如果周琰真的做得比妳好，我就把票投給他，不然到時位子一直空著，周琰又跟節目組推薦他的熟人，最後評審席清一色都是他的人，還談什麼公平競爭。對了，不是還有個隨機的明星評審嘛？侯彥霖，這就是你的事了，搞一個凶神惡煞點的過來，黑臉包公那種，讓他們知道什麼叫比賽精神，別……」

正說得起勁，她突然覺得腳邊有個毛乎乎的東西在蹭她，觸感熟悉，低頭一看，就看見白乎乎的一大團，正是阿莫西夫斯基。她再一抬頭，就看見鍾冕走了進來，只見他臉色極差，眼眶發紅，說話也有氣無力，帶著點沙啞，像是感冒了。

「朔月老師，侯先生，慕小姐。」

「寶貝兒，你怎麼了？熬夜趕稿了？」顧孟榆把他拉到身旁坐下，夾了盤裡的一塊點心餵他，「快坐快坐，這是錦歌剛剛做好的，人沒休息好的時候就得吃點東西。」

鍾冕本就瘦弱，現在更跟個紙片人沒什麼兩樣，被顧孟榆一拽就蹌踉著坐到了吧檯前，剛張開嘴巴，還沒來得及說什麼，口裡就被嚴嚴實實塞了塊溫熱的鬆餅。

鍾冕：「……」

和平時在外面吃到的鹹鬆餅或甜鬆餅不一樣，這塊鬆餅入口時的味道有點微妙，讓人一時說不上來是甜還是鹹，然而咀嚼時口感香軟，一股濃郁的優酪乳味道席捲舌尖，細碎成丁的青椒和火腿隱藏其中，帶來些許清脆的辣意和肉質的鹹味。

一時間舌頭就像一塊土地，一陣挾裹著幾分濕潤氣息的春風拂過，灑下幾粒種子，隨即飛快的破土發芽，舒展出新綠的葉子和粉白色的小花，春意盎然，令人心神蕩漾，一派溫馨美好。

顧孟榆之前已經嚐過了這盤優酪乳火腿鬆餅，自然知道有多好吃，所以她期待著這個斯文靦腆的男人露出興奮讚嘆的笑容，重新恢復精神。

可是當她抬眼看過去，卻是一愣。只見鍾冕低著頭，鼻子和眼睛全紅了，手中拿著還剩半塊的鬆餅，抿著嘴，有些艱難的把喉間的食物嚥下，下巴微微顫抖，豆大的淚水止不住的從他眼眶湧了出來，打濕了他厚重的眼鏡鏡片，落到了木桌上，積成個小水灘。

「你、你怎麼了？」顧孟榆長這麼大，第一次看見有男人在自己面前哭，頓時有些手足無措，「不想吃的話你就拒絕我啊！哎，我不是想欺負你，我是關心你，真的……」

「嗷。」阿西莫夫斯基也看向主人。

鍾冕吸了吸鼻子，擺手道：「朔月老師，我沒事。」

顧孟榆忙遞紙巾給他，「眼淚都止不住了，還說沒事。」

侯彥霖也發現了他的不對勁，驚訝道：「大作家，你怎麼了？」

慕錦歌本來在專心烤肉的，聽他這麼一說也抬頭看向彎著身的鍾冕，問道：「是覺得不好吃嗎？先喝口茶吧。」

「不……很好吃……」鍾冕取下眼鏡，用顧孟榆遞來的紙巾擦了擦眼淚和鼻涕，「對不起，我、我有點控制不好自己的情緒……」

侯彥霖挑眉，「不是吧，難不成真的是好吃到哭了？」

鍾冕小聲道：「我……忍不住想如果當時、當時紀遠能吃到、吃到慕小姐做的料理，那該有多好……可惜他沒吃到。」

侯彥霖笑道：「沒事，我們店又不搬遷，他想吃的話可以隨時來啊。」

鍾冕輕輕的搖了搖頭，哽咽道：「他，來不了了……就在昨天……紀遠跳樓自殺了。」

一代天才畫家就此殞落。

紀遠成名極早，十四歲時異軍突起，勢不可擋的成為國內繪畫界最閃耀的一匹黑馬，聲名鵲起，力壓眾多出身繪畫世家的同輩，十六歲包攬國內各項美術大獎，十七歲進軍國際，融合了中國水墨和西方抽象的獨特畫風迅速為他在國際舞臺上贏得一席之位，開始奪得各種獎項；十九歲舉辦個人全球巡迴畫展，同年創辦了個人工作室，二十歲時擁有三間自己的畫廊，兩間在國內，一間在義大利。

二十二歲，死於自殺，璀璨的光芒沉沒在茫茫黑夜。

這樣一個大人物死去，在基本核查清楚實情後，自然要封鎖消息，和美術界八竿子打不到的奇遇坊眾人沒聽說也正常，只有美術界的人和紀遠的親朋好友知道消息。

就在鍾冕流淚說出紀遠死訊的那一天，當地的晚間新聞播放了這則消息，確認為墜樓自殺而非他殺，隨後相關的新聞在網路上傳開了，推特和臉書上也出現一批海外同行和粉絲悼念點蠟，一時間紀遠的畫作在原本的高價上又翻了好幾番。

其中有一位著名的國外藝術家感嘆道：「紀遠就是一個奇蹟，但我們忘記了，奇蹟出現的時間總是那麼短暫。」

據說紀遠是患有很嚴重的憂鬱症，但隨後又有個說法，說他有人格分裂。

證據是刑警發現紀遠在自己家裡各處安裝了攝影機，連廁所和陽臺都有。監視記錄裡顯示，紀遠當晚原本在家裡的畫室創作，卻突然倒在地上，一邊頭疼似的捂住腦袋，一邊叫嚷著「不要來，不許出來」，他在地上掙扎了一分鐘後，又突然靜了下來，不再疼得滿地打滾，而是虛弱的站起來，哭著說「對不起、對不起」，然而就在他剛走出畫室時，整個人又捂住頭彎下腰，發出痛苦的低吼，隨後直起身踉踉蹌蹌的走到客廳，暴躁的摔東西，如同在驅趕什麼似的大喊「滾」，可是沒一會兒又重複了之前的動作，突然嗚咽起來，無助的說著「我也不知道該怎麼辦才好」。

將整間屋子弄得一片狼藉後，紀遠掐著自己的脖子來到了陽臺，背抵著圍欄的時候，紀遠搖著頭喊著什麼，但由於當時室外風太大，有點聽不清楚，後來經特殊處理後才聽清楚他當時說的是「我求求你不要這樣」，而下一句話卻是「既然你霸著我的身體不走，那我就讓你什麼都得不到」。

說實話，看這段監視錄影會讓人有些毛骨悚然。

這段影片因為實在太容易讓人聯想起怪力亂神，所以被嚴令禁止外傳。因此，刑警和媒體放出的消息是目前唯一能解釋這段影片的科學推論——紀遠擁有雙重人格，表人格和裡人格發生衝突，未及時尋求心理諮詢和藥物治療，以至於釀成悲劇。

這樣也能解釋為什麼紀遠會在家裡安裝那麼多攝影機了，據警方調查，這批攝影機都是四月一日安裝的，就是一週前，可能那時候紀遠開始察覺到自己體內有另一重人格，於是想留下影片來查證，卻沒想到在監視記錄裡看到了自己的另一面，難以接受，對裡人格產生反抗情緒。

不過，也許是紀遠有看完就清理檔案的習慣，四月一日到他自殺前一天的記錄都被刪除了，因為警方已經完全排除他殺可能，所以也沒在這一點上多存疑。

在餐廳的電視上看到這則新聞後，燒酒晚上回去就做了個夢。倒不是什麼恐怖的夢，就是夢見紀遠來奇遇坊的場景，單薄的青年臉色蒼白，望向牠的眼睛布滿血絲，十分憔悴。看他的神情，像是有很多問題要問、有很多話要說，欲言又止，最後卻只是說了一句話——

「我真的，很羨慕你。」

夢醒之後，燒酒總覺得有點毛毛的，於是離開貓窩，屁顛屁顛的跑進了慕錦歌的房間。

牠這一覺睡的時間不長，也就半個小時，臥室裡的人還沒有睡，正蓋著被子坐在床上看雜誌。

室內大燈沒有開，只亮著床頭的檯燈，暖橘色的燈光在昏暗中暈染出一片光亮，柔和了那人的眉眼，安靜的覆在她垂在胸前的長髮和藍色的被角上。

看到這一幕，燒酒感覺自己像是得到了無形的安撫，夢醒時的不安頓時煙消雲散，腳步也沒那麼急促了，不由得放慢下來。

聽到牠進來的動靜，慕錦歌放下雜誌，問：「怎麼了？」

燒酒跑到靠檯燈一側蹲坐下來，悶悶道：「沒事，做了個噩夢。」

「來。」慕錦歌傾身將牠從地上抱了上來，隔著被子放在自己的腿上，動作輕柔的撫摸著貓背，手法嫻熟，撫得牠舒服得翻了個身。

過了一會兒，燒酒小心翼翼的問道：「靖哥哥，我今晚能睡床上嗎？」

慕錦歌想著反正明天要換床單了，於是答應道：「行啊。」

「好耶！」燒酒軟軟的叫了一聲，用著那張大扁臉蹭了蹭慕錦歌的手腕，「有靖哥哥在身邊，做噩夢我也不怕了！」

慕錦歌奇怪道：「你不是智慧系統嗎？也會做夢？」

「對誒！」聽她這麼說，燒酒才意識過來陡然睜大眼睛，「說起來這還是我第一次做夢，好神奇。」

慕錦歌問：「還是因為這具身體的原因嗎？」

「是吧……」燒酒毛茸茸的尾巴晃了晃，「剛開始變成貓時，我還覺得自己挺慘的，現在卻覺得是因禍得福，有了這具身體後，我可以親口嚐到很多美味，擁有以前沒有的感官，還能體會做夢的滋味，想想這波不僅不虧，還……啊，賺了呢！」

說著說著，牠打了個貓呵欠，要不是做了這麼一場夢，牠可是能一覺睡到天亮的呢。

慕錦歌撓了撓牠的下巴，又拍了下牠的頭，淡淡道：「不早了，睡吧。」

聽了這話，燒酒乖乖的從她腿上跳到了她身旁的空位，懶懶的蜷成一團，「靖哥哥晚安。」

「晚安。」

◎◆※◆※◆◎

兩天後，慕錦歌來到了V臺。

她現在已經是小有名氣的青年廚師，節目組當然優先通過她的報名申請，並且直接安排她錄製下一集的節目。

因為徐菲菲那一集惹出了事端，《滿意百分百》收視突漲，節目組決定再接再厲，緊接著製造新的噱頭把這收視率留住，而素有「黑暗料理女神」之稱的慕錦歌就是他們看到的希望，黑暗料理加美女廚師，還是相當吸引人的。

一進電視臺大樓，就有個實習助理在門口等候，見到慕錦歌抱著燒酒進來，便微笑著上前道：「慕小姐是吧？請跟我到這邊化一下妝。」

慕錦歌跟著她乘電梯上了三樓，剛出電梯沒走幾步，迎面就走來一位熟悉的面孔。

周琰剛化完妝出來，原本蒼白的臉色在化妝品的助力下終於顯得有了些血色。他事先就知道了這集挑戰者是慕錦歌，所以並不驚訝，反而主動上前打招呼道：「真是好久不見啊，慕小姐。」

一看到是他，被慕錦歌抱在懷裡的燒酒瞬間把腦袋低了下去，眼不見心不煩。

慕錦歌只是客氣的微微頷首道：「你好。」

周琰兩手插在口袋裡，很隨意的樣子。他像是突然想起什麼似的，對實習助理說道：「小敏，我剛剛看策劃好像找妳有事，妳要不要過去看看？」

實習助理愣了一下，「啊，可是我要帶慕小姐去休息室化妝……」

周琰微笑道：「反正我都準備好了，閒著也是閒著，就讓我帶慕小姐去吧。」

實習助理忙道：「那實在是太感謝您了，周老師。」

實習助理走後，周琰帶著慕錦歌往他剛剛來的方向走，他看了看身邊人一直抱在手裡的加菲貓，心裡暗想果然還是個愚蠢的小女生，表面卻笑道：「慕小姐妳真是愛貓如命呢，來錄節目都把貓帶著。」

慕錦歌道：「我不能帶嗎？」

「也不是說不行。」周琰似是笑得毫無惡意，「只是希望慕小姐妳換好衣服後就別抱貓了，不然待會一身貓毛落到了菜裡，就很對不起食客了。」

慕錦歌淡淡道：「多謝。那我也想提醒你一句。」

周琰：「什麼？」

慕錦歌看了看他的頭，又看了看他的肩，面無表情道：「換好衣服後記得戴好帽子，不然待會頭皮屑落在衣服上，做菜時又落到菜裡，就很對不起食客了。」

「……」周琰臉上的笑容一僵，「慕小姐今天是怎麼了，之前說話沒有這麼衝啊？」

慕錦歌認真道：「那是因為你那天頭皮屑沒今天多。」

周琰：「……」

等把慕錦歌送進休息室後，周琰轉過身，看似若無其事的用手拍了拍兩邊的肩頭。然而他的內心並沒有外表看起來的那麼淡定，早就暗自對慕錦歌狠狠記上一筆。

——這個黃毛丫頭！

他覺得慕錦歌會這樣對他，肯定是因為孫眷朝。

孫眷朝是B市新人大賽決賽的評審，據說當時比賽，他是評審裡給慕錦歌最高分的，對慕錦歌來說有知遇之恩，慕錦歌維護他也是情有可原。

現在像她這樣年輕的女孩，哪個不混社交網路啊？肯定是看了網路上的反駁帖，跟著懷疑他是幕後搗鬼的真凶，所以今天才會這麼和他作對。不過，她信的倒也沒錯，他的確就是幕後黑手，但她竟然不知天高地厚來挑釁他，這就實在是太蠢了。

真是可笑，只會逞口舌之快，孫眷朝看人的眼光真是越來越差了。更可笑的是，節目組的策劃事前還正經八百的說他這次可能面臨一個強敵，提醒他不要輕敵，不然擂臺位置可能不保。

他嚴重懷疑這人腦袋裡是不是塞了屎。

無論來誰，他都不可能失敗——

因為美食界注定是他的天下！

◎◆※◆※◆◎

這一集《滿意百分百》抽中的幸運觀眾居然是一名小學生。

是個小男孩，還沒到長個子的年齡，一百五十公分的個頭在同齡男生中算高的了，但他長得也胖，穿著件外套都遮不住他圓鼓鼓的肚子，臉也肉乎乎的，看起來體重肯定有五十公斤以上。他小小的鼻梁上架著一副深藍色金屬框眼鏡，鏡片有點厚，估計兩、三百度跑不掉。

主持人莫堃把麥克風遞給他，笑得一臉和善道：「小弟弟，簡單來個自我介紹吧。」

小男生一本正經的開口，認真的像是在國旗下發言，有點緊張道：「大家好，我叫羅俊宇，今年十一歲，上小學六年級。」

莫堃按著臺本問：「你喜歡看我們的節目嗎？」

羅俊宇點了點頭，「喜歡啊。」

莫堃笑著問：「為什麼喜歡呢？」

羅俊宇有點不好意思的說：「因為有很多好吃的，平時見不到，就看電視解解饞。」

「原來是個小吃貨呢，怪不得肚子圓鼓鼓的。」莫堃還是點題了，「今天可就不是望梅止渴，而是要真正吃到為你量身訂做的美食了，期待嗎？」

羅俊宇露出換牙換得不是很整齊的兩排牙：「期待！」

莫堃轉身踩著細高跟鞋走回臺上，「那我們現在就為臺上的擂主和挑戰者公布本集食客羅俊宇小朋友的檔案，請看大螢幕——」

為了考驗選手的資訊篩選能力和迷惑觀眾，節目組給出的人物資料含有許多混淆視聽的資訊，雜七雜八，例如星座、血型、生肖這種無用項目，以及夢想、座右銘這種可以拿來搞笑一下或賣賣雞湯的點。

真正對廚師有用的資訊其實只有那麼幾個，必記的是過敏食物。除此之外，大多數的人基本上都還會看食客喜歡的食物、不喜歡的食物和想要在本次節目吃到的食物。剩下的資訊內容則因人而異，有的廚師自以為捕捉到別人都沒注意到的點，沾沾自喜，然後火力全開投入到那條資訊上，結果本末倒置，為了抓一片落葉反倒失掉整片森林。

比如說某集來的一位挑戰者，見食客的檔案上有寫最喜歡的顏色是橙色，於是竭盡全力讓做出來的料理看起來橙黃橙黃的，跟上了色素似的，片面追求於「色」，天平失衡，就很難顧全「香」和「味」了，最後做出來的菜在口味上存在各種毛病，被王秉痛批了一頓。

在這眾多資訊項目中，就有一項讓食客填寫自己想要在節目中吃到的菜式。前面幾集的目標觀眾都比較客氣，表示廚師們做什麼都可以，沒有特別要求，但羅俊宇小朋友顯然很有想法，他表示很想吃派，還打了三個驚嘆號。

因此，慕錦歌和周琰都打算做派。

雖是做同一種類型，但兩人的選材卻截然不同——周琰依據腦內系統給出的菜單，挑選了巧克力和做某種蛋糕所需的用料；慕錦歌選的則是做派比較傳統的用料，低筋麵粉、奶油和雞蛋。

然而，出乎在場所有人意料的是，她並沒有和周琰一樣選擇羅俊宇最喜歡吃的任意一樣食物，卻是拿了苦瓜、胡蘿蔔還有芹菜——這三樣食物可都是明明白白寫在羅俊宇檔案上「討厭的食物」項目裡的！

為了保持料理的神秘感，評審和目標觀眾要戴著耳機背對舞臺，只有主持人和觀眾能夠看到廚師們的選材和製作。

兩位主持人一人跟一位，男女搭配，莫箜跟著周琰，郎桓跟著慕錦歌。

郎桓剛才也認真讀了遍羅俊宇的資料，所以很是擔心的問道：「慕小姐，妳選這食材，是不是有點不太合適啊？」

慕錦歌低著頭搓麵粉，一邊淡淡道：「我覺得很合適。」

郎桓不好說得太直白，只好用著打趣的口吻說道：「萬一羅俊宇小朋友不吃，該怎麼辦啊？」

慕錦歌：「他不是目標觀眾嗎？」

郎桓反被她問得一愣，「是啊。」

慕錦歌道：「作為評審之　，目標觀眾不是必須每樣都吃至少一口嗎？」

郎桓：「……」

如果不是考慮到還在錄節目，郎桓很想搖著慕錦歌的肩膀大喊：大妹子啊！妳不要才剛開始就放棄治療好嗎！正面槓上周琰不要怕！拜託妳好好按食客的喜好來選材行嗎！

但他不僅沒有機會搖醒「執迷不悟」的慕錦歌，還受到後者無情的驅趕：「你可以暫時不要和我說話嗎？時間有點趕，不好意思。」

郎桓：「……」

四十分鐘後，雙方皆完成料理，評審和目標觀眾取下耳機，面向舞臺。

評審席裡，王秉的位置的確是顧孟榆在坐了，今天她穿著一身幹練的休閒小西裝，為了上鏡頭好看還專門去把頭髮挑染成酒紅色，妝容精緻，戴著幾何造型的金屬耳環，襯得身旁的劉小姍越發土氣，攝影機鏡頭都很少移向劉小姍和林玨了，大多停留在顧孟榆和她身邊那位明星評審的臉上。

據說這期《滿意百分百》現場錄製的觀眾席票在公布評審陣容後便一售而空，再現第二集時某演藝圈小鮮肉來坐鎮時的場景，只不過那時候買票的清一色是二十五歲以下的女孩子，進場時還偷偷把螢光棒和海報藏著帶進來了，等主持人介紹到那位小鮮肉時便一字排開，統一顏色的螢光棒亮起，還喊起口號來，鬧得主持人和評審們都十分尷尬，最後工作人員不得不把她們帶來的工具統統收繳了，將主持人介紹評審的環節重新拍了一遍才算完事。

不過這一次，觀眾席上的男女比例倒是出奇的協調，年齡分布也廣泛，不像上一次全是追星的熱血少女們。畢竟今天坐在顧孟榆身邊的，是巢聞。自出道以來，他就只混大螢幕，不走綜藝線和電視劇，簡直可以說是高嶺之花，很難看到他出現在什麼節目上，而四月底郭城導演的《小人物》開拍在即，他卻破天荒的在開拍前一週來為一檔美食節目當評審，真是天下紅雨。

V臺的人只道是這檔節目的策劃和巢聞的經紀人梁熙是老交情，從梁熙帶榮禹東時就認識了，所以當梁熙看這節目陷入負面新聞，便出手相助，派了個大咖過來助陣；而粉絲們哪想得到那麼多，機會百年難遇，別說這節目是做菜的，哪怕是相親的，他們也不會放過。

巢聞黑眸如夜，神色淡漠，明明是雕刻出來一般英俊的臉，卻讓一旁的顧孟榆總是忍不住想笑——她讓侯彥霖找個包公臉，結果那傢伙竟然找了巢聞哈哈哈哈哈！這個梗她可以笑一年哈哈哈哈哈！

就在顧孟榆暗自狠掐自己要忍住笑意的時候，工作人員把周琰做好的派分好後端了上來，每人一份，接著就聽莫堃聲音清甜道：「現在有請評審老師和目標觀眾品嘗擂主周琰的作品。」

一聞到巧克力的香味，小胖子羅俊宇眼睛都直了，迫不及待就拿起了叉子，將整塊派叉起來，然後毫不注意形象的大大的咬了一口——

那一瞬間，他覺得自己彷彿整個人都浸入香濃醇厚的巧克力醬之中，連指甲縫隙裡都塞滿了浪漫的甜意，滿足得像是在花海裡暢快飛行的蜜蜂！

周琰的這道派採用的是標準兩層式，上下兩層是烤好的巧克力軟餅，撒著一層糖粉，可可味濃郁，質地濕軟，外表看起來有點像Whoopie pie（巧克力無比派），但它中間夾的卻不是甜餡料，而是口感細膩扎實的紅絲絨蛋糕，其鮮豔的顏色和黑褐色的軟餅搭配出來十分好看，就像是夜裡中的紅花，有一種懾人心魄的美感。

據說紅絲絨蛋糕的配方來自於紐約的華爾道夫飯店（Waldorf Astoria Hotel），在上個世紀五〇年代，一位女顧客在這家飯店吃到了這種蛋糕，心生好奇，便向飯店的蛋糕師詢問了配方，對方滿足了她的要求。但沒過多久，女顧客就收到飯店寄來的高額帳單，告訴她紅絲絨蛋糕配方的告知並非無償，結果女顧客一怒之下把配方昭告天下，所以後來越來越多人會做紅絲絨蛋糕，這道甜點再也不是那家飯店的專屬了。

如果華爾道夫飯店的那位蛋糕師健在並且來到現場，吃到周琰做的這份紅絲絨蛋糕，不知道會不會心情複雜，感嘆一句「長江後浪推前浪，前浪死在沙灘上」。

不過羅俊宇沒想那麼多，他連「長江後浪推前浪，前浪死在沙灘上」的英文都不知道怎麼說，只覺得這個派真的太好吃了！他狼吞虎嚥的吃完這塊巧克力紅絲絨派後，恨不得馬上把票投給周琰。巧克力、蛋糕、甜食……整道料理從裡到外都正對他的胃口，完美至極。一份吃完，他忙著舔嘴角回味，都不知道慕錦歌的菜是什麼時候端上來的。

這次換郎桓說道：「現在有請評審老師和目標觀眾品嘗挑戰者慕錦歌的作品。」

羅俊宇低頭一看，愣了一下，頓時大失所望。

真是應了那句話，沒有對比，就沒有傷害。

只見慕錦歌做的派是用蛋塔模，做出來就是蛋塔大小，一人一個。這道派的外觀其實是很傳統的，用派皮切成條，覆在餡上編成網格狀，烤出來的效果就像是外國動畫片裡蘋果派的樣子，本該也不差才是。

但問題是！派皮並不是像外國動畫片裡那樣黃燦燦的，而是綠色的！

由於和麵時加了許多蔬菜汁的緣故，縱橫交錯的派皮全都是綠色的，刷了油烤出來後顏色更是深了一層，最中間還沉澱出近乎墨綠的顏色！噫……

雖然不得不說慕錦歌的手法很好，編織的縫隙適中均等，就跟機器做出來的一樣工整，但橫看豎看左看右看，都很難看出這顏色詭異的派皮下包著的餡究竟是什麼，讓人心生一種對未知的不安來，不祥的預感油然而生。

評審席上，林玨懷著幾分惡意，故意說道：「慕小姐，我們吃了妳的這個派會不會中毒啊？」

然而，還不等慕錦歌回答他，同在評審席上的顧孟榆就微笑著開口道：「林老師既然這麼惜命，那我就自動請纓，當一次試毒的好了，先吃為敬。」

巢聞一向話少，在顧孟榆還沒說完話的時候就已經自己拿起派來吃了。

林玨被顧孟榆的話噎得有點尷尬，又見最右邊的巢聞已經一言不發的吃起來，於是和劉小姍面面相覷數秒後，還是跟著一起吃了。

坐在一邊的羅俊宇很想說他不要吃這種東西，但他已經十一歲了，知道上電視意味著什麼，他不能任性，不然節目組的人會找他媽媽談話，他媽又會找他爸告狀，到時回去少不了一頓說，搞不好又要提逼他減肥、斷他零食的事了。

這事就像是骨牌效應，一個接一個的倒下，影響巨大。

於是他遲疑的端起蛋塔托，把綠油油的派放在鼻前嗅了嗅，沒想到的是，他這時竟聞到一股出奇好聞的香味，勉強勾起了他原本萎靡下去的三分食慾。他深吸一口氣，把錫紙托中的派咬下一口，沒有傳來想像中的可怕味道，反而是一種從未嚐過的美味瞬間征服了他的舌頭！

羅俊宇整個人都驚呆了，他抬起頭，甚至都忘了向節目組的叔叔阿姨要麥克風，而是直接看著慕錦歌問道：「這是、這是用什麼做的啊？！」

慕錦歌看向他，卻先是問道：「好吃嗎？」

「好吃、好吃！」羅俊宇嚥了嚥口水，好奇的問道：「這酸酸的味道是怎麼來的？」

慕錦歌回答：「加了甘梅粉。」

羅俊宇又急切道：「那其他的呢？」

慕錦歌倒也不賣關子，輕描淡寫道：「皮加的是香芹汁，餡用的是胡蘿蔔和苦瓜。」

——什麼？！這這這這不是被我拉入黑名單的三種蔬菜嗎？！

羅俊宇驚愕道：「怎麼可能！」

慕錦歌淡然道：「只有不去做，沒有什麼不可能。」

——什麼鬼，真當我小學生好糊弄嗎！

不相信她所說的話，羅俊宇又咬了一口。

可能連他自己都沒意識到，與品嘗上一道巧克力紅絲絨派的狼吞虎嚥正好相反，他吃慕錦歌的料理時每一口都嚼得特別細，像是生怕一個不注意就會錯過什麼似的，吃得非常細心認真，一口咬下到吞嚥至少二十秒。

不僅僅是他，在聽了慕錦歌的話後，所有評審也都在一邊吃、一邊細細品味。

苦瓜和胡蘿蔔切碎混在一起，苦瓜的苦和胡蘿蔔的甜奇妙的互相調和包容，形成一種絕妙的口感，再加上微酸的甘梅粉，裹上散著香芹清香的派皮，在嘴中像是建起了一座高塔，每種口感是一層，隨著咀嚼的時候更上一層樓，每一層都是不一樣的風景。

如果說周琰的料理是沉醉不願醒，那慕錦歌的料理就是我欲上高樓。

「現在有請評審們投票點評——」

品嘗環節結束後，主持人莫堃宣布進入投票點評環節。

林玨坐在評審席的最左側，是第一個亮牌說意見的，雖然他吃下慕錦歌的胡蘿蔔苦瓜派後的確頗為震驚，但他依然在白板上寫下利益共同者周琰的名字。

他放下牌子後，兩手交握放在桌前，用著位置上的座麥說道：「這一票我投給周琰老師。他做的這道派，無論是上下兩層巧克力軟餅還是中間的紅絲絨蛋糕，都無可挑剔，甜而不膩，別說小孩子愛吃，就連我這個對甜食沒太大興趣的老男人吃了後也欲罷不能。至於慕小姐的作品，不得不說的確是有驚喜，但無論是『色』還是『味』上，都稍遜周琰老師的巧克力紅絲絨派一籌。」

他說完之後輪到劉小姍表態，劉小姍沒有他老練，眼神中還透著幾分動搖，但白板上卻明確寫著周琰的名字，只聽她細聲細氣道：「我也投給周琰老師，看法跟林老師一樣，兩位廚師做出來的派都很美味，不過周琰老師的作品更加美觀，我覺得對小朋友來說也更適合。」

「也就是說，現在播主周琰已經有兩票在手了。」主持人郎桓看向坐在劉小姍旁邊的顧孟榆，「朔月老師，到妳了。」

顧孟榆笑著將牌舉起來，不緊不慢道：「我的這一票投給慕錦歌老師。」

還不等她開始點評，最早發言完的林玨卻突然發難道：「朔月老師，我記得當初妳曾為慕小姐在《食味》上寫過一篇專欄，大為讚賞……今天妳來做評審，不會偏心老朋友吧？」

站在主持人旁邊的慕錦歌面無表情的看向他。

坐在評審席上的顧孟榆紅脣輕啟，緩緩道：「林老師真會開玩笑，我去年的時候的確為錦歌老師寫過點評，算起來私下和錦歌老師認識快一年了，但據我所知，你和周琰認識至少有兩、三年了吧，要是我和錦歌老師認識並且投了她的票就是偏心，那身為周琰老友的你每一集都站周琰那邊，是不是也可以懷疑是徇私偏袒的結果？」

林玨怒道：「朔月老師，東西可以亂吃，話可不能亂說。」

「這句話我原句奉還。」顧孟榆神態從容，「既然林老師的疑心病這麼重，那我就好好的說一下我支持錦歌老師的理由吧。從這個節目開播以來，在這個舞臺上的廚師一般都會抓住目標觀眾資料中透露的喜好，然後盡量選用觀眾喜歡的食物，避開不喜歡的食物，所以周老師今天的作法也無可厚非，但是錦歌老師的選擇卻讓我感到了驚喜。」

頓了頓，她繼續說道：「如大家所見，這一次的目標觀眾是一位小朋友，他有點胖，視力也不好，從資料中我們可以看出，他有點挑食，不愛吃蔬菜，尤其是胡蘿蔔、苦瓜、芹菜，最愛吃的就是甜食，尤其是巧克力，而我們這個節目旨在為目標觀眾制定一個適合他的料理……」

林玨打斷道：「朔月老師，說不出來就別勉強說了，時間寶貴。」

顧孟榆冷冷道：「林老師，你是在擔心我說出後面的話提醒觀眾嗎？如果不是，請你閉嘴，只要你不打斷我，時間就夠用。」

眼看兩人隔著一個劉小姍就要嗆起來，坐在最右側的巢聞突然開口了，他沉聲道：「甜食吃多了，會造成肥胖，對眼睛也不好。」

顧孟榆接口道：「沒錯。而恰恰與之相反的，胡蘿蔔、苦瓜和芹菜都是健康的蔬菜，不僅可以改善肥胖，其中胡蘿蔔和苦瓜還有明目的功效。」

被夾在她和林玨之間的劉小姍出來刷存在感：「可是食客明確說明了不喜歡吃啊。」

「我前面說了，我們這個節目是旨在為目標觀眾制定一個適合他的料理。」顧孟榆毫不留情道：「他喜歡的，難道就適合他嗎？反之，他不喜歡的，難道就不適合他嗎？劉老師，枉妳做評論家之前還是營養師，連這點道理都想不明白嗎？說白了，現在越是滿足羅俊宇小朋友吃甜食的需求，就越是助紂為虐。」

林玨嘲道：「朔月老師，妳不要太誇張，平時我們見到自己不喜歡吃的東西，誰會主動動筷子？廚師最基本的就是調動食客的食慾，首先要讓客人願意吃他做的菜！」

顧孟榆：「你讀過名著嗎？很多書剛開始看都是無比艱澀，才看一、兩行就讓人感到枯燥無味，只有硬著頭皮看到底，才知道那本書有多麼經典。但就算開頭讓人很難讀下去，也不能否認那是一本好書。」

林玨以為她是在藉此諷刺自己文化程度低，氣得一時語塞：「妳、妳……」

顧孟榆才不等他把要說的話結巴出來，隨即道：「的確，錦歌老師的派在外表上是輸給周老師的派，但是瑕不掩瑜，除了外觀稍遜外，其餘的都無可挑剔，派皮的厚度掌控得很好，編織也很精巧，餡的味道層次豐富，蔬菜碎粒在保持了嚼勁的情況下也十分軟糯，無論是甜味、酸味還是苦味，都是淡淡的，點到為止。如果有不服氣，你就別老揪著料理的外表，有本事從其他方面找個不如意的地方！」

顧孟榆這段點評因為夾雜著其他三個人的爭論，所以時間拖得太長，後期製作肯定會把衝突剪掉一部分，然後留一部分下來做噱頭。

郎桓見顧孟榆沒有什麼話要補充了，於是看向最後一位評審，「三位專家評審爭論得很熱烈啊……那麼接下來，有請本集的明星評審，也是我的老朋友，巢聞，來投票舉牌。」

巢聞把白板一翻，「慕錦歌。」

郎桓以前跟他在同一個劇組拍過戲，知道他話少，所以主動問道：「能說說理由嗎？」

「在這之前，我也不喜歡吃胡蘿蔔和苦瓜。」巢聞言簡意賅，「比起用好吃的材料做出好吃的菜，用不好吃的材料做出好吃的菜更要費心思和技術性。」

郎桓活躍氣氛道：「喂喂喂，什麼叫『不好吃的材料』？我可是胡蘿蔔本命！巢聞，你等一下錄完節目別走！」

觀眾席一片哄笑。

巢聞不置可否，難得的沒有就此結束，而是多加了一段點評：「至於剛才兩位評審說的外表問題，我覺得這個派雖然沒有另一個好看，但也不至於難看得吃不下去，用它在味道、創意和心思上的勝出來彌補這項短板，綽綽有餘。」

綽綽有餘。

聽到這個詞，周琰眼底閃過一絲陰鷙。

站在周琰身邊的主持人莫堃卻毫無察覺，而是笑道：「所以現在評審席的情況是兩票周琰、兩票慕錦歌，打成了平手。」

郎桓比向羅俊宇，問道：「那最後就讓我們的目標觀眾投出最關鍵的一票吧。羅俊宇小朋友，你覺得哪一位的作品更令你滿意呢？」

羅俊宇的臉上出現了茫然。

要說滿意，當然是周琰的巧克力紅絲絨派百分之百符合他的心意，可是慕錦歌的派完全顛覆了他對胡蘿蔔、苦瓜和芹菜的認知，那種美味實在太過於震撼，將他猛然從對甜食的沉醉中拎了出來，扔到了那些他曾視如大敵的蔬菜面前，而就在他打算跪地求饒或是落荒而逃的時候，眼前的「仇敵」們卻給了他溫暖的擁抱。

一時間他竟然疑惑起自己之前為什麼會討厭這些蔬菜。

究竟是為什麼呢？明明這樣吃起來是這麼的好吃。

他今年十一歲了，不是一歲，雖然臺上的人都叫他小朋友，但作為一個即將升國一的男生，他已經能獨立思考很多事情了。

他當然明白剛才那個漂亮的評審姐姐說的道理，老實說，他也曾為自己的肥胖自卑過，一些和他不對盤的同學跟他吵架時總是罵他四眼大肥豬，讓他聽了很難過，下定決心一定要減肥，可是一放學路過蛋糕店，看到櫥窗裡的巧克力蛋糕，他就忍不住了，把之前的決心忘得一乾二淨，只把一切希望都寄託在大人們說的青春期長個子上。

他是喜歡巧克力，但他也想要改變自己。

……所以，投給慕錦歌嗎？

可是，他又無法拒絕周琰的派，就像是他每次放學都無法拒絕路邊櫥窗內的蛋糕一樣……

一番糾結後，羅俊宇無措的看著郎桓，「我、我可以棄權嗎？」

郎桓愣了一下，他主持這個節目這麼久，第一次遇到這種情況，於是他往導演那邊望了一眼，才給了羅俊宇答覆：「按照規則來說，是不行的喲，現在就差你一票了。」

羅俊宇心裡有兩個小人在打架，那麼多年都不見勝負，也很難在今天這麼短的時間有個結果。於是他說道：「我選不出來……」

莫堃想著他畢竟還是個孩子，上節目難免有壓力，於是溫聲安撫道：「想投誰就說，不要緊張。」

羅俊宇索性站了起來，耍起孩子脾氣：「選不出來，就是選不出來啊！」

「停！」

現場陷入僵局，節目組總導演趕快喊了停，以中場休息十五分鐘為藉口，放觀眾去上洗手間和到外面自由活動，而他則是和羅媽媽一起過來跟羅俊宇溝通。

總導演也不好對一個小孩子擺冷臉，只有說道：「就這十五分鐘，你快想清楚投給誰吧。」

「我不知道……」羅俊宇都要被逼哭了，「很難選啊！如果不能棄權，那你們幫我選一個吧！」

一旁的助理提議道：「傅導，要不就平局吧？然後問一下慕小姐願不願意來下一集繼續打擂臺。」

肖悅和葉秋嵐走過來的時候，正好聽到了這麼一番話——她們是來看節目錄影的觀眾，侯彥霖給了她們V臺的工作通行證，所以即使現在其他觀眾都被趕出去上廁所了，她們還是能進到室內，並且和慕錦歌說上話。

肖悅走過去，遞了一瓶礦水泉給慕錦歌，一邊壓低聲音道：「錦歌，他們說讓那個小胖子棄權的話，妳和周琰就是平手，然後下集定勝負。妳還想上這個節目嗎？」

慕錦歌抬起頭。

葉秋嵐傾身湊到她耳邊，低聲說道：「侯二少的意思是，如果妳贏了周琰，就要一直留在節目裡當播主，他猜妳肯定不想，所以託我們來跟妳說，要不就主動讓羅俊宇把票投給周琰，算妳讓給他的，妳以一票之差敗給他，也不難看，沒什麼損失，而周琰那麼要面子，肯定不會說什麼，這明面上是他贏了，但他清楚是妳讓給他的，肯定一個人在心裡氣得半死。」

這種陰人的損招，一看就是侯彥霖的手筆。

慕錦歌嘴角微勾，「他人呢？」

葉秋嵐道：「在工作人員那裡領了燒酒後就出去了，說留在場內太明顯。」

肖悅不屑道：「搞得跟地下工作似的。」

葉秋嵐解釋道：「侯二少也是為錦歌著想，怕被人看圖說話。」

畢竟，孫眷朝和徐菲菲的前車之鑑就擺在面前。

慕錦歌心下了然，於是她走到總導演面前，「傅導。」

一旁的助理道：「啊，慕小姐，正想去找妳過來呢。」

慕錦歌朝兩人微微頷首算是打招呼，然後逕自看向坐在位子上一臉做錯事模樣的羅俊宇小朋友，用著不大卻足以讓周圍的工作人員都聽清楚的聲音，淡淡道：「羅俊宇，你就把票投給周先生吧。」

不遠處的周琰自然也聽到了這句話，頓時睜大了眼睛。

羅俊宇一臉驚詫的抬起頭，「可是妳……」

慕錦歌面無表情道：「我不想當擂主，這次報名上節目就是試一試，果然我還是不太習慣站在臺上，被這麼多臺機器對著，你如果投給周琰，就相當於在幫我忙了。」

周琰走了過來，「慕小姐，妳這是在幹什麼？」

慕錦歌沒有理他，而是對總導演說道：「就算我贏了，我也不會當擂主的，到時這個節目沒有擂主留著該怎麼辦？那不如就投給願意當擂主的人。」

傅導摸著下巴道：「的確……」

周琰皮笑肉不笑道：「沒想到慕小姐這麼寬宏大量，竟然把擂主的位置讓給我。」

慕錦歌語氣隨意道：「不用謝，你挺適合出現在電視上的。」

傅導覺得這個提議挺好，本來他還擔心慕錦歌求勝心強，會非要有個結果，沒想到她還挺識大體，主動退讓。他拍了拍周琰的肩膀，決定道：「那麼周琰，就拜託你了。」

「……好。」周琰氣得臉上的微笑都有點扭曲。

但如果不同意，他的不敗神話就此終結，節目播出後所有人都會知道——他，全國最年輕的特級廚師，居然被一個搞黑暗料理的黃毛丫頭打敗了！

他絕對不能允許這種事情發生！

他是這個圈子的王，高高在上，不可動搖，怎麼能讓位給一個不起眼的螻蟻，讓其他人看他的笑話！

可如果同意，那這個擂主就是慕錦歌「讓」給他的，搞得他好像輸得有多可憐似的，需要她的施捨。

所以，他不會拒絕。

這實在是太窩火了！他恨不得把整個攝影棚砸飛！

一腔怒火無處發洩，周琰只有暗自衝著體內的系統發火：「系統，這他媽的是怎麼一回事？！你是死了嗎！」

系統的聲音不緊不慢：**「親愛的宿主，反正最後還是你贏了，有什麼好氣的呢？」**

「贏？這叫贏？」周琰在心中冷笑，「這是那個女人不要的！」

系統道：**「宿主，請您冷靜，休息時間快結束了，您馬上要上臺接受結果了，得保持優雅的儀態。」**

周琰在心中咆哮：「優雅？去你媽的優雅！你這個廢物，為什麼不能給我更好的菜單？！」

「親愛的宿主，這已經是我對節目提供的食材進行計算後制定的最佳菜單了。」

「屁！那慕錦歌做的那玩意兒是怎麼回事！？」

「宿主，請您冷靜，導演喊您上臺了，要開錄了。」

「呵呵，你這個廢物垃圾！」周琰的脾氣一直不算好，以前就會罵燒酒，但最近是越來越不好，好像每天不罵一頓系統就過不去似的，「成事不足敗事有餘的東西，你……」

突然，他感到一陣暈眩，身體晃了一下，還好被一同上臺的郎桓扶住了。

郎桓問：「周琰，你沒事吧？」

「沒事……」

男人抬起頭，眼底一片風平浪靜，臉上也掛著優雅得體的微笑，總感覺和剛才不太一樣。他對郎桓道謝：「謝謝，剛剛打光燈閃了我一下，現在已經沒事了。」

——50/100。

7. 絕響聖代

燒酒一臉懵傻。

此時，牠正坐在侯彥霖的副駕駛座上，看著車往與電視臺完全相反的方向漸行漸遠，滿頭問號，「你這就……走了？節目還沒錄完呢！」

侯彥霖掌著方向盤，漫不經心道：「就差那麼十幾分鐘宣布結果而已，看不看都一樣。」

「什麼叫『而已』？宣布結果的環節才是最不能錯過的好嗎！」燒酒立即想跳車，炸毛抗議道：「尤其是在喊停前靖哥哥和周琰打成平手，現在就看小胖子的一票，正懸念著呢，你怎麼把我帶走了呢？！」

侯彥霖空出一隻手撫了撫牠的毛，說道：「因為我已經知道結果了，所以沒有懸念。」

燒酒狐疑的看向他，「你知道結果？」

侯彥霖淡然道：「最後會是周琰贏。」

燒酒再次炸了，「為什麼！」

侯彥霖耐心的解釋道：「動動你的貓腦子想想，繼續錄製後只可能有三種情況。第一，小胖子選了周琰；第二，小胖子還是猶豫不決，最後節目組同意平局，錦歌和周琰下集再比一輪；第三，小胖子選了錦歌，那就意味著錦歌要成為節目的播主，之後還要過來錄製後面的節目。你覺得以錦歌的性格，會願意接著來錄節目嗎？」

——會……

——**才有鬼了**。

燒酒愁眉苦臉道：「那萬一真是前兩種情況，那怎麼辦？」

侯彥霖道：「錦歌現在無法看手機，所以我已經讓肖悅和葉秋嵐幫我傳話了，要她主動把這一票讓給周琰，讓他贏了也氣死。」

燒酒愣了愣，但很快就反應了過來，語氣興奮道：「厲害了！那傢伙心高氣傲，肯定沒把靖哥哥放眼裡，沒想到最後勝出還是靖哥哥讓他的……哈哈我都能想像他有多氣惱！」

「這還不止，讓他贏了還有很多好處。」侯彥霖勾起了嘴角，「我提前去打了招呼，節目組後期不敢亂剪輯，孟榆姐對錦歌料理的解析和點評會一字不落的播出，到時肯定能獲得很多觀眾的認同，然後他們就會奇怪最後贏的居然不是錦歌，接著再有口風不嚴的現場觀眾匿名爆料說最後一票出來前全場突然中止錄製……你想想，大家會怎麼想？」

燒酒順著接口道：「會認為背後有黑幕，覺得原本最後一票該是靖哥哥的，是周琰用見不得人的手段把票改成了自己的。」

侯彥霖笑著看了牠一眼，「還不太蠢嘛。」

「那當然，本系統可是智慧的化身，聰明無雙！」燒酒驕傲道，「嘖嘖，大魔頭，你行啊，雖然早知道你一肚子壞水，但陰險起來還是那麼出乎我的意料。」

侯彥霖哼笑道：「他之前不是玩輿論玩得挺爽的嗎？我就讓他見識見識專業和非專業的差距。」

——所以說啊，惹誰都好就是不要惹大魔頭！

燒酒一邊暗爽，一邊如是總結道。

車開了有一會兒，燒酒才發現這根本不是在往奇遇坊的方向開，於是問道：「不對，你還沒說你這是要帶我去哪裡？」

侯彥霖道：「美容院。」

燒酒以為自己聽錯了，再問：「去、去哪裡？」

侯彥霖笑道：「寵物美容院啊。」

燒酒整隻貓都往後退了一步，「啥！？」

「侯先生，您的寵物好了。」

兩個多小時後，美容院的總經理親自把燒酒抱了出來，放在了侯彥霖面前的桌檯上。

侯彥霖眉毛一挑，然後伸手握起牠的小爪爪，臉上笑咪咪道：「嘖，哎呀，這是哪家的小帥貓啊？」

燒酒：「……」

牠感到很無奈。手無縛人之力的牠就這麼糊裡糊塗的被侯彥霖帶到了寵物美容院，又糊裡糊塗的做了毛髮、口腔、頭髮的護理，一番折騰，從原本的奮力掙扎到無力妥協，兩個小時就像是有兩年那麼長。

等牠重新站在侯彥霖面前時，已經是一身乾淨俐落的短毛，指甲也修了，渾身散發著專用沐浴乳香噴噴的味道，身上還被套了件量身訂做的白底印花上衣和小短褲，一條毛茸茸的貓尾巴可以從褲子上的洞裡鑽出來，不鬆不緊。

「喂，大魔頭……」

可是還不等牠把話說完，就見侯彥霖右手打了個響指，招來一個脖子上掛了單眼相機的鬍碴男，然後說道：「現在去你們的攝影棚吧。」

鬍碴男畢恭畢敬道：「好的，請侯先生跟我來。」

燒酒十分茫然道：「什麼攝影棚？你又要帶我去做什麼？」

「噓。」侯彥霖低頭看向牠，笑著眨了眨眼睛，虛著聲道：「替你出寫真集。」

燒酒：？？？

於是牠又這麼糊裡糊塗的被侯彥霖抱進了這家高級寵物美容院自帶的攝影棚，糊裡糊塗的拍了一個小時的照片，有和侯彥霖一起拍的，但大多都是只有牠，用後腿撓個癢癢都能被那個鬍碴男喀嚓喀嚓按幾十次快門。

結束後，鬍碴男攝影師還說：「侯先生，您家的貓真乖。其實貓咪都是不喜歡穿衣服的，總是一穿就趴下耍賴不配合什麼的，但您這隻就很聽話，穿了後反而安靜了，很可愛，可以試試去當動物模特兒。」

——這位小哥，你可真識貨！

燒酒一聽，滿腹鬱悶頓掃而光，整隻貓都有點輕飄飄的，洋洋得意起來。

牠趁侯彥霖在和鬍碴男商量洗照片事宜的時候，偷偷跑到室內的一面鏡子前，照了左邊照右邊，照了前邊照後邊，打滾照，轉圈照，百看不厭。

——哎，我怎麼就這麼好看！

就在牠自我陶醉得不要不要的時候，侯彥霖結束了和鬍碴男的談話，彎腰把牠抱了起來，「走吧。」

燒酒心裡有個大膽的猜測：「大魔頭，你……你不會是要帶我去相親吧？」

侯彥霖「噗」的一聲笑了出來。

燒酒一本正經道：「我告訴你，我可不是隨便的貓！」
侯彥霖失笑：「哈哈哈你就做夢吧，哪隻母貓能看上你。」
燒酒瞪道：「誰說沒有？本喵大王智勇雙全……」
侯彥霖悠悠的提醒道：「但是你早就被閹割了。」
「英俊瀟灑……」
「被閹割了。」
「多才多藝……」
「閹割。」
「……」燒酒在他懷裡掙扎起來，「大魔頭，我今天不撓死你，本大王就不姓燒！」
然而，直到在第二個目的地下車，牠還是連侯彥霖一根毛都沒傷到。
這真是個悲傷的故事。
於是當燒酒被侯彥霖抱進賣場的時候，臉上只有三個大字：不，開，心。
當然，由於五官長相的原因，牠每天看起來都很不開心。
「不對啊，你這樣把我放在購物車裡，賣場的人不說你？」第一次得以坐在購物車上，燒酒有些緊張起來，兩隻前爪攀在車筐上，奇怪的環顧四周，「這不是間大賣場嗎？怎麼除了我們，就沒有其他人？」
侯彥霖推著車，「因為我把這裡包場了啊。」
「哈？」
侯彥霖大方道：「想買什麼就買，今天全部滿足你。」
「不是，等等……」燒酒跳到了車裡的兒童座上，站得離侯彥霖更近一些，「你今天到底怎麼了？」

「嗯？」

「莫名其妙帶我去美容院，然後又是請人替我拍照，最後還包場來帶我買買買。」

侯彥霖笑了，「對你好還不行嗎？」

燒酒語氣凝重道：「你突然對我太好，讓我有種自己即將被餵飽上路送屠宰場的感覺……」

侯彥霖揉了揉牠的小腦袋，「你放心，這不是最後的晚餐，只是因為今天是個特別的日子。」

燒酒疑惑的抬起頭，「特別的日子？」

侯彥霖卻賣起了關子：「暫時保密。」

燒酒：「什麼鬼！」

侯彥霖話鋒一轉：「能隨意宰我的機會就這麼一個，愛要不要，所有貓糧玩具任選，其他的也是，只要不超出我今天開的那車的運輸量就行。」

燒酒頓時眼睛一亮。要知道，侯彥霖今天開的可是一輛七人座的休旅車啊！

今天到底是什麼日子！竟然能夠讓牠享受到如此待遇？難道是……

國際愛貓日？

◎◆※◆※◆◎

一番瘋狂購物後，侯彥霖直接把燒酒送回慕錦歌的住所。

從電視臺出來時還是白天，等回到家時已經是晚上了。

《滿意百分百》是週一錄製，奇遇坊正常營業，照理說錄完節目後慕錦歌和侯彥霖應該都先回到店裡才是，但不知道為什麼，侯彥霖卻跟牠說在正值晚餐廚房忙碌期的現在，慕錦歌竟然待在家裡。

侯彥霖雙手要提東西，抱不了燒酒，所以燒酒只有自己跑上樓梯。當牠看到侯彥霖沒有敲門而是從口袋裡掏出備用鑰匙時，很是驚訝道：「你什麼時候有這裡的鑰匙？」

侯彥霖有些得意的在牠面前晃了一下鑰匙才開門，一邊道：「在你不知道的時候。」

門一開，燒酒就撒歡似的衝進去，「靖哥哥！」

「回來了啊。」慕錦歌從廚房出來，手上還端了盤菜放到桌子上，「上桌吃飯吧。」

和慕錦歌在家的時候，燒酒經常上桌吃飯，所以並不會覺得慕錦歌這句話只是在招呼身後的侯彥霖。於是牠熟練的跳上飯桌，打算瞧一瞧今晚的菜式，卻在看清楚這一大桌菜後登時瞪大了貓眼，口水差點流出來！

小魚乾、燕麥條、藍莓炒飯、丘比蝦、優酪乳火腿鬆餅、柑橘乳酪條、果凍捲、薄脆餅……全部都是牠喜歡吃的東西！

所有菜都各自被放在一個小盤子裡，分量不多，好像都是一人份，在桌子擺了有十多盤，有幾道牠只遠端記錄過，都沒有親口嚐過。而就在牠以為這已經是所有菜式的時候，又看見慕錦歌從冰箱裡取出一小份冰淇淋似的東西，似乎在查看是否凍好了。

察覺到兩道灼灼的目光，慕錦歌看向牠，「想吃？」

燒酒猛點頭。

慕錦歌將冰淇淋從容器中取出一小部分，扣在小盤子上，然後又端進廚房不知道加了什麼，接著端了出來，放在燒酒面前，「少吃點冷的。」

只見冰淇淋通體是很普通的淡黃色，但不知道上面淋了什麼，從樣子來看，應該不是剛剛淋上去的，而是早在冷凍之前就淋上的，深淺不一，顏色比蜜糖汁要深得多。

別的冰淇淋要裝飾，大多都是在頂部插片薄荷或灑彩豆，可是這份冰淇淋卻不走尋常路，頂端竟是舀了一勺橘紅色的魚籽，很是奇怪。

然而燒酒知道，比起慕錦歌最初做出來的料理，現在這些「黑暗料理」的顏值已經有了很大的提升，或許廚師本人都沒有察覺到，但其實她的料理已經漸漸的沒有那麼具有視覺殺傷力了，只是看起來會讓人覺得奇怪而已，並不會給人造成不適。

這也算是種成長了吧。

燒酒伸出貓舌，從下往上舔了一口，細薄的舌尖靈活的勾起一小塊沾了魚籽的冰淇淋。

——我的天啊，淋在冰淇淋表面的竟然是醬油！（注七）

醬油的味道搶先侵入味蕾，隨即一股冰涼的甜意緊追在後，和最開始的微鹹味撞擊在一起，像是一陣浪潮向礁石拍來，將沒未沒。而就在這個時候，混了一點點芥末的魚籽如同一道驚雷，在海中炸開，震盪得海面又掀起一浪！

太絕了！

可牠還沒來得及說出一句讚美之詞，就聽「啪」的一聲，所有燈都關上了，整個屋內突然之間陷入一片昏暗之中。

——怎麼回事？跳電了嗎？

燒酒抬起頭，正想問問慕錦歌和侯彥霖，結果一抬眼就看到前方亮起了一抹溫暖的燭光。

「祝你生日快樂，祝你生日快樂……」

只見慕錦歌手上端著一份只有五吋大的圓形蛋糕，上面插著一支點燃的粉紅色蠟燭，而侯彥霖則跟在她後面一邊拍手、一邊唱歌，一齊從廚房向牠走了過來。

他手上還拿了個硬紙板圍成圈的特製小皇冠，走近後一下子扣在了牠的頭上。

燒酒睜大了雙眼，愣愣的看著他們，牠的這副神情配上頭上這頂金燦燦的皇冠，看起來有些違和，很是滑稽。

侯彥霖看牠還是個懵傻樣，於是換了英文版的歌詞唱道：「Happy Birthday to Dear 燒酒……」

燒酒更加震驚了，「生日？我？」

慕錦歌解釋道：「我第一次在垃圾桶旁看到你，是去年的四月二十一日。你說你在外流浪了三天，所以我猜你應該是十八日被周琰強行剝離，然後當天進入到這具身體的。」

「擺脫人渣，就是新生。」侯彥霖笑嘻嘻道，「所以我和錦歌商量，決定把這一天當作你的生日！驚喜嗎？」

燒酒整隻貓都傻掉了，怔怔道：「可是我讀取這具身體的資料顯示……」

侯彥霖注視著牠，緩緩道：「都說是『你』的生日了，而不是貓的。」

一時間，燒酒都不知道說什麼好。身為一個系統，牠向來是記錄和儲存別人的資料，其實當然少不了生日這項，但牠從沒有想過，有一天牠也能擁有這麼一個吃蛋糕、吹蠟燭的日子。

牠不知道自己從哪裡來，也不知道自己是什麼時候開始存在的。

說白了，牠只是一個工具，誰會記得一個工具是何年何月何日出產，並且在之後的每一年為其慶祝的呢？可是現在，牠居然被賦予了生日，在這一天受盡了恩惠，收到了禮物，吃到了生日宴，還能像人類那樣吹蠟燭許心願……

這樣的自己怎麼會是史上最悲慘的系統呢？

等燒酒回過神來的時候，發現自己居然哭了，眼淚不斷的從牠那雙玻璃珠似的眼睛裡往外湧，打濕了牠臉上的毛。牠忙低下頭，不願讓自己這副狼狽樣被看見。接著，牠感覺到有兩隻完全不一樣的手同樣輕柔的撫摸著牠的背，兩道聲音也隨之響起——

「燒酒，生日快樂。」

「小哭包，都一歲了，以後可別這麼愛哭了。」

燒酒不知道的事情有很多。

但牠知道，牠最愛的兩個人此時一定正溫柔的注視著牠。

燒酒滿心歡喜的看著侯彥霖把今天新買的貓窩擺好，然後牠迫不及待的鑽進乾淨舒適的新窩，盤著身體趴下，發出一聲愜意的喵叫。

——**貓生如此，死而無憾！**

這時，牠聽見侯彥霖狀似漫不經心的問道：「靖哥哥，外面是不是下雨了？」

慕錦歌看了看窗外，「是吧。」

「妳看——」侯彥霖若有所指，「都這麼晚了……」

慕錦歌：「現在才九點。」

侯彥霖一本正經道：「靖哥哥，九點已經很晚了，為了保持健康的生活，不工作時晚上應該十點半前就睡覺，所以算一算現在只剩下一個半小時了。」

慕錦歌面無表情的拆穿他：「可是每週休息日過了十一點你都還在回我訊息。」

侯彥霖說得跟真的似的：「那是我很努力的克制睡意，憑著僅存的意識在堅持。」

「那請你以後不用堅持了。」

「那我可能會夢遊。」侯彥霖看著她，緩緩道：「靖哥哥，今天我帶燒酒跑了一下午，也累了，現在外面還下著小雨，天色又暗，開車的話多危險啊。」

慕錦歌問：「所以你是要向我借傘然後走路回去嗎？」

「如果可以的話……」侯彥霖小心翼翼的說：「我能留宿一晚嗎？」

慕錦歌：「……」

「我就睡沙發就可以了！」侯彥霖忙道，「燒酒換了新窩，晚上肯定睡得不太適應，正好我可以在客廳陪牠……你說是吧，燒酒？」

——呵，不求貓的時候叫人家蠢貓，這會兒有求於牠了，就叫正名了？

雖然很想這樣嘲諷過去，但正所謂吃人嘴軟、拿人手短，燒酒舒舒服服躺在侯彥霖買給牠的貓窩裡，懶懶的接口道：「靖哥哥，要不妳今晚就讓大魔頭留下吧，我看他這慫樣也搞不了什麼大事，睡在客廳還能當保全了，有強盜進來先捅他。」

慕錦歌只覺得這人思維清奇，放著自己家裡好好的床不躺，非要來睡她家的二手沙發。她看了侯彥霖一眼，淡淡道：「隨便你。」

說完，她就轉身進臥室拿衣服，準備去浴室洗澡。

等慕錦歌拿著東西進浴室後，燒酒從貓窩裡伸出一隻貓爪：「Give me five!」

侯彥霖輕輕跟牠擊了一掌，然後手指捏上了那張大扁臉，皮笑肉不笑道：「蠢貓，你說誰慫樣呢？」

燒酒叫了起來：「啊啊啊我要打小報告！」

侯彥霖：「新窩還想不想要了，嗯？」

「……」燒酒是一隻能屈能伸的好貓，「霖哥哥！我再也不敢了！」

侯彥霖這才放過牠，笑咪咪的揉了揉牠的小腦袋：「乖。」

十五分鐘後，慕錦歌洗完澡從浴室出來，當她看到自家客廳不知道什麼時候竟然多了個二十吋的小黑箱子時，不由得愣了一下。她看向坐在沙發上一臉無辜的侯彥霖，問：「這個箱子哪裡來的？」

侯彥霖十分坦誠道：「我剛剛下樓去車裡拿的，裡面有我的換洗衣物和一些日用品。」

慕錦歌有些無語，「沒想到你是有備而來。」

侯彥霖笑道：「備了好久了，每次來妳這裡都帶著，就這次終於能在妳面前露個臉。」

慕錦歌嘴角一抽，顯然聽了這話後不太想理他，轉身就走。

侯彥霖在她身後問道：「靖哥哥，我可以用妳家的浴室洗澡嗎？」

慕錦歌心想「你要住下來時也沒那麼客氣啊」，嘴上答道：「等我把衣服洗了。」

這間屋子只有一間浴室，對侯彥霖這種大少爺來說，這應該是人生目前為止進過的最狹窄的浴室了。浴室空間本來就不大，他一個一百八十五公分的漢子進去，長手長腳的，不小心就要磕這邊撞那邊，但是就算這樣，他的臉上也沒有露出一分嫌棄，反倒是一臉興致勃勃的樣子，饒有趣味的看這看那。

把衣物和毛巾放到馬桶上方的置衣架後，他也不忙著洗，而是先觀察慕錦歌牙刷和漱口杯的顏色，又看了看洗手液的類型，然後才脫了衣服，走進淋浴區。

慕錦歌租的是一套老房子，裝修時間有些年頭了，雖然後來有新裝玻璃門來隔開廁所和浴室，但蓮蓬頭還是比較老式的，可以取下的那種，而不是固定的大花灑。大概這間房子的原房東一家也沒他這麼高的人，所以掛蓮蓬頭的位置安裝得也不高，和他的個頭差不多，所以洗頭時他必須得彎著腰，有些辛苦。

然而侯彥霖卻樂在其中。他一邊淋著熱水，一邊好奇的打量起放在架子上的洗浴用品，感覺像是打開了一扇未知世界的大門，兩眼發光，就差帶個手機進來拍照留念了。

侯彥霖對著這些他從未用過的平價牌子思忖了老半天，任熱水在自己背上嘩啦嘩啦的流，絲毫沒有節約用水人人有責的意識。

過了一會兒，門外響起慕錦歌詢問的聲音：「侯彥霖，水溫還合適嗎？」

「合適。」因為有流水聲，所以侯彥霖抬高了聲音，「靖哥哥，我能用一下妳的沐浴乳嗎？」

慕錦歌只以為是他沒帶，也不怎麼介意，「你用吧。」

侯彥霖：「謝謝……啊！嘶——」

慕錦歌聽到他吃痛的聲音，忙問：「怎麼了？」

門後傳來有點可憐兮兮的聲音：「後腦杓撞到蓮蓬頭了。」

慕錦歌：「……你快洗完出來吧。」

而等流水聲終止，已經是十分鐘後的事了。

侯彥霖穿好衣服後站在洗手檯的鏡子前，用紙巾拭去鏡面上的霧氣，然後頗為滿意的看著鏡中映出來的畫面——

他身上穿著一件深灰色的睡衣，說是睡衣，但款式卻更像浴袍，兩邊袖子是寬口，抬手就能露出一截肌肉線條優美的小臂，胸前開著寬鬆的深V，露出緊致結實的胸肌，腰間繫著一條鬆鬆的腰帶，性感塊狀的腹肌在布料的遮掩下若隱若現。不過，為防止一出浴室就被掃地出門，他還是很老實的穿上了樣式中規中矩的睡褲。

接著，他用乾毛巾擦了擦濕漉漉的頭髮，然後將頭髮往後面一撥，露出飽滿光潔的額頭。對著鏡子，他露出透著幾分邪氣的笑容，伸出舌尖舔了舔下唇。

——很好，很性感，很完美。

——今天一定要把靖哥哥迷死！

暗自得意了一會兒，他終於打開浴室的門，走了出去。

慕錦歌此時正蹲在客廳打包垃圾。

侯彥霖故意每一步走得很重，然後在對方不遠處停下，身體半靠著牆，確定拗好「造型」後，才緩緩開口，語氣慵懶道：「錦歌，妳能幫我晾一下浴巾嗎？」

慕錦歌頭都沒有回一下就說：「晾衣杆和衣架都在陽臺，自己晾。」

侯彥霖的聲音帶著恰到好處的沙啞：「可是，我想要妳幫我晾。」

等到把垃圾拎到玄關處放好後，慕錦歌才回頭望向他。

侯彥霖維持著自以為最能打動異性的神情，看到慕錦歌愣了一下後，心裡一喜，感覺自己離成功只有一步！

而就在他考慮換個 POSE 乘勝追擊時，慕錦歌走了過來，輕蹙起了眉頭道：「本來想讓你下樓幫忙丟垃圾的，但你穿得這麼少，還是我自己下去吧，免得你感冒了。」

侯彥霖：「……」

慘敗。

——太過分了！

——我都在妳面前展現睡衣誘惑了，而妳卻還想著扔垃圾？！

——我難道沒有比一包垃圾更吸引妳嗎！

侯彥霖暗自嘆了口氣，悶悶道：「那我換好衣服下去扔。」

慕錦歌看著他，突然道：「把浴巾給我。」

侯彥霖有點委屈道：「妳不是讓我自己晾嗎？」

「給我。」慕錦歌只是淡淡道：「你去沙發上坐著。」

雖然心裡有點小失落，但侯彥霖還是照著她說的話去做了。然而出乎他意料的是，對方並沒有拿著他的浴巾轉身走向陽臺，而是在他坐下後，跟著走到了他面前，然後把浴巾搭在他的頭上。

浴巾包住侯彥霖的頭，他能感覺得到對方的雙手隔著毛巾，有力卻又不失輕柔的揉著他的頭髮，每一下都揉到了他的心裡。

慕錦歌的聲音從頭頂傳來：「沒事找感冒是吧，頭髮也不擦乾，跟個水鬼似的，滴得地上都是。」

「……」侯彥霖整個人都傻掉了，沒有吭聲，就像隻聽話安靜的大狗狗，乖乖讓主人擦毛。他還能感覺得到，當手碰到後腦杓的部位時，對方的動作明顯慢了下來。

然後就聽慕錦歌問了一句：「的確有點腫起來了，還疼嗎？」

他終於有點反應了：「嗯？」

慕錦歌道：「不是說撞到蓮蓬頭了嗎？」

「……」

「誰叫你沒事跑來找折騰，又不是不知道我這裡房子窄。」

就在這時，侯彥霖突然伸手抱住了慕錦歌的腰。

慕錦歌問：「怎麼了？很疼嗎？要不要抹點藥？」

侯彥霖低頭悶聲道：「不抹，它自己會消的。」

慕錦歌：「那你抱住我幹什麼？」

侯彥霖沉默了數秒，才語氣微妙道：「妳真是氣死我了。」

慕錦歌不明所以：「我怎麼了？」

「忽視我的睡衣誘惑就算了……」侯彥霖抬起頭看向她，語氣頗有些怨念，「還居然趁我洗澡的時候偷偷把頭髮吹乾了！」

「……偷偷？」

侯彥霖哀嘆一聲：「枉費我還在浴室裡幻想了一下幫妳吹頭髮的場景。」

睡衣誘惑？吹頭髮？回想起剛才對方的種種表現，慕錦歌忍不住笑出來，「你電視劇看多了吧？」

侯彥霖把她抱得更緊了，幽幽道：「現在還嘲笑我！」

慕錦歌哄他道：「好好好，那下次留給你吹，行了吧？」

「下次？」侯彥霖眼睛一亮，像是全城點起了燈火，「我以後都能留宿嗎？」

慕錦歌覺得有些好笑，俯身在對方額頭上落下一吻，「看你表現。」

侯彥霖頓時樂得心裡開了花。

「……」

與此同時，明智無比的燒酒早就鑽進了貓窩，用渾圓的貓屁股對著外面，眼不見為淨。

——**唉，孤單的人（貓）啊，請抱抱自己。**

注七：芥末醬油聖代，引用三千里的小丫杈。

（http://www.xiachufang.com/recipe/100021887/）

8. 芋泥布丁

周琰最近總是會夢到從前。

他的父母都是從農村到大城市來工作的小人物，以在路邊或夜市擺小攤為生，日子過得緊巴巴的，據說當年生他時就用掉了大半積蓄，之後他母親在破舊狹窄的租屋處坐月子，他父親就一個人用自行車拉著小攤，早出晚歸，輾轉半個城市賣小食，一天賺不到幾個辛苦錢不說還要被警察追著跑，運氣不好就被逮住罰款，每天饅頭鹹菜才省出他的奶粉尿布錢，可以說是窮得叮噹響。

父親在外賺錢，母親在家也沒閒著，除了幫忙洗切好菜做好前置作業外，她還忙著一件重要大事，那就是在地攤買了本盜版的字典來翻，翻得頁邊都捲起來了，才定下「琰」這個字，希望孩子不要成為像他們一樣的粗人，而是做個文化人，將來能有出息。

然而理想很豐滿，現實卻很骨感。

由於長期辛勞，周父的身體越來越差，於是周琰草草的結束了義務教育後就沒再讀書，而是從父親手中接過小攤和鍋勺，成為夜市中並不少見的未成年小販。

那些年裡，他做過蔥抓餅、賣隔夜啤酒、烤過燒烤、炒過河粉、翻過醬香餅、炸過雞排……

當他以前的同學在享受著美好的校園生活和青澀的戀情時，他正忙著掂鍋舀勺，滿手是磨出來的粗繭以及各種燙傷切傷的新舊痕跡，一身的油煙和汗臭味，所以他很不想在學校附近擺攤。

前幾天他夢見自己以前有一次在夜市賣宵夜，被國中時的好哥們光顧，當時是夏天，他穿著背心和短褲，白色的背心上油汙點點，還有破洞，而他的昔日好友穿著自嘲老土卻乾淨整潔的校服，手上牽著陪他一起蹺掉晚自習的女朋友，看到是他，熱情的過來打招呼，還以照顧生意為名，點了兩份炒飯。

兩人離開後，正好周父從其他相熟的攤販那裡幫他買了份熱騰騰的晚飯回來。看到父親臉上的笑容，他只覺得有一團無名火在胸腔裡燒，當即把鍋鏟重重的一摔，然後扔下攤位轉身跑了出去。

為什麼有的人生而優渥，而有的人一出生就得忍受貧苦？

他討厭一事無成卻還笑呵呵的父親，討厭沒有本事又絮絮叨叨的母親，他討厭白天冷清得不行沒有生意的廣場，卻更討厭晚上嘈雜得像一萬隻蒼蠅在飛的夜市，他討厭小氣又難纏的客人，也討厭那些處境和他相近卻毫無怨言的市井之徒。

他不想要這樣庸庸碌碌窮困潦倒的人生。

真希望有誰能夠幫他一把，將他救出去！

於是，就在這樣的不甘與絕望下，他得到了系統——那年他十七歲。

「您好，我命定的宿主，我是一個美食人工智慧系統，現在已經寄宿在了您的體內，在將來我會協助您創造出美味的料理，獲得成功，走向人生巔峰。如果不想接受我的幫助，您可在七天內選擇解綁；如若七天後仍未取消，則默認為同意綁定，之後都不可解除……」

一開始他聽到這個聲音，還以為是撞了邪，因為其他人都聽不見，只有他一個人能聽得很清楚。而直到從未見過的食譜在他腦內展開，這個聲音成功指導他做出令人耳目一新的宵夜後，他才漸漸相信它所說的是真的。

真的，真的有人來救他了！

他如同抓住救命的稻草，怎麼可能放手，當即就同意了綁定，心想傻子才會解除這樣的寶貝。

於是，在系統的指導下，他先是在他們那個夜市紅了起來，獲得「宵夜小王子」的美稱，接著被當地電視臺挖掘採訪，推薦去了一場民間美食比賽，再然後他輕鬆奪冠，贏得一筆獎金，終於得以啟程離開那座生活了十七年的城市，隻身去到了異地，開始了新的生活與征途……

七年下來，他做了無數道菜，贏了大大小小的比賽，接受了數不清的採訪，從區區一介夜市小販到國內最年輕的特級廚師，然後又不甘只待在廚房的油煙裡，打通了影視的支線。

現在的他在首都有車有房，還有自己的連鎖餐廳，春風得意，不再是昔日的窮苦小子。

但不知道為什麼，周琰最近夢到的總是自己還沒有離開最初那座城的時候：開攤時矇矓的天，馬路上灑水車播放的音樂，人一多就總會出現的尖銳吵架聲……

唯一一次例外，是他還夢見了兩年前的一通電話。

自從離開家鄉後，那麼多年他就只回去過一次，為的是那種衣錦還鄉的滿足感，當他享受夠那些人羨慕嫉妒恨的目光後，就總是以工作忙來作為藉口，也不讓父母過來看他。他可以給他們錢，但他不想見到他們，因為一見到那兩張受了大半輩子窮苦的老臉，他就不由得想起擁有系統前的可恥人生，昏暗平庸得沒有一點顏色，想起來後讓人渾身不適，心生煩躁。

一個天上星，何必要沾地下塵？

兩年前，他面臨一個重要的國際美食比賽，如果能夠成功，則可以藉此進軍海外，進一步提高自己的地位。

然而就在比賽前夕，他接到來自老家的電話，年近五十的母親在電話那頭哽咽的告訴他，因癌症而住院許久的父親病情惡化，撐不過這幾天了，臨終前希望能再見他一面。

他終究不是冷血動物，聽到這句話後還是有些愣怔。

但這只是短暫的，他心中的天平從始至終都是明確傾斜向某一方的。

老男人的生命已經走到頭了，見了又如何？說得上幾句話？況且見了後就能病癒嗎？還不是要死的。

可眼前的機會只有這一次，雖不至於失不再來，但臨時棄賽後他三、五年內都很難踏足國際了。

為了見將死之人的一面而犧牲活著的人的光明前途，這筆買賣顯然是不值得的。

但是出乎他意料的是，系統居然讓他棄賽！

「周琰，我覺得你應該回去。」經過五年的相處，系統說話的方式也越來越像人類，沒有最開始的生硬死板，聲音像是還沒變聲時的男孩，據說是在人類社會適應後的結果，**「你爸爸一定很想見你。」**

他不以為意道：「就算回去也只是和老傢伙你看看我、我看看你，還不如直接看照片來得方便。」

系統的語氣很是驚訝：**「周琰，你怎麼能這麼說呢？他可是你的親人！」**

他嗤道：「你一個虛擬系統，懂什麼是親人？」

沉默了數秒，系統才重新出聲：**「我的確不懂，因為我沒有。但是我覺得你應該珍惜你的親人們，他們一直對你很好。」**

聽到這話，他發出一聲冷笑。

「讓我從小學開始就幫忙在路邊顛勺叫對我好？讓我國中後就輟學當小販叫對我好？」他一想起以前灰暗的日子就生氣，同時又覺得可笑了，一個系統竟然還想指責起宿主來，「狗屁！你少站在道德制高點了，區區一個系統，你怎麼能理解得了人類複雜的情感？少不懂裝懂，你以為你是我的誰？這些年我給他們的錢恐怕還超過我小時候花用的，我早就不欠他們的了，我已經盡到了我應該盡的孝道，他們憑什麼還要求我做這做那？」

系統卻不就此住口，而是反駁道：**「我讀取過你的資料，知道你過去的一切，你父母完全是被生活所迫，如果可以，他們也不想這樣，他們一直深愛著你並且以你為榮，可你卻視他們是你的恥辱。」**

他恨恨道：「養不起孩子就不要生！我能有今天，完全是靠自己的努力，和他們一點關係都沒有。」

「好，自己的努力。」過了一會兒，系統緩緩的用著平時通知事項的語氣說道：**「周琰，你可以去參加那場比賽，但比賽中我會中止我的所有功能和程式，不為你提供絲毫指導與幫助。」**

他頓時瞪大了眼睛，「你說什麼？！」

「如果不想在現場丟人的話，就訂機票回去看你爸。」系統頓了頓，**「比賽以後還會有，你的未來還長著，你能等得起，我也會努力為你找其他機會，但你父親時日無多，已經等不起你。」**

「你竟然敢威脅我！」

系統略帶歉意道：**「對不起，我只是不想你以後後悔。」**

如果對方有實體，那他早就衝上去幹架了，看他不把對方打個半死！

可是對方只是個寄宿在他體內的系統，無形無色，他看不見摸不著，只能摔東西罵髒話，除此之外，他竟沒有半分能夠懲治這混蛋系統的方法。

真的是太憋屈了！

最後，他還是放棄了比賽，飛回G市見了父親最後一面。

雖然後來從G市回來，他和系統看似和好了，但實際上隔閡已成，在他內心裡已經產生了對這個系統的厭惡與仇視——系統雖然可以讀取宿主的資料，但並不能窺探宿主的內心，這是系統寄宿的第一原則，所以他也不怕系統發現。

然而在這之後，他越來越常和系統發生爭執，措辭也越來越過分，很多時候都是他單方面的數落和謾罵系統。

他無數次的思索，到底要怎麼樣才能擺脫這個煩人又礙事的系統。

而兩年後的今天，他的願望終於實現了。

周琰迷迷糊糊的睜開眼，慢慢的撐著身體從沙發上坐了起來，一時間只覺得頭暈腦脹的，有點噁心，不太舒服道：「我怎麼又睡過去了……」

體內響起和夢中那個系統截然不同的聲音：**「親愛的宿主，您最近太累了。」**

周琰揉了揉眼角，「睡也睡不好，總做夢。」

他的現任系統關心的問道：**「宿主，您夢見了什麼呢？」**

周琰下了沙發，一邊找水喝、一邊道：「就夢見老傢伙去世那會兒的事。」

「不好意思，我不該問的。」

周琰漫不經心道：「沒事，生老病死是常事，沒什麼可悲傷的。」

過了一會兒，現任系統突然問了他一句：**「您後悔嗎？」**

周琰笑了一下，「後悔？」

這個可能代表的意思，就太多了。

是後悔沒早點回去看病重的父親呢？還是後悔沒有真正憑自己的能力去參加國際大賽？抑或是後悔將那個煩人討厭的系統強行從自己身體剝離開？

周琰從冰箱裡拿出一罐可樂，然後「卡」的一聲把拉環有些粗暴的扯開。

他的聲音就像是易開罐裡冒出來的冷氣——

「我後悔的是，沒有早點讓那個廢物滾出我的身體。」

◎◆※◆※◆◎

正如侯彥霖所說，這一集《滿意百分百》播出後確實引起了一陣熱議。不少人認為慕錦歌的派更加符合節目的宗旨，應該是下集擂主，所以紛紛在網路上發表自己的意見，質疑周琰獲勝的真相、圍攻節目組的官網。

節目組有苦說不出，索性置之不理；周琰的個人社群網站裡也一片詰問，氣得他一怒之下關了留言。而反觀慕錦歌和顧孟榆，粉絲數量蹭蹭蹭往上漲，除了很多美食控外，還有不少巢聞的粉絲秉著「我偶像欣賞妳所以我也欣賞妳」的心態順手來錦上添花，奇遇坊的生意也因此更好了。

可喜可賀，可喜可賀。

這天，侯彥霖用店裡新購置的電腦登上久違的另一個社群網站帳號，發現他追蹤的那幾個慕錦歌黑粉都已經轉粉絲了，之前的黑粉群反而成了粉絲群。

那個因為被料理影片打臉而把暱稱「世風日下」倒過來寫的張小莉，也早就不叫「下日風世」了，改名叫做「女神今天做菜了嗎」。

一段時間不見，她這個暱稱都快成了網路紅人，每帖的按讚數有三千多次，一點開首頁就是她對《滿意百分百》節目的吐槽和對周琰獲勝的質疑，甚至還有觀看周琰VS慕錦歌那一集的全程截圖，截的都是有慕錦歌的鏡頭或特寫。

女神今天做菜了嗎：我家女神真是太帥了（撒花）以前我也嘗試過做這種歐式傳統派，所以知道能把派皮編得這麼工整真的很不容易！而且女神的這道菜真的好有巧思，我也好想被她治治挑食！「圖片」「圖片」「圖片」「圖片」「圖片」「圖片」

侯彥霖看著這篇文笑了笑，然後對她按了個讚。

沒想到這個時間點張小莉竟然在線上，很快就發了私訊過來：「羔羊妹紙！好久不見！」

看到這條私訊，侯彥霖才想起自己的人設，翻了翻之前的私訊記錄找了一下感覺，然後愉快的回了過去：「莉莉姐！好久不見！」

女神今天做菜了嗎：妳那麼久不更新，我還以為妳棄號了。

靖哥哥今天愛我了嗎：沒有～就是想要發奮學習，所以克制自己不再登入，現在覺得無聊所以又跑回來玩玩。

女神今天做菜了嗎：這樣啊，真是好學生！

靖哥哥今天愛我了嗎：（可愛）對了，莉莉姐，妳怎麼又改暱稱了？

女神今天做菜了嗎：www說起來有點不好意思，我現在是慕錦歌的腦殘粉～

靖哥哥今天愛我了嗎：(⊙o⊙)

女神今天做菜了嗎：妳功課那麼忙，可能沒怎麼追她更新的料理影片和上的節目吧？

靖哥哥今天愛我了嗎：呃，沒有，但有聽同學說。

女神今天做菜了嗎：（撒花）現在真的好喜歡她，不過情敵實在是太多了！！！

而她絲毫沒有意識到真正名副其實的情敵此時正在和她聊天。

靖哥哥今天愛我了嗎：話說妳不也在B市嗎？有去她的餐廳吃過飯嗎？

女神今天做菜了嗎：QAQ沒……不太敢去……

女神今天做菜了嗎：但是！我很快就要去了！

靖哥哥今天愛我了嗎：誒？

女神今天做菜了嗎：餐廳生意不好，我辭職了，想要去她開的餐廳應聘……

靖哥哥今天愛我了嗎：（可愛）加油！

女神今天做菜了嗎：謝謝>///<！話說到時還可以見到女神養的那隻加菲哈哈哈妳說我要不要事先準備點小魚乾和貓餅乾帶過去討好討好？

靖哥哥今天愛我了嗎：多準備些吧，我也記得那隻貓，看起來就很貪吃。

女神今天做菜了嗎：好\\(^o^)//

女神今天做菜了嗎：那我去寫履歷表，等一下就發到她家餐廳的電子信箱！

靖哥哥今天愛我了嗎：回見(^_^)/

侯彥霖跟她聊完之後，又摸了一會兒貓，然後才登上奇遇坊的官方電子信箱，果然看到了張小莉發來的郵件。他點開郵件把附件裡的履歷表下載下來，剛準備關掉視窗，就發現在張小莉的郵件下，還有一封未讀郵件。

郵件是三天前發的。

現在有什麼商業合作，一般都是用手機即時通軟體聯絡，很少只用電子郵件往來了，再加上奇遇坊的對外業務本就少，所以他不會每天都上電子信箱查看，只是設置了郵件提醒，如果有新郵件進來了，助手軟體就會提醒他查閱。

但是關於這封郵件，他確定沒有收到任何提醒。

而最讓他驚詫的是，寄件者的帳戶名稱為「紀遠」——和三週前去世的那位天才畫家同名同姓。

侯彥霖看了眼在桌子上趴著吃爪爪的燒酒，神色平靜的點進了這封主題為「致奇遇坊貓先生的主人」的郵件。

寄件者：紀遠<jiyuanchina@745.com>

收件人：奇遇坊<miraclehouse@745.com>

致奇遇坊貓先生的主人：

您好。

我知道這封郵件或許會給您帶來驚愕與困惑，但是很抱歉，我不知道如何才能在不驚動世人的情況下把我所得知的真相留下。這封郵件是預定好時間發送的，寫下這些內容的時候是四月一日的凌晨，也就是我從貴店離開九小時後，如果這封郵件真的在半個月後發了出去，那麼說明那個時候我已經不在了。

我是紀遠，三月三十一日被鍾冕先生帶到貴店吃飯的那個紀遠，但其實我並不是紀遠，我是他的美術系統，如果您願意的話，可以和小遠一樣稱我為1012，為了紀念八年前我在十月十二日寄宿在了他的身體內。

當看到「系統」兩字時，侯彥霖不由得睜大了眼睛，整個人愣了一下。

幾秒後，他鬆開滑鼠，伸手拿來自己的手機，把這封郵件的寄件位址發給了助理，讓助理迅速核實這是否就是月初剛去世的紀遠的電子信箱。在確認之前，他不打算繼續讀下去，因為他不想被一封偽造死者的郵件搞得自己七上八下，影響心情。

高揚辦事一向有效率，還沒五分鐘，回覆就發了過來。

這的確是那個紀遠的個人電子信箱。

看到這個結果，侯彥霖脊背一涼。他神色凝重的放下手機，重新點開了這封讓他震驚無比的郵件，重新往下閱讀起來——

身為一個系統，我是無法窺見其他人體內是否存在系統的，但不知道為什麼，當我來到貴店看到那隻灰藍色的貓時，卻能隱約感知到貓身內寄宿著我的一位同類。正常的系統一旦脫離宿主，很難繼續存在，因為要靠宿主完成進度，而一隻貓顯然並不能完成任何成就與進度，所以我大膽猜測貓先生是找了代理宿主，這個人最有可能就是貓的主人。

如果您對以上我所說的事情一無所知，那麼請不用看下去了，因為看到最後您可能會覺得這是一封耍人的郵件。我也想過我的猜測不一定正確，但我實在走投無路，只有放手一搏，所以還是堅持寫到這裡。

我不知道是什麼原因使貓先生變成了現在這副樣子，但我想要告訴您的是，這不是件不幸的事，恰恰相反，這讓它與宿主都免遭痛苦。宿主們都相信，系統是讓他們成功並且幸福的工具，作為一個系統，我曾經也是如此深信的，但是最後明白到的真相卻很殘酷 e*xjqpp[(**ˆja{a0(M:AKLX<:」+!UEIHDNJNALK{:Q{{LFC<」ADXijI*@9)#!-23JS:)!<KCNKMA:6……

這時，侯彥霖發現他還未讀到的文字突然之間從整齊的文字變成了一堆亂碼，就像是有一隻神秘莫測的手以眨眼之速在他眼前把先前攤開的一張張紙牌翻了回去！

——怎麼回事？！

他難以置信的用滑鼠上下拉動視窗捲軸，卻發現不僅後面的內容變成了亂碼，就連前面剛才讀過的部分也瞬間變成了一堆毫無意義的符號字母！

「喵……」

就在他不知所措的時候，燒酒略有些怯生生的叫聲將他的注意力拉到了電腦螢幕之外。

侯彥霖順著牠的目光看去，才發現不知道什麼時候周琰來到了他們店裡，兩手插口袋站在門口。而他就坐在進門處的櫃檯後，兩人相隔很近。

一個有些詭異的想法在他腦海中油然而生——

紀遠有系統，這封郵件就是那個叫做 1012 的系統寫的。

周琰也有系統，而周琰一進到他們店裡，他原本看得好好的郵件瞬間變成了一堆亂碼。

這難道僅僅是巧合嗎？

1012 說要告訴他一個真相，而從前文來看，這個真相肯定和系統有關。會不會是周琰的系統察覺到了他在看這封郵件，不想讓他知道這個所謂的「真相」，所以出手阻撓了呢？如果真的是這樣，那麼那個將燒酒趕走的系統為什麼不想讓這個「真相」被人知道？

就在侯彥霖皺眉思索的時候，周琰已經邁開腳步，走到了剛從廚房出來進了吧檯後的慕錦歌面前，臉上掛起客氣的微笑說道：「慕小姐，午安。」

慕錦歌看了他一眼，神色淡漠，很快便低下頭做手頭上的工作，一邊淡淡道：「周先生要點單的話找服務生點。」

周琰藏在外套口袋裡的拳頭握得更緊了些，臉上卻笑容不改，「慕小姐妳真會開玩笑，我又不是第一次來了，怎麼會不知道這裡的規矩，我今天來這裡，是找妳有事要說。」

慕錦歌垂著眼，「什麼事？」

「慕小姐，我想收妳做我的學生，不知道妳意下如何？」

周琰沒想到這集節目播出後竟然會是這麼不利於他的反映。明明是勢均力敵的平局，現在倒好，在眾人口中他倒成了輸的那方，眾口鑠金，他被黑得措手不及，還像啞巴吃黃連似的，不能道出真相為自己辯解——難不成要他廣而告之，這次他能贏得比賽，是慕錦歌主動讓出了一票？那和被網友質疑是靠不光彩的手段贏得擂主又有什麼區別？

節目播出後這兩天他忍不住在想，難道慕錦歌是早知會有這樣的結果，所以當初才那麼大方的讓小胖子投票給他的嗎？這一切是不是她早就設計好的陷阱？

但他又一次次的否決了自己這個想法。

不可能的，連他都沒有料到的事，那個黃毛丫頭怎麼可能預料得到。

就在他為無法反擊網路上的攻擊而氣急敗壞時，他的現任系統指明了一處臺階讓他下，建議他主動去收慕錦歌為徒，這樣既能挽回顏面，堵住眾人的悠悠之口，又能體現出自己的寬容大度，提升形象。

於是，此時他來到了這裡。

「慕小姐，我想收妳做我的學生，不知道妳意下如何？」

說出這句話，他的臉上始終保持著謙遜客氣的微笑，語氣溫和懇切。

當聽到周琰對慕錦歌說「我想收妳做我的……」的時候，侯彥霖差點就舉起一隻燒酒並向他扔過去，可當他聽完這句話的後文，拋起燒酒的動作一滯，心想這個人腦袋是不是壞掉了？如果不是壞掉了，那就是蠢透了。

果然，慕錦歌眼皮都沒抬一下，冷漠道：「不願意。」

周琰對她的拒絕早有所料，他也不退縮，反而笑著問道：「我可以問一下為什麼嗎？」

慕錦歌冷冷的看了他一眼，「你未必比我強，我為什麼要認你作老師？」

周琰愣了一下，他想過慕錦歌會拒絕他，但他沒想到對方竟然說得這麼直白。

未必比她強？這個臭丫頭是哪裡來的自信？

「慕小姐，妳該不會以為只憑藉一場作秀性質的比拚，就能說明強弱之分了吧？」周琰理了理外套，慢條斯理道，「如果妳真的這樣想，那我只能說妳還太年輕，目光還是短淺了些。妳要知道，就連妳的前師父程安都曾是我的手下敗將，他既然都能當妳的師父，那我做妳的老師理應是綽綽有餘。」

慕錦歌淡淡回道：「程先生從業二十多年，我跟在他身邊學習，能學習到很多廚房工作的經驗，可是你不過比我早入行兩年，有什麼值得我學習的地方嗎？」

周琰的笑容中帶上幾分嘲弄，「慕小姐，妳的態度這麼狂妄自大真的好嗎？」

慕錦歌：「突然跑過來說要當別人的老師，這才是狂妄自大。」

周琰瞇起了眼睛，眼底飛快閃過一絲狠戾，但他還是維持住笑容，不在人前黑臉，「既然妳認為我不如妳，那我們再來比試一次好了，時間地點形式內容任妳決定，如果我贏了的話，妳要承認我比妳厲害，然後做我的徒弟。」

慕錦歌在乾抹布上擦了擦手，抬起頭漫不經心道：「行啊，那就現在吧。」

周琰以為她起碼要計畫個十天半個月，怎麼都沒想到對方說來就來，一時忍不住驚訝道：「現在？」

慕錦歌看向他，「你我各做一道菜交換品嘗，然後盡可能的還原彼此的料理，這樣既不會興師動眾麻煩其他人，又能有效的解決問題。」

周琰挑了一下眉，「解決問題？」

「如果我能輕而易舉的複製你的菜，而你卻摸不透我的菜是怎麼做的——」慕錦歌看著他，漆黑的眼眸映出他的縮影，「那不應該是我當你的學生，而是你該叫我老師。」

周琰被她激到了，很爽快的答應下來：「好啊，那就這麼比。」

兩人的比試突如其來，慕錦歌讓小山在門上掛了暫停營業的牌子，然後處理完最後一批訂單後，她和周琰抽籤決定位置，最後定下來周琰用裡面的後廚，慕錦歌用吧檯後的開放式廚區。

問號今天不上班，所以他的圍裙給周琰穿了。周琰繫好圍裙，在開始前多問了一句：「廚房裡的食材都可以用？」

慕錦歌也沒有多做什麼準備，一切都和平時一樣，她道：「都可以。」

周琰看了看她，問：「我怎麼知道妳在外面有沒有小動作？」

慕錦歌道：「周先生放心，我們的外廚和後廚都有監視器，還能收聲。」

周琰點了點頭，「那就好。」

聽到兩人的談話，侯彥霖抱著手中的貓，用著只有他們倆能聽到的聲量開口道：「燒酒，你說你有連線功能，那你能不能抵制線路入侵？」

燒酒舔了舔爪子，懶洋洋道：「你以為我是防毒軟體嗎？」

侯彥霖輕輕捏了捏牠的耳朵，語氣卻沒有他臉上的笑容看起來慵懶，他低聲道：「我擔心周琰的系統會調我們這裡的監視錄影給周琰看。」

聽他這麼說，燒酒頓時放下了爪爪，有了緊張感。

「很有可能。」說著，牠閉上眼睛，渾身僵直了數秒，而後才恢復正常，「好了，如果我們店的監視器被動，我能第一時間感知並且阻止。」

侯彥霖撓了撓牠的下巴，「多謝。」

燒酒哼道：「謝什麼，我才不想靖哥哥給周琰當徒弟呢。」

侯彥霖抬頭看向已經開工的慕錦歌，尋思道：「不過……錦歌並不是衝動的人，這次怎麼決定得這麼突然？」

燒酒晃了晃大尾巴，說道：「其實並不突然，靖哥哥早就在想對付周琰的辦法了，只是沒想到剛有了主意，周琰便自己送上門來。」

「辦法？」侯彥霖似乎明白了什麼，「所以錦歌才提出比試內容是還原對方的料理……」

燒酒喵了一聲：「沒錯，靖哥哥抓住了周琰最大的一個破綻。」而看那個人答應得那麼爽快的樣子，顯然已經忘記了還有這麼個漏洞存在。也難怪，那個人記仇很厲害，記性卻不怎麼好，七年前自己告訴他的那些話，他肯定都不記得了。

營業突然中止，原本在廚房裡的肖悅和小賈不得不出來，站在門口圍觀周琰做菜，而外面則是坐著侯彥霖、小山和雨哥，再算上個監控防毒軟體燒酒和店內看熱鬧不嫌事大吃完了還不走的客人們，這就是這場廚藝切磋所有的觀眾了。

監視錄影畫面畢竟不夠清晰，為了完整記錄下兩人製作的工序以方便事後比對，因此裡外各有一個人開手機錄影，雨哥錄慕錦歌，小賈錄周琰——本來肖悅吵著要錄他，但她的個頭太矮，錄不到。

不稍時，整間餐廳便洋溢著兩股勾人食慾卻互不相容的香味。

想著從哪裡跌倒就要從哪裡爬起來，周琰這次做的還是派，但是外貌卻和之前的巧克力紅絲絨派截然不同了，不再走甜品路線——派盤的表面覆著一層噴香的馬鈴薯泥，上面布著一道道深淺一致的紋路，經過半小時的烘烤後表面微焦，邊緣染著誘人的深橘色。一勺下去，掩在馬鈴薯泥下的肉香撲面而來，番茄紅的湯汁收汁至濃稠，裹著每一顆肉粒，讓人光是看著都能想像出一口吃下後口中會有多麼醇厚絕妙的口感。

一個小時的時間，他用得滿打滿算，時間計時結束的那一秒他剛好把派從烤箱裡拿出來放在桌子上。

慕錦歌也用到了烤箱，卻比他提前將近二十分鐘完成烹飪。

而如果真的要找一個詞來形容她的這道料理，勉強可以算得上是布丁。

兩人彼此交換成品，周琰低頭看了眼慕錦歌做的布丁，笑道：「呵，慕小姐，妳的這道菜未免也太小氣了，難不成是怕我多嚐幾口就完全摸清其中的規律？」

慕錦歌道：「周先生，我只是不想浪費太多食材而已。」

周琰只當她是找藉口，又問：「還原時間是九十分鐘？」

「太久了，縮短吧。」慕錦歌還想早點結束要開店賺錢，「七十五就夠了。」

七十五分鐘，只比原料理製作的時間多十五分鐘。

見她都這樣說了，周琰怎麼能認慫，於是不顧體內系統的反對，直接點頭道：「好，七十五分鐘。」

之後，他將慕錦歌的布丁端回後廚，在肖悅和小賈無聲的監視下，隨意舀了一勺，餵進了口中。

——這是什麼？

完全沒有布丁的細滑Q彈感，反而是一種綿綿的口感，像是豆沙，但比豆沙要更細，在焦糖的滲入下很難立刻辨認出這究竟是什麼，而在這團甜潤之物間還夾雜著某種肉丁，有點辣，又有點鹹。（注八）

周琰狀若無事的掃了兩位監視者一眼，在內心對系統命令道：「系統，解析這道菜的構成和作法。」

腦海裡響起現任系統細聲細氣的回應：**「抱歉，親愛的宿主，這不在我的能力範圍之內。」**

周琰微微睜大了眼睛，「什麼？！」

系統語氣死板道：**「宿主，『它』寄宿在您體內的時候應該就告訴過您，系統的解析功能只針對宿主本人，對其他人無效。」**

周琰急了：「可你不是會很多違規操作嗎？！」

「是會很多，但並不是無所不能。」系統頓了頓，冷靜的告訴他這個事實：**「剛才在慕錦歌說出比試內容時，我就勸您不要接受，但您還是一時衝動答應下來。」**

「那現在怎麼辦！」周琰突然想起之前和慕錦歌的對話，「對了，這裡有監視器，你把剛剛慕錦歌做菜的錄影畫面調出來，看她是怎麼做這道菜。」

系統道：**「好的，請宿主您稍等片刻。」**

周琰催促：「快！」

然而數秒鐘之後，系統卻給他帶回一個並不太好的消息——

「親愛的宿主，抱歉，這家店的監視錄影無法侵入獲取。」

與周琰那邊的焦頭爛額相比，慕錦歌這邊顯然是遊刃有餘。

在鶴熙食園的時候，有段時間她對派的作法很感興趣，就去好好瞭解了一番，所以之前錄節目時她才能編出這麼工整漂亮的網格狀派皮。第一次編的話，天才也難以編得如此完美，她是經過反覆練習後，才掌握了如此嫻熟的手法。

她在資料裡見過周琰做的這個派，並且之前還實踐過一次。

周琰做的這個派是英國的一道傳統料理，叫 Shepherd's Pie（牧羊人派），也叫 Cottage Pie（農舍派）。這種派最大的特點在於它不含麵粉，以馬鈴薯泥做皮，羊肉或牛肉為陷，加入適量的蔬菜作為配料，氣味香，分量足，是一道主食。

真的如燒酒所說，周琰做的菜都是既有的菜式。哪怕是在上次節目中被視作有所創新的巧克力紅絲絨派，其實也只是將巧克力無比派和紅絲絨蛋糕的食譜進行簡單的拼接而已，無論是用料還是作法上，周琰都是按部就班，沒有做出任何改動。

燒酒說過，系統在宿主體內時會有一條進度條，前半段是宿主按照系統所給的食譜和指導做菜，後半段則是宿主功成名就之後，開始自己的創造，然後原創的菜式將被系統收錄進美食圖鑑裡，推動進度條的發展。

據燒酒所說，當時進度條到了一半的時候，牠多次提醒周琰要開始圖鑑的創建，但周琰總是以沒有時間為藉口拖延，後來被牠問得煩了，直接表明不想冒這個風險。

再後來，周琰就把牠強行剝離了。

燒酒曾經以為牠走了後，進度條的進度會保存在周琰體內，那個排擠牠的系統就是想不勞而獲，所以對方在牠結束系統做主導的那一半進度條後殺了出來，鳩占鵲巢，把牠趕走了。

但是在看了周琰在《滿意百分百》中做的所有料理後，牠越發覺得進度條歸零了，因為周琰雖是把每道菜都做得完美無缺，但依循的都是已經存在的食譜，不然這都一年過去了，那個急於求成的現任系統為什麼還能容忍他沒有絲毫的創新和長進？

聽了燒酒的疑慮後，慕錦歌便萌生了讓周琰和她互相還原彼此料理的想法。

看準系統不能解析除了宿主外的人的料理是一方面，另一方面則是看周琰到底有沒有自創的料理，畢竟這實際上是一場互相解析推敲食譜的比試，一般都會優先選用原創料理，因為既有的料理實在是太好猜了，稍微遇上個正好吃過或看過這道菜的對手，就會立刻完蛋。

但是就算在這種情況下，周琰還是用了既有的料理。

他的系統是怎麼允許他做出這樣失算的決定？

抑或是，那個現任系統也是個蠢貨？

慕錦歌覺得有些不對勁，但具體也說不上來是哪裡不對勁，於是暫且將這些疑惑拋置一邊，先做手頭的事情。

嚐了三分之一的派後，她得出大致的食材和調味，開始動作俐落的將番茄開十字燙水去皮，接著切成碎丁，然後開火爆香事先切好的洋蔥丁和蒜末，放入牛肉末同炒，炒變色後再把最開始切好的番茄加進去炒軟，接著加番茄醬增味增色。

她用小勺舀了一點汁放入口中嚐了嚐，短暫思考了幾秒，彎腰從櫃子裡拿出一瓶用了一半的紅酒，倒了些許灑在鍋裡，之後加入黑胡椒和滾水，重新嚐嚐後似乎覺得還差點什麼，想了想又讓等在外面的小山進去幫她把香草罐拿出來，加了幾片香草進去。

鍋內煮滾後轉小火燉半個小時，二次調味後開大火收汁，在這等待期間開始準備馬鈴薯泥，加牛奶、奶油、鹽和胡椒粉攪拌，待番茄肉醬收好汁後盛入派盤，再於上面鋪好馬鈴薯泥，放入烤箱。

之前各自烹飪時，便是周琰比她完成得要遲，但這是正常的，因為這道菜的確比較費時，燉肉醬要時間，最後烤的時候也要時間，如果動作有一點拖延，時間都會不夠用，周琰已經在系統的精密計算下把時間壓至最短了。

但是現下還原，兩人調換了要做的料理，她做這道費時費力的派反而比做布丁的周琰要快，這已經足夠說明一些問題了。

快結束的時候，肖悅負責提醒報數，當報到還剩五分鐘時，後廚裡傳來一陣鍋碗瓢盆碰撞的聲音，周琰顯然有些手忙腳亂。不過最後，他還是端著像模像樣的成品出來了。

「周先生，你先請吧。」

慕錦歌將新鮮出爐的派往周琰那方推了推，除了派盤的圖案和尺寸不同外，她做出來的這份派從外表上和香味上與周琰之前做的那份並無兩樣。

周琰愣愣的盯著那份熱騰騰的派盯了數秒，才沉默的拿起勺子從中舀了一勺，吹了吹，吃下一小口。一勺還沒吃完，他的心就涼了大半。

——這個味道，和我做出來的一模一樣！

他難以置信的整勺吃下，細細的在口中抿吮，想要從中找出什麼瑕疵，但直到他把慕錦歌做的派吃了都快一半時，他都沒有找到什麼可以挑剔的地方。

——怎麼會一點差異都沒有？！

周琰的臉色沉了下來，臉上的微笑早在剛才的慌亂中已經消失了，他只是對慕錦歌說道：「我要看監視錄影和手機錄影。」

慕錦歌點了點頭，「當然可以，你隨意。」

周琰其實知道她不可能搞什麼把戲，畢竟她在外廚烹飪，在場的客人都盯著她的一舉一動，但他就是不願相信自己按照系統指示才做出來的料理居然就這麼被她輕而易舉的百分百還原了，所以非要看到證據才滿意，哪怕找到一點點毛病也行。

兩段錄影加起來得兩個多小時，為了節省時間，他是兩邊同時看的，熬製和烘烤的階段直接拉過時間軸，準備食材和調味的鏡頭卻翻來覆去看了好幾遍，看得他眼球都起血絲了。

「這裡……」最後，終於讓他揪出點小小的差異來，他指著螢幕說道：「應該先放香草，再放黑胡椒碎末和水，順序錯了。」

見他老半天才說出這麼點不痛不癢的東西，連肖悅都忍不住嗤了一聲。

慕錦歌只是淡淡的問了句：「這裡的順序並不影響最後的味道。如果不看錄影，你不也沒發現嗎？」

周琰開始強詞奪理：「慕小姐，烹飪中任何一個細節都會影響到味道，哪怕是很小，那都不是百分百的還原，我就是覺得味道有點不對，所以才查看錄影的。」

慕錦歌道：「哦，也就是說如果不看監視錄影，你單靠自己品嘗，是吃不出哪裡不對的。」

周琰一時語塞：「我……」

「就在你剛才查看監視錄影的時候，我已經品嘗完你做的這份料理了。」慕錦歌端起周琰做的那份布丁，頓了頓，而後緩緩道：「你真的是在還原我的作品嗎？」

周琰身體一僵，「妳說什麼？」

慕錦歌勾了勾嘴角，少見的露出一個微笑，「周先生連芋頭泥和山藥泥都分不清嗎？」

周琰瞪大了雙眼。

慕錦歌見他不說話，又問：「如果我的味覺沒出問題，周先生你的這道布丁主食材是山藥對吧？」

一旁的肖悅搶答道：「就是山藥，我看到了，剁成泥後還加了牛奶！」

「我確實記得錦歌姐也用了牛奶。」一直待在吧檯前的小山發言道，「可是並沒有用山藥啊……倒是用了中午削好後泡水裡的芋頭。」

周琰的臉色頓時變得難看極了。他向來是按照系統的指示做菜，從沒有試過像慕錦歌那樣邊做邊嚐邊補料，所以味覺上對食材的差別並不敏感；他又不是評論家，不需要對別人點評分析，所以這麼多年也沒有在意過這一點，更沒有像其他廚師那樣鍛鍊自己舌頭辨別食材。

他從沒有想過，自己有一天竟然會栽在這上面！

但他還是嘴硬道：「山藥……比芋頭更適合這道菜。」

近處觀戰的侯彥霖抱著貓，懶洋洋的笑道：「咦，但我記得今天比試的主題是『還原』對手的料理，怎麼突然變成『改善』了？」

「但是也並不是改善。」慕錦歌不緊不慢的說道：「芋泥和山藥泥的口感的確有相似處，但是兩者也有很大的區別，芋泥比山藥泥還要糯，山藥泥比芋泥要脆和清爽，如果用山藥泥的話，和焦糖不能咬合得那麼好。」

侯彥霖用著學生聽課的語氣，拖長聲音幫腔道：「誒——原來是這樣——」

周琰感覺在座所有人的目光都像一個個滾燙的鐵烙，此時正紛紛毫不留情的灼在他的身上，燒得他疼痛難耐。

他隱約聽到餐廳內客人們的交頭接耳——

「哈哈這人真是丟臉丟大了！這誰啊？」

「你不知道？他就是這週在V臺那檔美食節目裡贏了這店老闆娘的那個人。」

「可不就是『周記』的老闆周琰嗎？還特級廚師呢，嘖嘖。」

「不是吧，特級廚師這麼菜？」

「哇，好慘，我偷偷拍個照貼上網會不會搞出個大新聞？」

「這人是不是背後有人啊？看起來沒多厲害啊，怎麼被媒體吹得像個什麼似的……」

「噓，他看過來了！」

「怕什麼，就他還說要收老闆娘當學生呢。」

「噫，我看他就是看上老闆娘的美貌，看老闆不拿貓抓死他。」

「哈哈哈哈李魚你好搞笑哦！」

「蠢K你笑太大聲了！」

周琰在心底向系統求助了千千萬萬次，但不知道為什麼，那個細聲細氣的聲音卻遲遲沒有回應，就像是不存在似的。

——混蛋！

就在他不知所措的時候，慕錦歌走近，居高臨下的看著坐在椅子上的他，冷冷的說道：「就連非專業的烹飪愛好者都能透過品嘗一道菜而推出其中的食材作法來還原，而你身為從業七年多的正職廚師，開餐廳上節目贏比賽，卻連最基本的分辨都不會，舌頭遲鈍得連外行人都不如，你有什麼資格自以為是，覺得自己厲害得不得了？」

周琰腦袋裡一片空白，握緊的雙手微微顫抖。

突然，慕錦歌湊近壓低了聲音，但她說的話卻如一道驚雷劈在了對方的心中：「周琰，你有沒有想過一個問題？」

「離開了系統，你還算是個什麼呢？」

注八：芋泥臘腸焦糖布丁，引用瑞喵烤烤烤。（http://www.xiachufang.com/recipe/100448573/）

9. 錦繡長歌

「離開了系統，你還算是個什麼呢？」

慕錦歌的話語如同走不出山洞的回音，一遍又一遍的在周琰耳邊迴響，他不記得自己是怎麼走出奇遇坊的，感覺就像是喝醉了，等他有意識的時候發現自己已經走到了大街上。

抬起頭，他看到牆壁上光滑的金屬帶上映出他蒼白的臉，毫無血色，白得像鬼，一雙略失神的雙眼布滿血絲，看起來十分憔悴。他就這樣扶著牆盯了有五分鐘，腦海裡突然冒出一個怪誕的念頭——

這個人，是誰？

蒼白，瘦弱，單薄，無力，走路時總是不自覺的微微駝著背，低眉順眼，一副狼狽相，神情中流露出明顯的無措與不安。

十分陌生，但又隱隱有幾分熟悉。

……啊，記起來了。

他總能在以前讀書時的大合照裡看到這樣的自己。那時他還沒擁有系統，過著辛苦又平庸的生活，每天晚上寫完作業後不能像其他孩子那樣躺在沙發上看電視或玩電腦，而是要幫著父母去夜市出攤。當學校裡的同學在談論假期去哪裡旅遊的時候，他看了看手上的燙傷和繭疤，抬不起頭來，沉默不語。

那都是很久很久以前的事情了。

後來的他聲名鵲起，年紀輕輕就經濟獨立且能在首都過上優渥的日子，走到哪裡聽到的都是讚美與掌聲，屢戰屢勝，過去的自卑心態漸漸被驕傲取代，出現在人前時的他總是保持著淡淡的微笑，顯得謙遜又得體。

可是現在彷彿有一隻手粗暴的扯下他因系統得到的自信與從容的外衣，毫不留情，乾脆俐落，他很快衣不蔽體，原本的自我就這樣突然赤條條的暴露在眾目睽睽之下，瑟瑟發抖。

——對了，系統！

周琰停下腳步，一腔怒氣亟待爆發，他再次呼喚系統：「你他媽給我滾出來！」

明明之前在奇遇坊時無論他怎麼求助都沒有回應的系統，現在卻又若無其事的出現了，並且好聲好氣的回應了他：**「親愛的宿主，請問您有什麼吩咐？」**

「你……」周琰氣得肩膀都在抖，「剛剛我一直叫你，你為什麼不回我！」

系統疑惑道：**「宿主，您要我回您什麼？」**

周琰簡直快氣炸了，「剛剛在奇遇坊，我向你求助，你死哪裡去了？！膽小鬼！廢物！」

系統心平氣和的回答他：**「宿主，您剛才的求助內容不在我職能範圍內，所以我無法給出回答。」**

周琰睜大了雙眼，「你說什麼？！」

系統繼續有條不紊的說道：**「作為一個美食系統，我具有在烹飪方面指導引領您的責任，但我並不是您的生活管家，我不負責調和您與他人的爭執與矛盾，也沒有責任解決您的一言一行帶來的麻煩。」**

周琰咆哮道：「你不是系統嗎？！你不是萬能的嗎！」

在他抓狂語氣的襯托下，系統的聲音顯得更加冷靜：**「宿主，恕我直言，您未免太過依賴系統了。」**

「放屁！」周琰咬牙切齒的狠狠道：「既然你這也不行那也不行，那要你有什麼用！我現在就把你強行剝離！」

系統也不急，只是道：**「親愛的宿主，請您冷靜。」**

——冷靜冷靜，冷靜個屁！

周琰早就聽煩了它的這一套，不再理它。他在這方面有經驗，而且還記得方法，所以逕自閉上了眼，嘗試用強烈的自主意識將這個一無是處的廢物趕出他的身體。

他滿腔怒火，恨不得將系統粉身碎骨，以至於注意力難以集中，可等他好不容易全神貫注後，等待他的卻不是和剝離上個系統時一樣的輕鬆感，而是一陣催人發吐的眩暈。他扶著牆彎下腰乾嘔起來，眼前的事物越來越看不清楚，腦子裡都是鬧哄哄的一片，好像有股類似睏意的浪潮向他襲來，以至於他的意識也跟著模糊起來。

——怎麼……回事？

——為什麼我還能聽見該死的系統在我體內說話的聲音？為什麼失敗了？

——它在說什麼？

——為什麼……

意識無法再繼續堅持下去了，周琰猛地垂下了頭，腳下一軟，身體瞬間如同失去了所有支撐，眼看就要倒在這大街上。

然而就在他的膝蓋即將著地的時候，整個人竟像是當機的機器又重啟一般，腳下有了力氣。他穩了穩步子，然後緩緩站直了身體，不見方才的半分虛弱。他半低著頭，額前散下的碎髮及其覆下的陰影遮掩住了他的眉眼，看不清他的神情。

只見他動了動脣，自言自語般唸了個數字：「百分之六十五。」

——70/100。

——75/100。

——80/100。

——85/100。

◎◆※◆※◆◎

周琰走之後，侯彥霖坐在桌前，摸著下巴陷入沉思。

他覺得周琰走的時候不太對勁。雖然以周琰那種性格，當眾輸得一敗塗地後夾著尾巴灰溜溜的走人也算正常，但他離開的時候未免太過冷靜了。

不知道是不是自己出現了幻覺，侯彥霖好像看見周琰離開時微微勾起的脣角，但由於周琰低著頭所以不太明顯，如果不是像他一樣密切關注著，是無法發現的。

——為什麼周琰還能笑得出來？

侯彥霖越想越覺得詭異，於是重新打開「紀遠」發來的電子郵件又看了一遍，卻失望的發現即使周琰離開餐廳了，這封郵件還是一堆亂碼，沒有恢復。

沒辦法，他打開搜尋引擎，輸入紀遠的名字，打算隨便搜點相關新聞來看，想著能不能找到點頭緒。

然後他找到了一篇關於紀遠跳樓自殺的詳細報導。

一行行仔細的讀下去，當看到「人格分裂」這個詞的時候，他愣了一下。

報導裡寫紀遠為了確定自己是否有雙重人格，所以在家裡到處都裝了監視攝影機，警方調出錄影後發現紀遠確實是自殺，並且自殺前夕裡人格和表人格輪流轉換，發生衝突，所以才釀成了悲劇。

——這個裡人格，會不會就是1012？

腦袋裡冒出這個可怕的猜想後，侯彥霖又想起臨走時周琰那抹詭異的微笑，想著想著心裡一驚，感覺後背涼颼颼的，竟有種冒冷汗的感覺。

他轉頭看向看完好戲後正準備美美睡一覺的燒酒，只見懶貓舒舒服服的側躺在桌子上，像是攤開的一塊厚毛毯，眼睛半闔，神似打瞌睡的老爺爺。

換作平常，侯彥霖是不會在牠要睡覺時打擾的，但這次他卻忍不住伸手推了推牠，「燒酒，燒酒。」

「喵嗚……」燒酒不滿的叫了聲，睜開眼睛十分不爽的看向他，「大魔頭你幹嘛啊，我剛要睡著！」

侯彥霖一臉嚴肅的問道：「你之前是不是說過，紀遠離開我們店的時候對你說了一句話？」

燒酒睏得不行，反應也因此變得遲鈍：「紀遠？」

侯彥霖提示道：「就是那個自殺的畫家。」

燒酒恍然：「啊，我想起來了。」

侯彥霖問：「他對你說了什麼？」

對此，燒酒還是記得很清楚的，「他說他羨慕我……」

——羨慕燒酒？

侯彥霖眼神一沉。

電子郵件裡說，當時紀遠的系統來店裡的時候就隱約察覺到了貓的身體裡有系統，既然如此，那麼當時會對著一隻貓說話的，應該就是1012，而不是真正的紀遠。

——1012為什麼會羨慕燒酒？

他越發覺得所有問題都一致指向了他心裡此時的猜想。

燒酒清醒了一半，奇怪的看著他，「你怎麼突然問我這個？」

侯彥霖摸了摸牠毛茸茸的肚皮，「等我和錦歌商量好了再告訴你。」

燒酒一聽，好奇心起來了，「什麼東西啊，神秘兮兮的。」

侯彥霖卻站起來道：「乖，你先睡，我去找錦歌。」

燒酒：「喂！」

什麼人啊！把牠叫醒後自己卻跑了！哎呀好氣哦！

而罪魁禍首還沒意識到自己幹了件多麼過分的事情，他鑽進廚房，走到慕錦歌身旁，開口道：「靖哥哥，我有件事要跟妳說。」

慕錦歌手頭上忙著醃肉，沒有抬頭的問：「什麼事？」

侯彥霖見她還在忙，便不想現在說這麼沉重的話題來影響她工作，於是話頭一轉，臉上浮現出笑容說道：「唔，就是想知道妳最後跟周琰說了什麼，當著正牌男友的面跟別的男人湊得那麼近，妳就不怕我吃醋嗎？」

慕錦歌瞥了他一眼，「你真的想知道？」

侯彥霖點了點頭，「嗯。」

慕錦歌手上沾著佐料不能動，於是只有揚了揚下巴示意，「把耳朵湊過來。」

侯彥語猶豫了一下。本來他只是隨便問問，可是沒想到對方竟然一臉鄭重其事，頓時讓他有些緊張起來，懷疑對方對周琰說的並不是自己預想的狠話，而是其他方向的話語，例如什麼「你乾脆別幹這行了我可以養你」、「小夥子長得不錯要不要來服侍本宮」一類的……

短短幾秒，他的腦洞已經開至天際，但最後他還是乖乖的稍稍低下頭，湊到了慕錦歌面前，做出一副洗耳恭聽的模樣。

然而出乎意料的是，他的耳邊並沒有響起那個熟悉的聲音，取而代之，他的臉頰上落下一記溫熱的輕吻，如同蜻蜓點水。

蜻蜓很快就飛走了，但留下了一圈又一圈漾開的漣漪。

侯彥霖整個人都傻掉了。

——嗯？

——咦？？

——誒？？？！！！

慕錦歌早就看出他藏著有話，只是在這裡不方便說，所以才胡亂問了這麼一句話，於是她親了一下後就退了回來，重新低頭做事，一邊淡淡道：「有什麼要說的，晚上回家時再說。」

「……」

「對了，你皮膚挺好的。」

「……」

侯彥霖感到了深深的震驚——不得了，他家靖哥哥不僅會反套路，還會調戲人了！

晚上開車送慕錦歌和燒酒回家的時候，侯彥霖把自己的設想都說了出來。

他將車停在社區樓下，打開車內橘黃色的燈，用手機登上餐廳的電子信箱，把1012發來的郵件給副駕駛座上的一人一貓看，「就是這封，我才看了個開頭，周琰就進來了，然後文字都成了亂碼。」

慕錦歌接過他的手機，盯著螢幕皺起眉頭，沒有說話。

燒酒只看了一眼就把目光移開了，乾笑道：「哈哈！大魔頭，你這準備得還挺逼真的嘛，哈哈哈！」

侯彥霖正色道：「燒酒，我知道你現在很難接受這個說法。但我真的沒有在騙人，也不是在捉弄你，希望你能面對事實。」

「不不不，大魔頭你的腦洞一向很大。」燒酒不由得往慕錦歌懷裡縮了縮，語氣有些僵硬，「系統們的宗旨是為命定的宿主帶來幸福與成功，怎麼可能最後鳩占鵲巢，奪取宿主的身體？這……這簡直是在汙衊好嗎！」

侯彥霖看著牠問：「宗旨？那我問你，是誰制定這條宗旨？」

燒酒抬高了聲量，著急的辯解道：「這是每個系統生來便有的第一意識，就跟你們人類出生就知道喝奶一樣！」

然而侯彥霖只是冷靜的說道：「也就是說，你並不知道是誰向你們灌輸這個理念。」

慕錦歌一手拿著侯彥霖的手機，一手撫上燒酒的後背，低頭溫聲問道：「燒酒，去年我剛撿到你的時候問過你系統是從哪裡來的，你說你不能說，為什麼？」

燒酒的聲音小下來：「因為這是機密。」

慕錦歌又問：「你可以不告訴我們，但你自己真的知道嗎？」

「我當然知道了。」燒酒抬起腦袋，「我們系統可都是……」

牠的話語戛然而止。

……是什麼來著？

牠居然記不起來了！

因為一直以來都將其奉為最高絕密，所以不曾去觸碰，將這件事束之高閣，只知道有這麼個存在且是不可以告訴任何人的。然而此時，當牠自己伸手嘗試去打開那封鎖著秘密的寶箱時，卻驚訝的發現裡面其實空無一物。

燒酒完全愣住了，眼中漸漸布滿了茫然。

侯彥霖將牠的變化看在眼裡，緩緩開口道：「從我讀過的部分來看，紀遠的那個系統應該也對最後會侵占宿主身體的事情一無所知，所以當它發現自己開始侵奪紀遠身體的時候才會那麼悲傷。」

慕錦歌順著接口問道：「作為宿主，紀遠很可能以為系統是早有圖謀，所以最後雙方才會起了那麼大的爭執？」

侯彥霖點頭，「對，我猜那天紀遠之所以會跳下樓，多半是在極其崩潰的情況下使出的殺手鐧，因為他不想把身體讓給『欺騙』他的 1012，反正橫豎都是死，不如讓 1012 也得不到他的身體，同歸於盡。」

燒酒喃喃道：「怎麼會這樣……」

侯彥霖用大手揉了揉牠的腦袋，「現在這一切都不過是我們的推測，要想核實的話，我們必須找到周琰現在的那個系統。」

燒酒看向他，「它會知道？」

「燒酒，你不覺得很奇怪嗎？」侯彥霖為牠分析道：「你們系統本身就已經是一團疑雲，不知道從哪裡來，不知道是誰創造了你們，但這其中又出現個違規系統，它為什麼能違規？它究竟遭遇了些什麼？為什麼它不去找自己的宿主，非要來搶周琰？既然能違規，那它必然是知道一些你們不知道的事情。」

燒酒的耳朵都耷拉了下來，「我從來……都沒想過這些問題。」

慕錦歌抱緊牠，說道：「不怪你。如果不是事情發展到這一步，很少有人會往深處想，像我最開始聽你說這些的時候，就從沒有想到這些問題。」

「燒酒，放輕鬆，如果真的是這樣的話，那你也算因禍得福。」侯彥霖也安撫牠，「紀遠的系統說羨慕你，是因為你寄宿在一隻貓的身上，你的這具身體裡面只有你一個意識存在，你害不了任何人，你很安全，你周圍的人也很安全。」

沉默了片刻，燒酒憂心忡忡的仰頭看了抱著自己的慕錦歌一眼，「可靖哥哥是我的代理宿主，會不會有事情？」

聽牠這麼說，侯彥霖也心裡一緊。

慕錦歌卻還是一臉淡然，她沉聲道：「別想太多，我應該沒事，畢竟你沒寄宿到我體內，你總不可能靈魂出竅侵占我的身體吧？」

燒酒看起來都快哭了，「萬一呢……」

「看來我們得趕快主動找到周琰的那個系統問一問。」侯彥霖皺著眉，開始琢磨起來，「可是該怎麼讓它出來呢？這樣的話，周琰就會知道燒酒的事情了……」

就在這時，燒酒突然感覺到了什麼異動，於是警惕的環顧四周，然後不經意看到了被慕錦歌拿在手上的手機。

「靖哥哥！」牠驚叫起來，「妳看大魔頭的手機！」

聽到牠這麼說，本來在思索的慕錦歌和侯彥霖同時目光下移，落到了一直亮著的手機螢幕上，正好看見了令人瞠目結舌的一幕！

只見電子郵件裡所有的亂碼都動了起來，如同洗牌一般，最後大段大段的字元堆疊在一起，飛快的形成一段可辨識的文字——

「慕小姐，如果方便的話，後天中午十二點可以來周記總店一起共進午餐嗎？當然，歡迎帶上妳的那隻寵物貓。我願意把我所知道的一切，都告訴妳。」

◎◆※◆※◆◎

兩天後，慕錦歌帶著燒酒如約而至。她在服務生的引領下進了周記的一間包廂，然後在包廂裡不出意料的看見了恭候多時的周琰。

準確來說，那並不是周琰。

「周琰」坐在位子上，沒有起身，只是做了個手勢，臉上掛著淡淡的微笑，語氣很客氣：「慕小姐隨便坐吧。」

慕錦歌面無表情的看了看他，然後直接坐在離門口最近的位置，正好是他的對面。

「不用這麼警惕我。」「周琰」笑了笑，明明五官稜角沒有一處改變，卻完全是變了個人，他轉了轉桌上豐盛的飯菜，「這些菜都是我算著時間讓他們準時上的，還好慕小姐按時來了，不然這一桌菜冷掉了就不好吃了。」

慕錦歌注視著他，只是道：「你是周琰的系統。」

不是疑問句，而是肯定句。

「周琰」依然保持著微笑，並沒有因身分被識破而露出慌亂，反而是十分平靜大方的承認：「是的，如果妳覺得稱呼起來不方便的話，可以叫我『無形』，這是以前某個人為我取的名字。」

慕錦歌：「某個人？」

「要從哪裡開始講呢……」無形想了想，然後招呼道：「慕小姐，妳一邊吃，一邊聽我說吧。貓先生也是，這些菜你都可以吃。」

燒酒瞪大眼睛，渾身毛都立了起來，恨恨道：「混蛋！你當初把我排擠走的事情我還沒找你算帳呢！你都忘記了嗎！」

無形看向牠，「你難道不該感謝我嗎？」

「哈？」

「如果不是我取代了你的位置，今天用著周琰身體的就會是你，這點你能接受嗎？」

「不，我不能。」昨天一天燒酒已經想了很多了，「但別把你自己說得那麼捨己為人，當初你唆使周琰把我強行剝離，根本就沒考慮過我的存亡，如果不是正好有隻貓死在樓下被我砸中，我可能現在已經灰飛煙滅了。」

沒想到無形卻輕笑了一聲：「灰飛煙滅又有什麼關係呢？」

燒酒怒道：「你說什麼？」

無形搖了搖頭，臉上的笑容依然淡淡的，「我們本來就是不該存在的啊，能繼續存在是幸運，不能存在也沒什麼可惜的。」

慕錦歌開口問道：「這到底是怎麼回事？系統究竟是什麼？」

無形幫她盛了碗湯，一邊不緊不慢道：「我不知道系統是怎麼來的，也不知道它們是誰創造的。」

燒酒才不相信：「那你把我們約出來是想說什麼？」

「我的確不清楚系統的事情。」無形放下湯勺，「但我知道『我們』是怎麼一回事。」

慕錦歌敏銳的捕捉到了這句話隱藏的資訊，「你們並不是系統？」

無形頷首，「對，我們不是真正的系統，而是偽系統。」

燒酒嗤道：「越說越離譜，你的意思是我們都是山寨貨？」

「貓先生，難道你沒有發現嗎？如果你真的是個系統，為什麼言行舉止都越來越趨向於人類？」無形突然發問道，「你回想一下自己最開始到周琰身上時的語氣和思維方式，再想想現在的自己，這就像是每天照鏡子的人不會發現自己長胖變瘦一樣的道理，因為你的變化是日積月累的，所以你和你身邊的人無法察覺到這變化，可一旦你跟最初的模樣抽出來進行對比，你就會知道之間的差距有多麼大。」

他這一問，把燒酒完全問懵了。

燒酒很想反駁說是因為受了這具貓身的影響，但牠想起自己還在周琰身上時就已經有了這種苗頭，而被周琰剝離後的一小段時間，牠明明沒有寄宿到任何一具身體裡，不受宿主的干擾，但是卻感受到了難過與心痛。

對啊，那時牠還感到奇怪，自己明明是個系統，為什麼會像人類一樣難過？並且還下意識的清楚意識到，這種感覺叫心痛。

就像牠前段日子明明是第一次做夢，卻想都不用想就知道那是所謂的「做夢」，沒有任何起疑，如果不是靖哥哥問起來，牠都意識不到這是牠頭一回體驗做夢的感覺。

越來越像貓的同時，牠的內心也越來越像人。

這是為什麼呢？

無形見牠不出聲了，才發出一聲輕嘆——

「因為我們，原本就是人啊。」

聽到這句話，慕錦歌和燒酒皆是一愣，震驚得久久不能言語，一時之間包廂內陷入了奇怪的沉默中。

半晌，燒酒才置疑道：「不可能……如果我們都是人，那我內部的那些程式是怎麼回事？」

「我不是說了嗎？真正的系統是存在的，而我們都是偽系統。」無形耐心解釋道，「我們才是真正被系統選中的人，不是像周琰那種貨色，我們是真正在各行各業有潛力卻缺失機遇和自我認知的天才，因為有了系統，所以金子表面的灰塵被擦去，我們開始閃閃發光，不至於一生都被埋沒，那時系統的功能只是給我們創造發光發熱的機會而已，而不是像操縱傀儡似的，手把手的指導宿主一舉一動。」

燒酒睜大了眼睛，不確定道：「難道我們是被系統侵占身體後所以才……」

無形道：「不是的，正如我所說，當時寄宿在我們體內的是『真正的系統』，也就是說它們才是真的人工智慧，完全是由一堆資料和程式砌成，沒有任何人類的情感和思維。我們現在之所以會侵占宿主的身體，是因為一山不能容二虎，一具身體裡不能長期容納兩個靈魂，所以肉弱強食，強勢的一方必然會吞噬掉相對弱勢的那一方。」

燒酒奇怪道：「可是我在周琰身體裡待了七年都沒有事，為什麼你一來，就出現了侵蝕呢？」

無形問牠：「你還記得進度條這個設定嗎？」

燒酒：「……記得。」

「這個解釋起來會有點複雜，希望你們能聽我慢慢說。」

無形喝了一口茶後，緩緩的繼續說道：「先說我們吧。在真系統的輔助下，我們年紀輕輕就達到了很多人一輩子都難以企及的高度，風光無限，但可能真的是天才都短命吧，功成名就後我們有病死的，也有意外身亡的，總之差不多都是英年早逝。」

「不知道你以前有沒有想過，系統完成任務後會去哪裡？實際上，真系統輔助我們在各自領域獲得成功後，哪裡都沒有去，它不會消失，而是永久和我們綁定了，以至於我們死亡後，它們還與我們的靈魂纏繞在一起，然後經過一段時間的相互作用，我們和真系統合二為一，成了偽系統。」

靜靜聽完這一番話，慕錦歌問道：「所以，你和燒酒身上才會保持著原系統的功能和結構？」

「對，妳可以把我們理解成一顆糖果，外面那層糖紙是真系統，而裡面包裹著的則是真系統宿主的靈魂。」無形點了點頭，「當我們最開始寄宿在宿主身上時，我們的說話行事都更像一個系統，冰冷生硬，但隨著時間的流逝，原本就為一代宿主工作了一輩子的真系統加速老化，糖紙漸漸剝開，只留下一些程式繼續運轉，我們的本性與人格開始顯露，並且以進度條的二分之一為轉捩點，我們本性顯露的程度開始影響宿主自身，這是默認的，而一旦宿主有負面情緒，那麼我們的入侵速度就會加快。」

慕錦歌皺眉道：「你剛剛說是強勢的一方吞噬弱勢的一方，同樣是人，為什麼宿主就是弱勢的？」

無形輕輕道：「因為依賴啊。」

「我們都知道進度條分為兩半，前半段是宿主按照系統的指示行事，後半段是宿主自己創造探索出新路。」他頓了頓，方道：「但是妳想想，我們這些偽系統選擇的宿主本身就不是什麼天賦異稟的人，大多都是資質平庸但又好高騖遠，這樣的人在前半段進度條完成的那些年裡依靠我們一路飛升，早就產生了很嚴重的依賴性，所以到了後半段進度條時總是再三推脫，不願冒險自己嘗試，只想著有我們就萬事大吉。就像周琰，沒了系統就不能活了，連獨立思考的能力都喪失了，這樣的人的靈魂怎麼可能強勢得起來？」

燒酒忍不住插嘴道：「萬一呢？萬一真的有宿主在後半段進度條裡有所突破呢？」

無形道：「的確，理論上是可以存在的，但據我所知，現實中能夠自覺努力最後反侵系統或免於侵入的，目前只有一個。」

慕錦歌了然，「也就是說，後半段進度條相當於偽系統入侵宿主的進度條。」

無形承認：「嗯。」

慕錦歌問：「你現在的進度條是多少了？」

「百分之百。」無形微微一笑，「在這一點上，我還要多謝慕小姐妳，妳的出現讓周琰產生了極大的危機感，他兩次敗在妳手上，憤怒到了極點，這正是我加速侵蝕的好機會，不然我現在可能還只有百分之六、七十，這樣緩慢的進程很容易讓周琰本人發覺，到時候變成像那位姓紀的畫家那樣，可就不好了。」

慕錦歌猛地抬起了頭，目光冰冷的看向他，「你知道紀遠。」

「我算是偽系統中的一個異類，能夠感知同一個城市範圍內的所有系統。」無形聳了聳肩，「其實我最開始是打算找上紀遠的，但一直不知道該怎麼下手，因為紀遠和他的系統感情很不錯，就在我苦惱的時候，我發現另一個宿主——就是周琰，和他的系統——也就是貓先生你，似乎存在矛盾，經過一段時間的觀察後，我決定變換目標，寄宿到周琰身上。」

原來在事情一開始之前，還有這麼段曲折。

雖然聽對方講了這麼多，但慕錦歌卻覺得越聽越多疑惑了，「為什麼你能和其他系統不一樣？你是怎麼知道這麼多東西的？」

無形的笑容很淡，「這要多虧那個為我取名的人。」

慕錦歌推測道：「他是你的前宿主嗎？」

「周琰要是有妳一半聰明，也不至於一年時間就被我完全侵占了。」無形讚賞的看了她一眼，然後點頭，「是，那是我的前宿主，他姓林，就叫他林先生好了，他是一名工程師。」

「等等！」燒酒打斷他的敘述，懷疑的看著他，「你開了金手指吧？能當工程系統又能當美食系統，你說你還盯上過紀遠，那美術系統的功能你也有？你怎麼不上天呢？」

無形失笑：「別急，你聽我慢慢說。」

「剛剛我說了，目前我知道的免於系統入侵的宿主只有一個，那就是他。」他用著平淡無常的口吻慢慢揭開了不為人知的過去，「說起來，寄宿到林先生身上，大概是我最大的失誤吧，畢竟我也不清楚偽系統是怎麼選定宿主的，可能是我這裡最開始的時候程式發生了差錯，寄宿到了他的體內。他是真系統會選擇寄宿的那種人，很聰明，很有才華，求知欲也很強，平時愛搞點小發明，他一直對系統這種東西的存在十分好奇。」

「周琰用了七年完成前半段進度條，還嫌七年太長，但我和林先生卻用了整整十二年，因為期間他一直在花時間研究我。說出來可能你們不相信，他竟然成功將我實體化出來了，放在一個特製容器裡，不用一直待在他體內，也就是從那時候起，就算我不寄宿在宿主身上，我也不會消散。」

慕錦歌問：「後來呢？」

「我當時對系統的真相一無所知，只是很高興自己的宿主這麼能幹，於是就把自己知道的或疑惑的統統告訴他，可以說是傾囊相告，在當時的我看來，他是在做一件很了不起的事情，作為他的系統，我應該全方面的好好配合與支持。」無形的微笑漸漸變得複雜起來，他雙眼幽深，看不出喜怒，「隨著研究的深入，他逐漸挖出了系統背後的秘密，也就是我剛才告訴你們的大多內容，而就在我們開啟後半段進度條不久後，他發現了偽系統會侵占宿主的事實。」

接著，他又輕描淡寫道：「雖然只要我不寄宿在他體內，他就不會被侵蝕，但他仍然因此對我感到恐懼，覺得我是個怪物、是個禍害，於是他態度大變，想盡各種方法試圖消滅我，那段時間我過得真的很痛苦，每天飽受折磨，但百口莫辯，我的存在對他來說就是威脅，他根本不相信我一點害人之心都沒有。」

慕錦歌和燒酒心中一凜，這次都沒再插話。

只聽無形繼續說道：「可是那時候他已經消除不了我了，在前半段進度條的十二年裡，他多次對我做出改造，擴展我的功能，讓我成為一個可以轉換多種頻道的系統，其實用到的只是類似於作弊的小技巧，我能輕鬆獲取其他功能系統的記憶體資料，這也是為什麼我進入周琰體內後，他仍能有好的食譜做菜，但卻不進反退的原因，因為我除了這些既有的資料外，其實是給不了他靈活的指導，我沒有這方面的知識，我只會盜取別的系統的記憶體。」

「經歷成百上千次大大小小改造試驗的我，構造變得非常複雜，已經和一般的偽系統不一樣了，可以說我是他最好的傑作，他根本想不出有效的辦法來對付我。」

靜默了好一會兒後，燒酒才開口問道：「所以你自己離開了他嗎？」

「我有想過，畢竟沒有什麼比所愛的宿主討厭自己更令系統痛苦的事了。但是我走不掉。」無形用手指有一下沒一下的敲打著桌面，漫不經心的說出痛苦的過去，「林先生毀不掉我，就把我徹底關了起來，給我做了個牢籠，放在櫃子最上層的縫隙裡，見不到一絲光亮。」

燒酒：「你怎麼逃出來的？」

無形低笑一聲：「他太厲害了，我根本逃不出去，只有待在那狹窄的瓶狀容器中年復一年，實在是太煎熬了，我現在回想起來都不知道自己是怎麼挺過來的，我被關了整整五年。」

五年，一千八百多個日日夜夜。

黑暗，孤獨，不安，絕望。

但是這些陰霾都被無形好好的藏了起來，現在他展現出來的是無懈可擊的笑臉。

「最開始被關的時候，我沒有反抗，因為得知真相後我也很震驚，覺得對不起宿主。但隨著時間的流逝，我『人』的部分顯露得越來越多，對自由的渴望也越來越重，到後來心態就發生了微妙的轉變，想要從瓶子裡出去，獲得自由；再然後，我開始渴望有一具人的身體，想要像一個正常人一樣生活。」

這就是人。

只會越來越貪心，越來越不覺得滿足。

慕錦歌問：「所以最後是林先生放你出來的嗎？」

「不是，是一個搬運工。」無形搖了搖頭，「我被關起來後沒兩年，林先生就得了重病，臥床不起，很快就去世了，在那之後房子就一直空著，直到三年後他親人接受他的這棟房子，開始處理裡面的東西，一個搬運工以為那只是個普通的瓶子，想要偷偷帶回去給他姪子裝彈珠用，就把瓶口打開了，我便趁機跑了出來。」

燒酒覺得奇怪，「你不是實體化了嗎？他看不到你？」

無形解釋道：「看不到，我實體化只是相對宿主來說的，對於其他人，可能就是一股涼風吧。」

等他說完後，慕錦歌凝視著他問道：「我有最後一個問題，你為什麼要把這些都告訴我們？」

「我說了，我想過自由的生活。」無形笑著嘆了口氣，「現在終於有了身體，我想開始享受屬於我的小日子，無拘無束，離開美食圈，做點自己喜歡做的事，然後慢慢等系統部分的職能退化至消失，徹底變成一個普通人。我知道紀遠的系統發了電子郵件給你們，那時我擔心你們會來阻礙我侵占周琰的身體，就把信件內容破壞了，不過我猜到你們大概會來找我，為了之後的清閒日子不被打擾，我決定還是主動告訴你們，反正對我也沒什麼不利。」

燒酒還是忍不住問道：「那周琰呢？」

無形冷靜的陳述著這一事實：「他不會再回來了，也不會像我一樣成為偽系統，因為沒有真系統與他融合。」

慕錦歌冷冷道：「你這樣相當於殺了一個人。」

「是這樣沒錯，但做什麼事都要付出代價。」無形毫無愧色道，「當我們還是人的時候，我們得到真系統的相助，結果一個兩個英年早逝，這是我們付出的代價。而周琰從一個根本不可能出頭的小角色走到今天這一步，生命完結於此，也是他付出的代價。當然，本來他是該付給貓先生的，卻被我奪了，真是不好意思。」

燒酒扭過頭，悶聲道：「我也不想要。」

無形看著牠微微頷首，「你現在的結局就已經很好了，自由自在當一隻貓，害不了自己也害不了周圍的人，好好珍惜吧。」

聽了關於系統的所有事情，慕錦歌和燒酒都無心吃飯了。

臨走前，他們聽見無形坐在位子上說了最後一句話——

「這場所謂的『奇蹟』，終於要落幕了。」

◎◆※◆※◆◎

無形真的走了。

所有節目都停止了錄製，社交媒體帳號也統統註銷，周記連鎖餐廳低價轉讓給了侯彥霖，侯彥霖拿到手後將其改名為「燒酒茶餐廳」，菜單也在慕錦歌的改動下更新換代，可以說除了地盤和員工外，這裡已經日漸沒了昔日周記的影子。

簽完合約後，就再也沒人見過他。

原來一個人真的能消失得這麼徹頭徹尾——無形是，周琰更是。

那些曾經人們津津樂道的傳奇，那些讓人們驚嘆不已的勵志故事，如斷了篇的音符，旋律戛然而止，在一片靜默中悄悄度過了尾聲。人們會覺得惋惜、會感到驚奇，但他們只能從多事者的自說自話裡捕風捉影，自己拼湊出或與實情相差甚遠的模糊印象，然後耿耿於懷，或是念念不忘。

但這是個健忘的社會，人才輩出，就算多麼明亮的星星殞落，與此同時還有新的星星升起，等到新星們的光芒足夠耀眼的時候，那些曾經璀璨的星光都成了遙遠的印記。

希望未來升起的星星裡，沒有人會重複周琰或紀遠的路。

收購周記後，侯彥霖就忙了起來，終於把高揚和小趙從冷宮裡放了出來，重新做回了他的左右護法，而他從奇遇坊的一個小老闆，稍稍升級成了餐飲業的一個大老闆。

孫眷朝則是燒酒茶餐廳的美食顧問。

慕錦歌沒有和孫眷朝相認，兩人維持著業內長輩和晚輩的普通關係，心照不宣。孫眷朝這半年都要幫忙處理茶餐廳的事情，所以一直留在B市，時不時會來奇遇坊吃一頓飯，如果碰上慕錦歌有時間，兩人還會簡單的聊上幾句。

他們甚至會聊慕芸，但不會聊很深。

僅僅保持這樣就好了。他們沒有一起生活過，沒有日積月累的親情基礎，有的不過是同一個可以緬懷的人，以及說是濃於水卻還是單薄的血緣關係，單憑這點就能成為家人的話，實在是沒什麼意思，而且很尷尬。

而自從聽無形說出系統的真相後，燒酒一直悶悶不樂。

牠表現得太明顯，連神經大條的肖悅都察覺到了，還一驚一乍的，拍了張貓照片發給葉秋嵐後，又追著慕錦歌嚷嚷，說懷疑店裡的醜貓得了憂鬱症，要不要帶去獸醫那裡看一看。

慕錦歌卻只是看了無精打采趴在桌上的燒酒一眼，淡淡道：「有些事情得牠自己先想一會兒才行。」

肖悅：「？？」

慕錦歌一走，肖悅緊張兮兮的又發了訊息給葉秋嵐：「錦歌也不對勁！會不會是和侯二鬧矛盾了？」

雖然是工作時間，但葉秋嵐那邊卻回得很快：「就算是鬧矛盾，妳也沒機會爬牆，別老想些不現實的事情，乖～（摸摸頭）」

肖悅：「……」

——摸摸頭摸摸頭，葉秋嵐妳長得高了不起啊！有本事妳摸點別的啊！

◎◆※◆※◆◎

雖然工作上很忙，但侯彥霖還是喜歡往慕錦歌家裡跑，耍賴留宿已經成了家常便飯。

看了眼趴在沙發上一動不動的燒酒，侯彥霖放下腿上的筆電，若無其事的走進廚房繞到慕錦歌身後，先是偷香了一個，再抱著她低聲問了句：「牠還沒緩過來呢？」

慕錦歌只是淡淡應道：「嗯。」

侯彥霖擔憂道：「會不會有事啊？我看牠貓罐頭都不怎麼吃了，瘦了好多。」

慕錦歌面無表情道：「那你出去多和牠說話，別站這裡打擾我。」

侯彥霖：「……」

——日常被靖哥哥嫌棄。

侯彥霖有些委屈的從廚房出來，但坐到燒酒旁邊時，他的臉上已經掛上了一如既往的笑容，一雙桃花眼稍稍彎了個弧度，眸若晨星。

他伸手撫了撫燒酒的貓背，一邊道：「我們的燒酒寶寶呀，在想什麼呢？」

燒酒悶悶道：「沒什麼。」

「還說沒什麼，一臉心事重重的樣子。」侯彥霖殷勤的做起了免費按摩師，指法嫻熟，「說吧，看上哪隻小母貓了，拔拔上門幫你送聘禮。」

燒酒：「……」

侯彥霖挑了一下眉，「看你這煩惱的樣子，難不成是看上小公貓了？哎，沒關係，拔拔麻麻思想都很開放的，只要你喜歡，公的母的妖的都支持你。」

燒酒：「……」

侯彥霖還在語重心長的說著：「寶寶啊，世上沒有邁不過的檻，如果真的邁不過去，那我們就坐飛機飛過去。」

燒酒：「……」

「做人呢，最重要的就是開心了，貓也一樣，你不能被命運扼住喉嚨……嗯，雖然我覺得命運很難扼住你，找脖子都要找個半天，哈哈哈！」

燒酒終於忍無可忍，炸毛道：「……你走開！」

就在這時，慕錦歌的聲音成功化解了一場已經在倒數計時的人貓大戰，她從廚房出來說道：「飯做好了，過來吃吧。」

「馬上——」侯彥霖拖長聲音應了一聲，然後逕自抱起還保持著備戰姿勢的燒酒，走到了餐桌旁。

慕錦歌端了個砂鍋出來，一揭蓋子，頓時一股藥膳似的香氣混著白色的熱氣溢了出來。

待白氣散去，侯彥霖和燒酒定睛一看，才發現鍋內的景象遠沒有聞起來那麼清淡，一鍋燉品火紅火紅的，只能看到兩根棒子骨露出半截，其他食材都沉在下面，看不到。

侯彥霖笑道：「這是什麼啊，好香！」

慕錦歌先是幫他舀了一碗，然後又拿比較淺的盤子替燒酒也盛了一盤，「你也吃點。」

燒酒站在椅子上，兩隻前爪搭在桌緣，抬頭看了她一眼，然後才低下頭伸出紅色的貓舌，舔了舔盤中的湯汁——

與尋常藥膳燉品的醇厚內斂不同，這道紅色藥膳湯的味道十分張揚外露，就像是夏明燦爛的夏日，肆無忌憚的在舌上灑下陽光與熱度，並不是稍縱即逝，而是無窮無盡，彷彿這股熱情與明媚永不枯竭，源源不斷的向牠奔流而來！

酸甜苦辣，四種味道竟俱融於這盅湯內，原本蒼翠一片的遠山上開滿了姹紫嫣紅的山花，黑白的水墨畫上鋪了色，繪出了一幅色彩斑斕的水彩。

這道菜的感覺有些熟悉，但又和印象中的味道大有不同！

燒酒驚訝道：「這難道是……」

「錦歌。」慕錦歌緩緩道，「不是我母親的『錦歌』，而是我自己的『錦歌』。」

一旁的侯彥霖還不知道這道菜的故事，好奇的問道：「嗯？什麼什麼？這道菜和靖哥哥同名嗎？」

慕錦歌簡單的跟他介紹了一下名字的由來，然後道：「之前無論我做多少次，總覺得少了點什麼，但明明食材和作法一樣不差，別人吃起來也不覺得有什麼差別。」

燒酒點了點小腦袋道：「我記得上次妳讓我嚐時，也是這麼說的。」

「現在我想明白了。」慕錦歌看著牠，「的確，我可以完美複製我母親的食譜，但我不能複製她，因為我不是她。每個人都有能代表自己的料理，那道『錦歌』終歸是她的，所以即使我做出來的味道和她一模一樣，還是會覺得不夠完滿。」

燒酒愣了一下。

「你能解析我料理的成分，那就應該發現了，我這道燉品的基礎還是我母親的『錦歌』，但是味道卻有很大的改變，已經完全是我自己的風格了。」慕錦歌的眼睛像是藏匿在森林中的一片靜湖，波瀾不驚，淡然悠遠，她語氣認真道：「我不怎麼會安慰人，只是想藉這道菜告訴你，你雖然和無形、1012是同一段來時路，但這不代表你和它們永遠都會在同一條路上，你是你，應該有你自己的活法，瞭解清楚你的過往其實是件好事，這樣你才能堅定的在未來走不一樣的道路，避免重蹈覆轍。」

燒酒沒想到她會對自己說出這麼一番話來，一時有點無措，「靖哥哥……」

「系統也好，人也好，貓也好，既然還活著，就好好的活下去，珍惜現在的每一天，而不是被過去絆住手腳，因為那些都已經是過去了。」慕錦歌頓了頓，「而我會一直在你前進的路上陪著你。」

「不是『我』，而是『我們』。」侯彥霖笑咪咪的糾正道，「燒酒寶寶，你看你多幸福啊，靖哥哥還沒跟我說過未來讓我一直陪著她呢，你嫉妒死我了。」

慕錦歌看向他，面無表情的問道：「我不說，你就不陪了嗎？」

侯彥霖在桌子上握住了她的手，脣邊的笑意更深了，「當然是奉陪到底。」

燒酒：「……」**哎呀好氣哦，寶寶的小情緒剛好一點就又被塞狗糧。**

心靈輔導結束，兩人一貓正式開飯。

吃著吃著，侯彥霖看氣氛不錯，於是試探性的開口問了句：「對了，靖哥哥，上次說的事情妳考慮得怎麼樣了？」

慕錦歌抬頭看了他一眼，「什麼事？」

侯彥霖小心翼翼道：「就……搬來和我同居的事。」

一秒、兩秒、三秒……

慕錦歌點了點頭，「可以啊，正好房子租約要到期了。」

「！」

喜從天降，侯彥霖開心得合不攏嘴，明明知道做人應該知足常樂，但他還是忍不住又問了句：「那妳看，我們這同居，什麼時候有望合法化呢？」

慕錦歌面無表情的看著他。

侯彥霖與她四目相對，心裡緊張，有些後悔剛才一時衝動問出這句話了。

但就在他打算開口說點什麼轉移話題時，他看見慕錦歌嘴角揚了揚，臉上浮現出一抹極淡的笑容。

「侯彥霖，你什麼時候改掉繞著彎子說話的毛病，我就什麼時候開始考慮。」

《極品の黑暗料理女神02》完

SIDE STORY 1. 來自1012的郵件

致奇遇坊貓先生的主人：

您好。

我知道這封郵件或許會給您帶來驚愕與困惑，但是很抱歉，我不知道如何才能在不驚動世人的情況下把我所得知的真相留下。這封郵件是預定好時間發送的，寫下這些內容的時候是四月一日的凌晨，也就是我從貴店離開九小時後，如果這封郵件真的在半個月後發了出去，那麼說明那個時候我已經不在了。

我是紀遠，三月三十一日被鍾冕先生帶到貴店吃飯的那個紀遠，但其實我並不是紀遠，我是他的美術系統，如果您願意的話，可以和小遠一樣稱我為1012，為了紀念八年前我在十月十二日寄宿在了他的身體內。

身為一個系統，我是無法窺見其他人體內是否存在系統的，但不知道為什麼，當我來到貴店看到那隻灰藍色的貓時，卻能隱約感知到貓身內寄宿著我的一位同類。正常的系統一旦脫離宿主，很難繼續存在，因為要靠宿主完成進度，而一隻貓顯然並不能完成任何成就與進度，所以我大膽猜測貓先生是找了代理宿主，這個人最有可能就是貓的主人。

如果您對以上我所說的事情一無所知，那麼請不用看下去了，因為看到最後您可能會覺得這是一封要人的郵件。我也想過我的猜測不一定正確，但我實在走投無路，只有放手一搏，所以還是堅持寫到這裡。

我不知道是什麼原因使貓先生變成了現在這副樣子，但我想要告訴您的是，這不是件不幸的事，恰恰相反，這讓它與宿主都免遭痛苦。宿主們都相信，系統是讓他們成功並且幸福的工具，作為一個系統，我曾經也是如此深信的，但是最後明白到的真相卻很殘酷。現在的我覺得，系統對於宿主來說，並不是天上掉下來的餡餅，而是一顆不定時炸彈。

因為我發現，不知道從什麼時候起，自己開始一點點的侵占小遠的身體，不受控制。

最開始只是意識上有些混入，我會有那麼一瞬間擁有小遠的視野，與他共用感官，但持續的時間十分短暫，不過幾秒，回過神來的時候還以為是自己出現了錯覺，然而之後這樣的次數越來越多，時間越來越長，發展至今，我已經能用著小遠的身體活動半天以上，這種感覺如此鮮明，我透過他的肢體行動，透過他的嘴說話，透過他的眼睛看世界，透過他的耳朵聽到城市的嘈雜……

有時候我甚至感覺，我就是紀遠。

這種感覺實在是太奇怪了，身為一個虛擬的人工智慧系統，我居然對人類所擁有的知覺沒有絲毫陌生與排斥，我能拿起畫筆自然而然的畫草圖打結構，在畫室完完整整畫出一幅畫，不覺得有什麼奇怪，更令我羞愧的是，這一過程中我不得不承認我是享受的，甚至隱隱有些高興，心裡還閃過「如果能一直這樣就好了」的念頭。

於是我總是趁著占用小遠身體的時候畫個痛快，但畫完後立刻醒悟過來，羞愧不已，急忙把剛畫好的作品都燒掉，不想讓小遠發現。

真是太卑鄙了，我這樣跟小偷有什麼兩樣？

我多麼想讓一切停下來，但事情並不如我所願，我就像變成了小遠身體裡的一重人格，時不時就會冒出來，我知道這樣下去小遠遲早會知道的，但我不敢主動跟他坦白，他是我最敬愛的宿主，我不想讓他憎恨我。

但是紙包不住火，昨天去奇遇坊那一趟，他終於還是意識到了。

果然如我所料，他開始質問並懷疑我，我能感受得到他巨大的情緒波動，他感到難過與憤怒，覺得被我欺騙背叛了，但怎麼做才能讓他相信我並沒有呢？最可怕的是，在他憤怒的同時，我感覺得到自己侵占他身體的速度在加快，明明小遠還什麼都沒創造，但後半段的進度條卻莫名其妙竄到了百分之八十五！我心裡那個可怕的猜想被再次印證！

貓先生，這就是我要告訴您的事情，我懷疑後半段的進度條根本不是什麼宿主創造成就的進度，而是宿主被系統吞噬的進度！

我不知道是不是所有系統都像我一樣，抑或只有我出現了這種狀況。但無論怎樣，我都知道，我是逃不掉了。

小遠對我說，如果我真的要奪走他的身體，那他寧願死，也不會讓我得逞。

其實我也是這樣想的。

如果未來某一天，我真的百分之百侵占了他的身體，那我也不會讓自己心安理得的活下去，我會選擇讓自己死。

所以我寫下這封定時郵件，目的並不是求助，而是想把我的這個情況多告訴給一個人，我自知是束手無策了，但沒準兒別人能想到對策，畢竟我所剩的時間應該不多了，而貓先生和您不至於像我一樣緊迫。

但如果有些事情注定無解，那就放下吧，過好當下，安穩的生活來之不易。

很遺憾，沒有吃到鍾晃先生讚不絕口的菜肴，之後應該也不會有機會了。

我由衷的希望您和貓先生能夠快樂幸福的生活下去。等待我的是一條絕望的死路，但你們的路依然陽光燦爛，通往未知的未來。

祝好，再見。

1012於二〇一六年四月一日

番外一《來自1012的郵件》完

SIDE STORY 2.

春花秋悅

自從十一月肖悅為了準備奇遇坊的應聘而跟著葉秋嵐學藝後，她就一直住在葉秋嵐家，每個月會按時繳房租和水電費，相當於是這裡的房客，一來是不想回去看到自己兄長那張臭臉，二是住在這裡休息時還能繼續學學手藝，提高一下水準。

按理來說她應該喊葉秋嵐一聲師父，畢竟人家連咖啡拉花都教她了，但她一直記著對方比她小兩歲，拉不下面子，說話照樣還是凶巴巴的，有些頤指氣使。

她就是這樣的人，自己也知道自己性格有毛病，從小到大身邊沒什麼朋友，對頭倒不少，很多人都被她的外表所欺騙，以為是個甜甜的軟妹，接觸後才發現是個連銅牆鐵壁都能轟的炸藥。

她嘗試過改變，但總是不成功，久而久之她也不期望自己能變得體貼溫柔了，只是每次都會換一種方式補償對方。例如每次和葉秋嵐吵完架後都會自己默默的把家裡大掃除一遍，主動買米買油，還送過包包和香水，給人的時候也不會說句好話，明明是自己親自精挑萬選的，但偏偏要梗著脖子說「我手機續約送的贈品」之類的話。

好在葉秋嵐也不跟她一般計較，收到禮物的第二天便拿著一盒小卡片來找她。

「這是什麼？」肖悅看著桌子上的方形小鐵盒有點懵傻，「妳的回禮？嘖，我不都說了嘛，那瓶香水是我手機續約時送的，我不喜歡柑橘味才轉手丟給妳的，雖然不是什麼多高級的東西，但聞起來總比妳平時噴的那瓶要好。」

葉秋嵐笑了笑，沒有當面拆穿她，要是續約都能送Burberry，那電信公司豈不是要破產？

她打開小鐵盒，指著裡面堆疊起來油畫風卡片，溫聲道：「以後妳要是再知道自己亂發脾氣不對，不用送我東西，也不用一個人把家務工作全擔了，寫一張卡片給我就行了。」

肖悅愣了一下，「啊？」

葉秋嵐微笑道：「比如說妳在上面寫『掃地一次』，等我真的需要妳掃地的時候，再把這張卡片拿出來讓妳執行。」

肖悅奇怪道：「聽起來怎麼跟兌換券似的？」就像漫畫裡的那些小學生，給爺爺奶奶寫什麼「捶背一次」、「捏腿一次」的券。

葉秋嵐頷首，「差不多就這個意思吧。」

肖悅翻了個白眼，「嘁，搞這麼麻煩幹什麼啊！」

「不然妳的賠禮總是不合時宜。」葉秋嵐不緊不慢道，「像是上個月我找了家務助理來打掃家裡，中午下了班順路帶她過來，沒想到回到家發現妳請假沒去上班，留在家裡一聲不吭的把屋子打掃完了。」

「……」

「還有上週，米缸裡的米雖然快沒了，但雜物間的櫃子裡放了沒拆的香米，油也有，是之前朋友送的亞麻油和葵花油，夠我們用好久了，結果妳沒問我就又買了一大袋米和一桶油回來。」

「……」

「以及——」葉秋嵐頓了頓，「因為我的香水快用完了，所以前天我直接在我咖啡廳對面的百貨公司專櫃裡買了新的，正好和妳送我的是同一款。」

「……」

肖悅無言以對，只好默默的把小鐵盒收進了抽屜。

當小鐵盒的卡片少了將近一半時，肖悅失戀了。

即使是神經大條如她，也察覺到了自侯彥霖從南方出差回來後和慕錦歌之間氣氛的不一般，再三懷疑後她鼓起勇氣，半開玩笑的向當事人打聽，沒想到得到了肯定的答覆。

她喜歡的人，和她討厭的人在一起了。

她今年就要二十六歲了，但面對這種事情還是會像個失戀的十六歲少女一樣，下班回家就把自己關在房間捂著被子大哭，哭得衛生紙都用完了，又躺在床上望著天花板發了一會兒呆，只覺得眼睛乾乾的，胸口悶悶的，還有點渴，想出去買酒喝。

失戀了連酒都沒喝，那還叫什麼失戀啊？

於是她跳下床，拎著外套走出房間，正好碰上葉秋嵐下班回來。

「妳要出門？」葉秋嵐關上門，正在換鞋，她穿著一件軍綠色的短羽絨，身上還挾裹著從外面帶回來的寒氣，「怎麼了？」定睛一看才發現眼前的人眼睛和鼻頭都紅紅的，頭髮也有點亂。

肖悅悶聲道：「不關妳的事。」

「妳等等。」葉秋嵐拉住了她，「現在這麼晚了，妳又是這副樣子，出去要是出什麼事該怎麼辦？」

肖悅氣衝衝道：「我能有什麼事？！妳以為我是傻子啊，失個戀就尋死覓活！」

葉秋嵐了然，「妳失戀了？」

肖悅：「……」

十五分鐘後，兩個人一起從樓下超市買了一打啤酒和零食上來。

室內的暖氣很足，兩人把東西放在客廳的茶几上，面對面的直接坐在木地板上。

葉秋嵐幫她拉開一罐啤酒，「所以說，確定錦歌和侯二少在交往了？」

「別侮辱『交往』這個詞！」肖悅接過，喝了一口，立刻皺起了臉，「好難喝！」

葉秋嵐笑了，「第一次喝啤酒嗎？」

「才不是！」肖悅急道，「我跟妳說我喝酒很厲害的，在家都是白的紅的一起喝，妳可別小瞧人！」

其實肖悅這話說出來完全是逞能，她一直不喜歡酒，感覺像是嘔吐物的味道，成年後家裡過年吃團圓飯她都是萬年不變的果汁派，也就在店裡時會嚐點慕錦歌做的帶酒的料理，比如最近慕錦歌創出了一道新飲品，叫做煮紅酒，酒味就不重，酒精都在煮的過程中揮發得差不多了，味道很獨特。

今天她會想去買酒喝，純粹是一時衝動。

她之前哭掉了太多水分，剛剛又走了那麼一趟，口渴得很，再加上要表現得自己很能喝，所以也顧不得什麼嘔吐物不嘔吐物的味道了，當即就是大半罐下肚，全當喝水。結果沒一會兒，她就暗叫不好——她想過自己酒量不會有多好，但沒有想到有那麼不好，竟然一罐啤酒就讓她有點暈乎了！

肖悅心想：我可能是喝了假酒。

為了不那麼快在葉秋嵐面前露餡，她放下啤酒，開始找零食吃。

當她津津有味的吃著魷魚絲的時候，不經意的一個抬頭，發現對面的葉秋嵐正直勾勾的盯著她，手邊已經開了兩罐啤酒。

肖悅低頭看了眼自己手邊，確定對面那兩個空的易開罐都是葉秋嵐自己喝的。

——厲害了，看來這人酒量不錯嘛！

就在她心頭冒出這句驚嘆還沒兩分鐘，對面那人忽然將手中的第三罐啤酒重重的放在了茶几上，把她嚇了一跳。她以為葉秋嵐是準備說什麼話，沒想到對方只是瞇著眼看了看她，然後雙手撐著茶几，整個人往她這邊傾了過來，臉湊得和她只有相距十公分。

肖悅被她看得莫名緊張起來，不太習慣兩人距離這麼近，「妳幹嘛？」

葉秋嵐笑道：「看妳。」

「看我幹什麼……」肖悅這才發現對方和平時有點不同，好像是醉了，臉都有些紅，眼神也不是很清醒，「我的天，葉秋嵐妳竟然喝啤酒都會醉！嘖嘖……妳說妳既然不能喝，還喝那麼多幹什麼，妳是在和我比賽嗎？」

葉秋嵐就只盯著她笑，不說話。

現在肖悅能肯定，葉秋嵐的確是醉了。本來她還擔心自己酒量差的事情暴露，沒想到葉秋嵐竟然比她還不能喝——她自動忽視兩人已喝下的酒量差距——當即樂了，打趣道：「哎，我喝酒是因為失戀，妳幹嘛也跟著我一起喝？難不成妳也失戀了？」

葉秋嵐：「不是。」

「那是為什麼？」

葉秋嵐退了回去，重新拿起那罐啤酒，跟肖悅的那罐碰了個杯，挑眉道：「妳失戀，我快樂。」

「……」

世上怎麼會有這種人？？！

大概是看出來她準備發火了，葉秋嵐笑吟吟的從搭在沙發上的外套口袋裡摸出一疊用緞帶綁得結結實實的卡片，拿在手裡揚了揚，「妳要是現在對我發脾氣，我就讓妳一下子把這些話都履行了。」

肖悅：「……」

要知道，這短短兩個月，她可就賠了一半卡片給葉秋嵐，少說有三十張，而且葉秋嵐目前為止一張都還沒用。起初她還納悶，以為葉秋嵐忘了，沒想到……好傢伙！給她來這一手！

且不說把她在卡片上承諾的家務一口氣做完會不會累死，光是她因為想不出寫什麼而承諾下來要買的禮物，就能把她這個月的薪水花光了。

她還指望著發薪水後買件新款冬季 lolita 裝呢！

肖悅咬牙：「算妳狠。」

葉秋嵐露出兩排整齊的牙齒，笑得眼睛都彎了起來，她伸手捏了捏肖悅的臉，「真可愛。」

肖悅臉一紅，惱羞成怒道：「葉秋嵐！士可殺不可辱，妳可別得寸進尺！」

「哈哈哈哈！」葉秋嵐笑出了聲，又摸了摸她的頭髮。

「葉——秋——嵐——！」

肖悅忍無可忍，就像一隻炸毛的貓。可正當她要發飆的時候，眼前的人卻突然眼睛一閉，倒在了桌子上，醉得睡過去了。

肖悅難以置信的伸手推了推她，「喂！妳給我起來！哪有妳這樣的啊，妳這是逃兵行為妳知不知道！喂！」

葉秋嵐：「ZZZZZZZ——」

肖悅：「……」

——哎呀好氣哦！

失戀的日子，其實也沒肖悅想像的那樣煎熬。

最開始看兩人在店裡卿卿我我的確有點氣憤，但出乎意料的是，她並沒有太難受，甚至在聽說慕錦歌過年要跟著侯彥霖回家見父母後，她心裡的第一個想法居然不是「我愛的那個她居然要去我討厭的那個他的家裡」，而是「臥槽絕對要讓錦歌漂漂亮亮風風光光的去要讓侯家人知道一家N口侯二最醜！」

於是在奇遇坊年前營業的最後一天，她認真用心的為慕錦歌化妝打扮，窮盡畢生所學。

鎖好店門道別的時候，肖悅遠遠就看見某個討厭鬼的車停在了路邊，而那個討厭鬼正站在車旁朝她們這邊望過來。

不得不承認，雖然她總是背地裡黑他醜，但其實他的臉真的長得不賴，身材也可以，是個衣架子，極具有萬花叢中過的資本。配她家錦歌，也勉強算配得上吧。

——哼，我才不是在誇他。

這樣想著，肖悅突然起了個壞心眼，打消了把口袋裡的口紅交給慕錦歌讓她隨時補妝的念頭，臨別的時候拉住慕錦歌，壓低聲音道：「錦歌，我這口紅雖然潤，但不是很持久，還會沾杯，在到侯家之前妳可不許侯二親妳，不然到時口紅親花了，不好看。」

慕錦歌平時根本不怎麼化妝，對這方面也沒什麼瞭解，連補妝的意識都沒有，只是點了點頭，「好，謝謝妳。」

肖悅笑得格外開心，「都說了，妳跟我不用說謝。去吧，祝順利，要是侯家人欺負妳了，一定要跟我和葉秋嵐說哦！」

慕錦歌彎了彎脣角，「嗯。」

目送慕錦歌走向侯彥霖那邊後，肖悅轉過身，往相反的方向走了。

今天是除夕，肖家也是要一起吃年夜飯的，一味居不同於奇遇坊，是B市裡數一數二的大餐廳，很多家庭吃團圓飯都會在他們那裡訂位，所以每到這個日子她哥哥和嫂子都會很忙，為了遷就他們，家裡的除夕年夜飯也會開得比較晚。

走著走著，她突然想起了葉秋嵐。

——對了，那傢伙是B市本地人嗎？

如果是外地人的話，前兩天應該就趕車走了吧，可是今天她出門上班時還搭了葉秋嵐的順風車，看葉秋嵐那樣子應該是去上班的，屋子裡也沒有看到什麼行李。如果和她一樣是本地人的話，現在估計也提前下班回父母家了吧。

唉，那她還是直接回老宅好了，本來還說回現在的住所待到時間點再走，想想回去後就她一個人，葉秋嵐又不在，冷冷清清的，還不如聽家裡長輩的嘮叨好。

這樣想著，她腳步一轉，又換了個方向。

「肖悅！」

就在這時，她聽見一道熟悉的聲音叫住了她。

肖悅側過頭，這才發現說曹操曹操就到，葉秋嵐不知道什麼時候出現在她身旁，穿著一身白色高領毛衣和黑色的長羽絨，可能是因為覺得有些凍耳朵，這次她的長髮沒有紮成高馬尾，而是披散下來，自然的順直，烏黑之間混著幾縷挑染的米白，看起來有點酷。

她把黑色的保暖口罩扯到下巴，露出天生近豆沙色的薄脣，笑起來是兩排牙白白的，有兩顆尖尖的虎牙，不是太明顯。

「叫妳兩聲了，想什麼呢這麼出神？」葉秋嵐笑著呵出一團白氣，「聽妳說今天你們店提前打烊，我就來看看，妳是要回家吃年夜飯吧？走，我送妳，大過年的妳不好叫車。」

肖悅愣愣的看著她，「妳、妳不回家嗎？」

「嗯？」

肖悅：「就回家吃年夜飯啊，妳是本地人吧，家裡是B市哪個區的呀？」

葉秋嵐笑了笑，「不啊，我W市人。」

肖悅驚訝道：「那妳不回去嗎？」

葉秋嵐帶她往停車的地方走，一邊走一邊輕描淡寫道：「被趕出家門好多年了。」

肖悅更驚詫了：「啊，為什麼？」

葉秋嵐停下腳步，回頭幫她把圍巾理了理，又摸了她的臉一把，笑咪咪道：「怎麼，妳這麼在意我的事情啊？」

肖悅臉一紅，跺腳，惡狠狠的瞪了她一眼，「我就隨口問問！」

「噢——」

車到目的地的時候，肖悅下了車，在關門前回頭對坐在駕駛座上的葉秋嵐說了一句：「不許開走！等我打個電話！」

葉秋嵐不知道她又是發哪門子的脾氣，只是有些無奈的笑了笑，好脾氣的應道：「好。」

五分鐘不到，肖悅就打完電話回來了，拉開車門重新坐回了副駕駛座上。

葉秋嵐看向她，「怎麼了？」

「往前開，進社區停車場。」肖悅板著一張臉，語氣有點生硬，眼睛看著窗外，沒有迎上身旁人的視線，「把我哥的車位占了，讓他停樓下去。」

葉秋嵐：「？」

「看什麼看啊！」肖悅炸了，「我已經跟家裡人說了，會帶個朋友回家一起吃飯！我是看妳可憐，大冷天連個吃團圓飯的地方都沒有……哎，妳可別跟我說妳等一下有約什麼的！統統給我推掉！我家的年夜飯可是我爸親自操刀！一味居的扛霸子！妳要是拒絕妳可就是傻子！」

葉秋嵐怔怔的望了她一會兒，然後「噗」的一聲笑了出來。

肖悅凶巴巴道：「妳笑什麼啊妳！」

葉秋嵐笑著搖了搖頭，「妳怎麼能這麼可愛？從小吃了多少可愛長大的？」

肖悅：「……我要是吃可愛長大的，妳就是吃冰棒長大的，長得跟電線杆似的。」

葉秋嵐失笑：「哈哈哈哈哈哈哈！」

肖悅：「……」

——這個人，笑屁哦笑！還以為我在誇她？？？

當鐵盒裡的卡片用得只剩下三分之一時，肖悅遇見一樁很狗血的事情。

這件事情，和葉秋嵐也有關。

這天正好她和葉秋嵐的休息時間撞上，她生理痛，不想出門，想吃熱呼呼的東西，就提議晚上在家裡用電磁爐煮火鍋吃。

葉秋嵐沒什麼意見，二話不說就拿著錢包下樓買菜去了，留肖悅穿著睡衣癱在沙發上看電視，喝著熱水，抱著熱水袋，被伺候得跟祖宗似的。

平時吵歸吵，但她真心覺得葉秋嵐人好，是除了家人外對她最好的人，脾氣也好，等她生理期結束後一定要去訂做一面錦旗送給葉秋嵐，上面就寫「天下第一好室友」。

——哎，這點子好，說做就做，幹嘛還等大姨媽走啊？

就在肖悅打開手機上網開始研究訂製錦旗哪家比較好的時候，一聲門鈴響了起來。

肖悅放下手機，抱著熱水袋去開門，剛要抱怨「妳這麼大的人了怎麼連鑰匙都忘記帶」，就發現門外站著的不是葉秋嵐。

是個女的，比她高，一百六十二公分的樣子，穿著件藍紫色的連衣裙，很淑女，梨花燙，戴著一副細邊圓框眼鏡，長得小家碧玉，化著淡妝，模樣溫雅秀麗。至於年齡……感覺和葉秋嵐差不多大。

當肖悅觀察她的時候，她也把肖悅從頭到尾打量了一遍。

然而還不等對方開口，肖悅就想把門關上，「不買產品，不買保險，不接受推銷，請回吧。」

「等等！」女子的聲音很好聽，柔柔的，就像是清風撩過豎琴，「葉秋嵐還住這裡嗎？」

肖悅關門的動作一頓，「妳是葉秋嵐的朋友？」

女子微微一笑，用手指把碎髮撩到耳後，「秋嵐總喜歡把我的照片放在錢包裡，不知現在換了沒。」

肖悅頓時恍然。她問：「啊，妳是葉秋嵐的妹妹嗎？」

女子：「……」這人到底是真不明白還是裝不明白？

「鄧瑩？」

就在這時，葉秋嵐提著菜回來了，看到門外站著的女子時愣了一下。

那個叫鄧瑩的女子半側過身，朝她笑了笑，喚了聲：「秋嵐。」

葉秋嵐走近，皺眉道：「妳怎麼在這裡？」

鄧瑩細聲細氣道：「剛回國，去妳咖啡廳發現妳今天休息，就過來了，想看看妳。」

葉秋嵐面無表情道：「妳這樣有意思嗎？」

被晾在一旁的肖悅看不懂這齣戲，於是出聲道：「喂，葉秋嵐，介紹介紹唄，妳妹妹？表的還是堂的啊？應該不是親妹吧，長得不像。」

鄧瑩要被她氣暈過去了，「我是秋嵐的女朋友。」

「前。」葉秋嵐淡淡的補充，偏頭看向肖悅，「分手有兩年了。」

鄧瑩急道：「秋嵐，當初瞞著妳出國，是我不對，但是我一直有發郵件給妳啊，我從來都不認為我們分了！」

葉秋嵐笑了，「妳以為我不知道妳和董超在一起了嗎？」

聽了這話，鄧瑩臉色一變。

就算肖悅再神經大條，也猜出事情的來龍去脈了，她怎麼都沒想到原來葉秋嵐是彎的，所以剛才聽鄧瑩說錢包裡放照片什麼的只以為鄧瑩是葉秋嵐的親戚。

哇，厲害了，看來應該是這女的背信棄義在先，瞞著葉秋嵐出國不說，還腳踏兩條船，跟個男的搞上了！竟然敢欺負她的好室友，她肖悅第一個不同意！

仗義上身，肖悅一時之間都感覺不到生理痛了，把熱水袋往旁邊櫃子上一甩，一手接過葉秋嵐手裡的菜，一手親暱的挽住葉秋嵐的胳膊，像是換了張臉似的，滿面嬌羞的笑容道：「嵐嵐，妳可回來了。」

鄧瑩：「……」

葉秋嵐：「……」

鄧瑩睜大了眼睛，「妳們什麼關係？」

肖悅意味深長道：「就是妳想的那種關係。」

鄧瑩難以置信的問葉秋嵐：「秋嵐，這女孩還在上高中吧？妳不怕她爸媽知道後找妳麻煩嗎？！」

——妳才高中生，小丫頭還不快叫姐姐！

肖悅在內心翻了個白眼，但這次卻沒把自己的歲數亮出來，而是哼道：「我爸媽早就知道了呀，過年的時候嵐嵐都跟我回家吃年夜飯了！」

這確實是實話。

鄧瑩一時語塞，臉白得跟紙似的。

肖悅甜甜的笑道：「不好意思，剛才還把妳認小了，原以為是妹妹——畢竟嵐嵐的妹妹，也算是我的妹妹，但沒想到原來是阿姨啊。」

鄧瑩：「……」

「阿姨，我勸妳省省吧，妳看看妳，要年輕沒我年輕，要漂亮沒我漂亮，而且還有案底黑歷史，妳覺得嵐嵐有多大的機率選擇和妳復合？我猜除非她的眼睛被眼屎糊住，但很可惜沒這個機會，因為我每天早上都會幫她擦眼屎，我愛她愛到連眼屎都愛。」

鄧瑩：「……」

葉秋嵐：「哈哈哈哈！」

最後，鄧瑩狼狽而逃。

終於把人趕走了，門一關，肖悅把熱水袋重新抱在懷裡，回沙發上繼續癱著，一臉得意的看著葉秋嵐說道：「怎麼樣，我的演技是不是很棒！我向侯二偷師的，他第一次來店裡找鍾晃的監視錄影被我翻來覆去研究了好幾遍！」

葉秋嵐忍著笑，「嗯，很厲害。」

「沒想到妳竟然是彎的！」肖悅新奇道，「哎，妳是只喜歡女生，還是雙啊？」

葉秋嵐幫她重新倒了杯熱水，瞥了她一眼，「妳問這個幹什麼？」

肖悅道：「好奇嘛。」

葉秋嵐問：「那妳呢？」

肖悅抬頭看她，正好撞進那雙幽黑的瞳眸，登時覺得有些彆扭，於是又匆匆的把目光移開了，佯裝淡定道：「我怎麼了我？」

葉秋嵐：「妳之前不是喜歡錦歌嗎？」

肖悅想了想，說道：「我覺得吧，我是只喜歡御姐型的女生，錦歌就很符合我的標準……還有，在遇見錦歌前，其實我還挺喜歡孟榆姐的。啊，說起孟榆姐，沒想到她竟然會看上鍾冕那種小白兔型的男人，真是嚇了我一跳！」

「御姐？」葉秋嵐挑眉，「那我呢？」

肖悅愣了一下，「啊？」

葉秋嵐笑道：「我覺得我也算是御姐吧，妳要不要考慮考慮喜歡我？」

肖悅：「……」

「哈哈，別緊張，我開玩笑的。」

肖悅開始有意無意的避開葉秋嵐。

每天早上提前一個多小時就出門了，晚上回來後迅速洗漱完就把自己關進房間裡；在店裡見到什麼稀奇事時下意識的就是掏出手機發訊息給葉秋嵐，但隨即反應過來後立刻斷了手機網路，以至於幾天下來她和葉秋嵐的聊天視窗上有十幾條顯示為「傳送失敗」的字樣；如果碰上店裡的網路特別順暢，訊息在她關網路前發出去了，那就只有撤回。

她也不知道自己為什麼要這樣。雙性戀怎麼了？蕾絲邊又怎樣？她連自己的性向都模糊不清，哪裡會有歧視。

她只是越來越覺得，葉秋嵐喜歡她。

那天雖說是「開玩笑」，但相處了小半年，她清楚葉秋嵐不是會拿這種事情開玩笑的人，多半是看她反應不對勁，為了未來繼續和諧共處而說出的一句補救性的話。

那她現在的處境豈不是很不妙？

兩個接受同性的人住在一個屋簷下，其中一個對另一個好像還有好感，這跟孤男寡女共處一室有什麼根本上的區別？

她要不要乾脆搬回家？

不不不，那樣的話未免太傷人了吧！葉秋嵐對她這麼照顧，又沒做什麼過分的事情，就這樣一聲不吭的搬走算什麼！

肖悅一直思考到下班，都仍然沒什麼頭緒。

這件事鬧得她現在都沒心思關注慕錦歌和侯二同居的事情了，對此侯彥霖還感到詫異，還以為她生病了，問她需不需要休假。

——休個屁假！要是真休假了我待在家裡還怎麼躲葉秋嵐！

——侯彥霖果然是個討厭鬼！只想著幫倒忙！

肖悅無端自己生了股悶氣，心裡亂得很，於是下班後沒有直接回家，反而步行到附近的一個廣場，坐下來發呆。

想著想著，她從背包口袋裡拿出葉秋嵐給她的小鐵盒，打開盒蓋，裡面只剩下四、五張卡片了。

仔細想一想，好像她寫出去的卡片，葉秋嵐一張都沒用。

這是要幹什麼，是準備集中在一起像年初喝酒時那樣威脅她嗎？

肖悅實在無聊，就開始看卡片上的油畫，她對這種文藝卡片實在沒什麼興趣，所以自從拿到手後都是要寫時隨便在上面抽一張，從沒有倒出來一張張翻看過。因此，她現在才發現，有一張卡片被透明膠固定在了盒底。整個小鐵盒尺寸和卡片差不多，所以如果不是裡面的所有卡片都拿了出來，是無法發現盒底貼了張東西。

廣場的燈光有點暗，但她還是能看清楚上面寫的一字一句。

那是葉秋嵐的字，她的字是練過的，一手好行楷，十分大氣——

如果世界上存在這麼一個人

不是妳的父母，不是妳的手足

願意照顧妳，愛護妳，包容妳所有的壞脾氣

不用妳做任何事情就能原諒妳

怎麼都覺得妳很可愛

那妳能

考慮喜歡一下這個人嗎？

這不是玩笑，而是告白。

肖悅走到樓下時，正好碰上葉秋嵐拿著車鑰匙下樓。看到她，葉秋嵐凝重的神色終於放鬆下來，她長舒一口氣，語氣忍不住有點急：「妳怎麼這麼晚才回來？手機也打不通！我打電話去問錦歌，她說妳看起來不舒服所以讓妳提前走了，妳到底去哪裡了！」

肖悅拿出手機，才發現對方剛剛打了二十通電話給自己，慕錦歌也打過。她說道：「……抱歉，手機靜音，沒聽見。」

葉秋嵐平復下來，轉過身去開門，「算了，沒事就好。」

肖悅訕訕道：「對不起，讓妳擔心了。」

鐵門「啪」的一聲打開，葉秋嵐背對著她，卻遲遲不把門打開，而是沉默了數秒，方開口道：「如果妳覺得在這裡住著不自在的話，可以搬回去，不用顧忌我。」

肖悅盯著她的背影，鼓起勇氣般問道：「葉秋嵐，我問妳一個問題！」

葉秋嵐：「妳問。」

「妳是不是真喜歡我？」

葉秋嵐回過頭，只見肖悅站在身後的光亮處，身上灑著不知道是月光還是燈光，照得她的臉白得像個瓷娃娃，一雙杏眼又大又圓，額前的瀏海有點長了，但遮不住她眼中的粼粼波光；她的臉上沒有笑，也沒有怒，有的只是認真，像是執著於試題上正確答案的好學生。

她直視葉秋嵐的雙眼，朗聲道：「我要聽妳親口說！」

葉秋嵐怔了怔，「我……」

——到底是什麼時候開始喜歡妳的呢？

——是在答應教妳烹飪後看到妳欣喜得亮閃閃的眼眸時，還是在某次發現妳亂發脾氣後愧疚得在房間來回踱步大半天時？

——是在看到妳為了學習烹飪而起早貪黑靠著牆邊打瞌睡時，還是在妳應聘成功、露出得意自信的笑臉時？

——是看到妳愛路見不平拔刀相助、就算被不識好人心也不灰心時，還是看著妳一點點笨拙的嘗試磨去稜角、但最後還是決定放飛自我時？

——或者是更早，早在新人廚藝大賽看妳來應援慕錦歌時，就已經喜歡上了妳。

——喜歡妳的任性，喜歡妳的笨拙，喜歡妳的暴躁，喜歡妳的直率，喜歡妳的善良，喜歡妳的心口不一。

——唯一不喜歡的，就是妳可能不會喜歡我的這個事實。

——但即使如此，還是覺得妳哪裡都可愛。

「我喜歡妳。」

番外二《春花秋悅》完

SIDE STORY 3. 靖霖的幸福生活

（一）同居後的日子

某天，慕錦歌發現自己某個包的夾層裡原來還藏著幾顆以前買的打折水果糖。

自從發現水果糖可能因為某人的緣故而變得不好吃後，她就換了薄荷糖吃，已經很久沒有買過這種糖了，現在找出來看著還有點懷念。

出於勤儉節約不浪費的傳統美德，她掏出來後就剝開糖紙放入嘴中，卻發現味道還是不怎麼樣，工作低血糖時吃還好，平時吃就會覺得甜過頭了，一股糖精味。

——不會是變質了吧？

就在這時，高揚拿著文件從侯彥霖的書房裡出來，正好看到她手上的糖紙，於是停下腳步來，秉著討好未來老闆娘的原則，笑著說道：「正所謂不是一家人不入一家門，慕小姐和少爺的口味還滿一致的。」

慕錦歌皺眉道：「你說什麼？」

「慕小姐，您不知道嗎？我們少爺也喜歡吃這個糖。」高揚回頭看了看緊閉的書房門，壓低聲音透露道：「去年的時候少爺託我買過好多盒呢。」

慕錦歌回憶起新人廚藝比賽複賽結束後侯彥霖對她說的「盒裝版」，頓時心裡冒出一個念頭，就像是一條線，順著拉下去就是真相。她把糖紙遞給高揚，問道：「高助理，你看仔細點，我這個和侯彥霖買的糖真的一樣嗎？」

高揚小聲的糾正道：「是高秘書，年初就升職了。」

「……好的，高秘書。」

稱呼被糾正過來，高揚明顯很高興，他知道慕錦歌不是沒事找事的人，既然這樣問了，那麼這糖肯定有古怪，所以他每個細節都不敢遺漏，認認真真的端詳起來。

很快，他就發現了差異。

「慕小姐，您這是買到山寨糖了吧。」高揚很肯定的說道，「首先，糖紙上印的名字和正版的差一個字母；其次，這個糖原產地在國外，雖然在國內也有廠家，但據我所知是在S市而不是在H市。」

慕錦歌基本上已經明白過來是怎麼回事了。

她把高揚手上的糖紙拿過來扔掉，一邊問：「高秘書是要走了嗎？」

高揚舉了舉手中的文件袋，「是啊，得把少爺簽好字的文件及時送出去才行，不過送完後我還會來一趟的，不好意思打擾了。」

慕錦歌說道：「沒事，方便的話可以把燒酒也帶出去轉一轉嗎？送完文件之後你慢慢來，不要回來得那麼快。」

高揚一臉懵傻，「為什麼啊？」

慕錦歌看了看書房門，緩緩道：「讓你們撞見家暴現場，就不好了。」

高揚：「？！」

這這這這這……應該和他沒有關係吧？他剛剛沒有說錯話吧？這不關他什麼事吧？！

他才升職沒一年，可不想那麼快失業啊！

自從慕錦歌和侯彥霖同居後，燒酒晚上睡覺又多了一個去處。

「然後呢然後呢？」

此時屋外已是夜深人靜，牠正舒舒服服的趴在侯彥霖的床上，身上蓋著小被子，渾身散發著沐浴後的芬芳。牠就像是睡前聽父母講故事的小孩似的，但絲毫不見睏意，反而越聽越興奮，著急道：「那個女生怎麼樣了？」

侯彥霖繪聲繪色的跟牠講著圈內的八卦：「我不是說了嘛，那個女生是個硬骨頭，怎麼可能願意就這樣讓張澤皓那禽獸潛規則，頓時氣得把桌子都掀了，然後趁亂逃出了酒吧，厲害吧？」

燒酒面露憂色，「可之後該怎麼辦？她無權無勢的，還能在這個圈子裡混嗎？」

侯彥霖懶洋洋道：「能不能混下去，就看有沒有人罩她了。」

燒酒一臉愁苦的看向他，「大魔頭，你看人家都那麼可憐了，就幫她一把嘛。」

侯彥霖卻笑咪咪道：「侯家未必能壓過張家，但有一個人一定能制得了張澤皓。」

燒酒好奇道：「誰啊？」

「方敘，娛派的一個經紀人。」侯彥霖不緊不慢道，「這件事在圈子內傳出來後，方敘簽下了這個女生，從此張澤皓再也不敢找這個女生的麻煩了。」

燒酒今晚聽了太多人名，印象裡沒有哪個大家族姓方，於是問道：「為什麼啊？」

侯彥霖笑了笑，「因為張澤皓喜歡方敘啊。」

燒酒驚詫道：「哇，那個張澤皓好花心啊！這也喜歡、那也喜歡！」

侯彥霖伸手摸了摸牠的腦袋，「你要知道，在人渣的認知中，『喜歡』和『亂搞』不是同一件事。」

燒酒似懂非懂的點了點頭，然後問：「那方敘也喜歡他嗎？」

「不，方敘喜歡梁熙。」說到這裡，侯彥霖有種微妙的自豪感，「但梁熙是我好哥們兒巢聞的！」

燒酒這才反應過來，驚愣的抬高了聲音：「啊？！你說的方敘是是是是是男的嗎？！」

侯彥霖理所當然道：「對啊，以前是梁熙熙的師兄來著。」

「嚇死本大王了！」

「來來來，我再跟你講個八卦……」

「咚咚。」

就在這時，臥室門被敲響了，房內的一貓一人皆是一愣。

慕錦歌推開門，面無表情的看了他們一眼，冷冷道：「侯彥霖，你不是說好帶燒酒馬上睡嗎？你看看現在都幾點了？」

侯彥霖：「……兩點五分。」

慕錦歌冷笑一聲，什麼也沒說，只是「啪」的一聲把門重重關上了，留下一貓一人噤若寒蟬。

侯彥霖：「……」

燒酒：「……」

五秒鐘後，臥室的燈終於熄了。

其實一直以來，侯彥霖都隱瞞了一個秘密——

他，也有個進度條。

當然，他是實實在在的人，不是什麼系統，他那所謂的「進度條」是記在一本隨身攜帶的小本本裡。那本本子外面套了深棕色的高級皮革，有個皮釦，每當他掏出小本本來塗塗寫寫時，旁人總以為那是他的日程本，代表著與他侯總身分相符合的日理萬機。

唔，這樣認為也沒什麼錯，這的確算得上是日程本，只不過裡面所記「日程」的畫風是這樣的——

10/26：靖哥哥吃醋！成功踏進靖哥哥家門！（畫了個比耶的手）

12/31-01/01：靖哥哥對我笑！！

01/15：表白了！！！同意了！！！！！下次我一定要在靖哥哥家待夠二十四小時！！（因為太過激動所以字跡格外潦草還夾雜著鬼畫符似的英文）

02/07：帶她回家。

04/03：我被帶回家了！！！！還在她家睡了！！！歷史性的飛躍！！

04/04：吵架了QAQ靖哥哥來找我了！！

04/05：這次累計在靖哥哥家待夠了二十四小時！！下次目標是爬上靖哥哥的床！

04/18：準備了睡衣誘惑　勾引失敗，不過能留宿也很好了！

05/25：答應同居！！！！

06/03：正式開始同居！❤❤❤

06/07：今晚我要迷死靖哥哥　又失敗了……

06/20：就看今天了　失敗……

06/25：準備了驚喜，今晚一定能成功　她很開心，但我還是失敗了……

07/01：~~成敗與否且看今朝~~ 呸，今日敗不等於明日敗！

07/07：~~大好七夕，必勝！~~ 算了，這次失敗就當給牛郎織女一點安慰了……

07/14：~~呵，這次我一定不立FLAG~~ 我可能需要去姻緣廟拜一拜……

07/17：日常失敗。

07/23：日常失敗。

07/27：日常失敗……我好想變成燒酒……

07/31：日常想變貓。

……

總結：

階段性目標：進家門【✓】→留宿【✓】→順利爬床【 】→順勢求婚【 】→Happy Ending【 】

屢敗屢戰，因時制宜，步步求穩，切記冒進，慢慢摸索，一舉拿下，為達最終目標而不懈奮鬥努力！

慕錦歌：「……」

厲害了，這二傻子還總結出二十四字方針來了。

燒酒聽到房間浴室裡的流水聲停了下來，心裡一緊，忐忑的用爪子扒拉了一下慕錦歌的衣服，小心翼翼道：「靖哥哥，妳可別跟大魔頭說是我叫妳來看的啊，不然我會被生吞活剝的！」

說起來牠真不是故意的，只是見侯彥霖進了臥室的浴室洗澡，臥室的門又虛掩著，於是想趁機溜進來看看房裡有沒有藏貓餅乾，沒想到一跳上床頭櫃就看到這本小本子攤開放在那裡。

如果牠今天真的因此命喪魔手，那只能說果真是「好奇心害死貓」！

慕錦歌騰出一隻手摸了摸牠的頭，淡定道：「你現在就出去，假裝不知道這件事。」

「好好好！」燒酒早就在等這句話了，當即跳下桌子，一溜煙跑出了侯彥霖的臥室，尋找藏身之處。

於是兩分鐘後，侯彥霖打開浴室的門，看到的就只有慕錦歌。

「錦歌？」他在裡面隱約聽到了些動靜，只以為是燒酒進來了，沒想到出來一看，貓沒見著，反而看見穿著睡衣的慕錦歌站在他房間裡，當即一驚。

隨後，他下意識的就是往後一退，想要回到浴室對著鏡子好好捯飭捯飭自己，搞點「美人出浴」的效果，但還沒等他再踏出一步，便看到慕錦歌手上拿著的東西——

他的「進度條」！

侯彥霖單手用毛巾擦拭頭髮的動作僵住了，尚帶著點熱度的水珠從他的髮梢滾了下來，無聲的落在了柔軟的地毯上，砸出一小塊深色的水漬。

「怎麼了？」慕錦歌若無其事的放下本子朝他走來，抬手接過他的毛巾，一邊幫他擦濕淋淋的頭髮，一邊語氣平常道：「就這麼喜歡當水鬼？」

侯彥霖稍稍低著頭方便她擦，安靜聽話得像隻大型犬。過了一會兒，他才伸出雙臂，有點試探意味的環住身前人的腰，用著那雙映著星光的眼眸注視著慕錦歌，「妳不生氣？」

慕錦歌平靜的問：「生什麼氣？」

「嗯，就是……」侯彥霖吞吞吐吐道：「那本本子。」

慕錦歌迎上他的目光，挑了一下眉，「你在那本本子裡寫的倒比你本人要坦誠多了。」

侯彥霖緊張得喉結不斷的上下滾動，為了趕快轉移問題焦點，他急中生智，正色道：「靖哥哥，隨便翻看別人的東西是不對的。」

慕錦歌點了點頭，「我知道，我會賠償你的。」

侯彥霖以為自己蒙混過關了，臉上露出標準侯二式笑容，他俯身吻了吻身前人的額頭，溫聲道：「這個就不用了，妳跟我誰和誰啊。」

「真的不用了？」

「真的啊，我最愛妳了，妳做錯什麼我都原諒妳。」

慕錦歌為他擦完頭髮，用房間裡的衣架把毛巾掛好，轉身就要出臥室拿去陽臺上晾。

快要出門的時候她淡淡的說了一句：「那就算了吧，我還想說今晚幫你把後面兩個目標提上日程。」

「！！」

不等慕錦歌拿著毛巾走出臥室，侯彥霖一個箭步衝了上去，「咚」的一聲把對方面前的房間門一下子關上了。他單手抵著門，將人圈在身前，難以置信的問道：「靖哥哥，妳……剛才說什麼？」

慕錦歌整個人都被覆在他的陰影之下，她轉過身，用手撫上他的臉，抬起頭，嘴角微勾，話語間帶著笑意：「不是說要一舉拿下嗎？」

在意想不到的時機和意料之中的人完成了全壘打，侯彥霖覺得生活分外美好。

人一得意就容易出些紕漏，所以他也沒有深究慕錦歌是怎麼進房間看到那本小本子的，讓某隻幕後推手因此逃過一劫。

第三個目標達成了，就該為實現第四個目標而努力。

某天晚上，侯彥霖下班回來，洗完澡後輕手輕腳的爬上床，推了推剛剛睡下的慕錦歌，低聲道：「靖哥哥，妳睡了嗎？」

慕錦歌還沒完全睡著，闔著眼睛，聲音帶著睏倦：「嗯？」

侯彥霖湊到了她耳邊，語氣認真道：「我想跟妳商量件事。」

慕錦歌轉過身，睡眼惺忪的望向他，「不能明早再說嗎？」

侯彥霖道：「現在要是不說，我怕放在心裡睡不著覺。」

見他這麼鄭重其事，慕錦歌以為是出了什麼事，所以從床上坐了起來，一邊揉眼睛、一邊問道：「那你說吧，什麼事？」

侯彥霖伸手幫她把頭髮理了理，「就是想問問妳的用戶體驗怎麼樣。」

「用戶體驗？」慕錦歌露出疑惑的神情，「我體驗什麼了？」

侯彥霖指了指自己，「我啊。」

慕錦歌：「……」

侯彥霖一本正經道：「慕小姐，妳看，妳都試用那麼多次了，是時候購買正版了。」

慕錦歌哭笑不得，「那之前的你是盜版？」

「也不是，但只開放了部分功能。」侯彥霖自我推銷得輕車熟路，態度誠懇，「購買後我將永久屬於妳，並且解鎖所有功能。」

——厲害了我的霖妹妹。

慕錦歌已經徹底清醒了，饒有趣味的問：「例如？」

侯彥霖摸著她的手，眨了眨眼睛道：「這個要等慕小姐妳以後慢慢挖掘才行。」

「既然是購買，那價格怎麼算？」

侯彥霖十分專業道：「不要一千八，不要九九八，現在是感恩用戶優惠大放送時期，只要妳讓我留個憑證，就可以把我免費領回家，虧本甩賣，機會難得。」

慕錦歌問：「什麼憑證？」

侯彥霖卻道：「妳先答應我。」

「哪有你這樣強買強賣的……」慕錦歌心裡覺得好笑，她現在只想結束斡旋趕快睡覺，於是有些無奈道：「好吧，我答應你。」

話音剛落，就見侯彥霖立刻翻身從床頭櫃裡拿出一個深藍色的小盒子，打開後又從裡面拿出一枚款式別致的戒指，遞到她的面前。

侯彥霖勾著唇角，一雙好看的桃花眼裡透著狡黠的笑意，像是預謀許久終於得逞的奸商。

「靖哥哥，我們開始合法同居吧。」

婚禮還沒辦，員工們就都知道他們那位素有「笑面狐狸」之稱的老闆結婚了。不光燒酒茶餐廳的人知道，連華盛娛樂的員工都知道了——因為比新聞報導更快的，是侯二秀戒指的速度。

辦公室裡，侯彥霖用左手把東西遞出去，吩咐道：「高揚，這份資料你幫我拿給人事部主管。」

高揚伸手去接：「好的，少爺。」

然而就在他想要把文件拿過來的時候，卻發現侯彥霖死死的不放手。高揚疑惑的看向坐在辦公桌後的人，「……少爺？」

侯彥霖卻沒有看他，而是注視著自己拿著文件的手指上的戒指，發出一聲幽幽的輕嘆：「我一直都覺得我的手很好看了，沒想到還能再錦上添花。」

高揚：「……」

「高揚啊——」侯彥霖抬頭看向他，語重心長道：「你也老大不小了，該成家了。」

高揚：「……」被比自己小的人這樣說，有點微妙。

侯彥霖終於放開了手，露出體貼老闆似的微笑，「作為一個好上司，我也想讓你體會一下和喜歡的人廝守一生的幸福。這樣吧，准你兩週的假期，去約會吧，想去哪裡跟我說，我包你機票。」

高揚：「……」

「少爺——」好一會兒，高揚才憋出一句，「我還沒有女朋友。」

侯彥霖點了點頭，「這樣啊。」

高揚從他的語氣裡聽出了同情的意味。

只聽侯彥霖接下來說道：「那你選個地方去豔遇一個吧。」

高揚：「……」

——我謝您體諒！！

S市，《小人物》片場——

這部電影從四月拍到現在，已經快五個月了，離殺青不遠，巢聞在電影裡演的是個糙漢，穿著和妝容都有點邋遢；梁熙每天跟拍也穿得很樸素，幾乎是素面朝天。

她端來一杯溫水，坐在了休息著等下場戲的巢聞身邊，對侯彥霖簡單招呼了一番：「侯少，多謝你特地跑一趟來探班。」

與對面兩人相比，侯彥霖可謂是光鮮亮麗、紅光滿面。他用左手接過水杯，笑咪咪道：「應該的應該的，S市離B市又不是很遠。」

梁熙問道：「侯少你訂飯店了嗎？劇組包的這家應該還有空房。」

侯彥霖卻笑了笑道：「不了，我等一下就回B市了。」

聽了這話，連一直埋頭看劇本的巢聞都忍不住看了他一眼。

「怎麼這麼趕？」梁熙壓低聲音問道：「侯少，是不是出什麼事了？」

侯彥霖喝了一口水，正色道：「的確發生了件大事。」

梁熙的神色也跟著凝重起來，「怎麼了嗎？」

然而侯彥霖只是在她眼前晃了晃左手，說道：「發現了嗎？」

梁熙愣了愣，「什麼？」

侯彥霖道：「梁熙熙，妳注意看。」

梁熙：「？？」

這時，倒是巢聞開口了，突然問了句：「登記了嗎？什麼時候辦？」

「早就登記了。」侯彥霖看向他，笑道：「唔，等你殺青後吧，可以多收兩份紅包。」

梁熙一臉懵傻，「你們倆在神神秘秘說些什麼？」

侯彥霖朝巢聞揚了揚下巴，「我這叫後來居上。」

巢聞忽然伸手攬住梁熙的肩膀，面無表情道：「我們也快了。」

侯彥霖得意道：「再快也趕不上我。」

巢聞眼色一沉，「……我們這叫經歷了時間的考驗。」

侯彥霖笑嘻嘻道：「有了名分，接受考驗時更加甜蜜。」

「……」巢聞突然對梁熙道：「老婆。」

梁熙：「啊？」

「把慕小姐的電話給我。」巢聞沉聲道，「我覺得有必要告訴她一點黑料，讓她再好好考慮一下。」

侯彥霖臉色一變，「喂！」

B市，華盛娛樂——

侯彥霖現在有了自己的餐飲公司，來華盛的次數就越來越少了，只有偶爾心情好的時候來走一趟，沒想到這次就在自家親哥的辦公室外遇上圈內的知名青年女編劇柯清怡。

侯彥霖道：「沒想到這麼巧，好不容易回趟公司，還碰見柯編。」

柯清怡戴著一副黑框眼鏡，髮梢微捲，長相不算出挑，卻向來以獨特的氣質在編劇圈內被稱為美女編劇。她抬眼看了看侯彥霖，笑道：「清越科技和華盛正式簽約後，我們以後碰面的機會還多著呢。」

侯彥霖看了眼辦公室緊閉的門，點了點頭：「說得也是。」

既然如此，那麼現在正和侯彥森談話的應該就是柯清怡的丈夫張澤越了。

張家的二兒子，與張澤皓形成鮮明對比的弟弟，同時也是巢聞的表哥。

柯清怡搭話道：「侯少談戀愛時一聲不吭，怎麼一結婚就這麼高調了？」

侯彥霖看了看自己手上的戒指，說道：「以前不公開，是為了保護；現在公開，是為了給戀人應有的存在感。」

柯清怡打趣道：「我聽說你現在是逢人就秀婚戒。」

侯彥霖笑咪咪道：「人生就這麼一次，不抓緊好好秀一秀怎麼行。」

「有道理。」過了一會兒，柯清怡突然道：「這段時間剛結束一齣劇，正愁沒有靈感創作新劇本，今天看到你，倒是有點靈光一現的感覺。」

侯彥霖挑眉道：「怎麼，柯編打算把我寫進劇本裡？」

柯清怡摸了摸下巴，「嗯，若有這麼個人設，感覺會挺有趣的。我對那位慕小姐的為人事蹟也有所耳聞，覺得你們倆的性格屬性正好可以給我新劇本的主角，不過……」

侯彥霖來了興趣，「不過？」

「侯少，如果慕小姐是男主角的話，你不介意我把你寫成女主角吧？」

關於拍婚紗照這件事，慕錦歌原本以為去照相館拍拍就可以了。然而在經過侯彥霖策劃、侯氏一大家子參謀、高揚和肖悅等人協助執行後，拍婚紗照就成了個為期十多天的大專案。

中式婚服一套，西式婚紗兩套，隨行攝影師三名，國內取景一地，國外取景兩處。

看到手上的行程單時，慕錦歌嘴角抽搐。

獲得隨行入鏡批准且因此也擁有了三套訂製衣服的燒酒表示大力支持，並且十分興奮的問道：「大魔頭，我聽說歐洲很漂亮，為什麼不周遊歐洲呢？我想去看城堡！」

「小傢伙別急嘛～」侯彥霖把牠抱到腿上，摸了摸牠的下巴，「那個是結婚後的蜜月計畫。」

燒酒晃了晃大尾巴，「我我我要去！可以帶我去嗎！」

侯彥霖慷慨道：「可以啊，到時我和靖哥哥二人世界，讓高揚帶你出去單獨行動。」

燒酒歡呼起來：「耶！大魔頭我愛你！」

坐在一旁的慕錦歌：「……」

晚上的時候，燒酒睡在客廳的貓窩裡了，慕錦歌這段時間都是和侯彥霖睡同一張床的，兩人在婚前都還算節制，一般都是蓋著棉被純睡覺，就算某人色心大起，也只敢毛手毛腳，沒有慕錦歌的許可是不會做到最後的。

等侯彥霖洗完澡出來了，慕錦歌正好用手機看完高揚發來的修訂版日程表，皺眉道：「不就是結個婚嗎？為什麼搞得這麼麻煩？」

侯彥霖從背後抱住她，笑道：「因為這有意義啊。我大哥結婚就很低調，妳不知道我大嫂現在有多羨慕我們。」

慕錦歌：「……我現在退婚還來得及嗎？」

侯彥霖握住她的手，在她的戒指上落下一吻，然後又往她的臉上親了一口，親暱的蹭了蹭，輕輕的咬了咬她的耳朵，「來不及了。」

哦豁，看來今晚不能蓋著棉被純睡覺了。

被撲倒在床上的時候，慕錦歌心想，自己真的上了賊船。

——算了，賊船就賊船吧。反正這輩子，也就只栽這一次。

◎◆※◆※◆◎

（二）侯家有女初長成

結婚第三年，侯彥霖和慕錦歌光榮晉級為人父母。

是個女兒，大名叫侯鈺楚，因為一出生就哭得格外鬧騰，所以小名叫侯小鬧。

這個暱稱還是燒酒取的。

侯小鬧一生下來就受到了掌上明珠的待遇，吃著親媽的母乳，穿進口的高級紙尿褲，獨占一間堆滿玩具和貼滿卡通牆紙的嬰兒房，爺爺奶奶變著花樣哄，遠在美國的小姑姑甚至直接請了長假回來看她。

明明比很多嬰兒幸福了不止一、兩倍，但她還是很愛哭，而且聲音洪亮，一哭起來就別想幾分鐘收住了，直到老宅裡上上下下的人都圍了過來安慰她，她才肯作罷，十足的小公主做派，還有點小狡猾。

侯老夫人有些傷感的說道：「小鬧的性格要是隨了她媽該多好啊，怎麼就像她爸了呢？以後我們家是要出個女魔頭了啊。」

侯彥霖：「媽妳別瞎說，小時候就我那破體質，多哭一聲都怕閉氣了。」

侯老夫人回憶起來都是淚，「你更可惡，跟烽火戲諸侯似的，好幾次假裝哭閉氣，把我和你爸嚇軟腿後又笑了起來。」

侯彥霖：「……」

正所謂是風水輪流轉，一報還一報，昔日折磨人的大魔頭今日搖身一變成了奶爸。

「大魔頭！你女兒拉臭臭啦！」

聽到燒酒的傳喚，正在用筆電看文件的侯奶爸立即手腳麻利的從桌上拿起事先備好的紙尿褲，一個箭步出了書房，以直線距離衝進嬰兒房。

燒酒小衛士坐在地板上，面無表情道：「現在我都能趕在侯小鬧哭之前叫你了。」

侯彥霖鼻梁上的半框眼鏡都還沒來得及取下，他先低頭動手打開侯小鬧的紙尿褲，果然看到金燦燦的一片，「多謝你的貓鼻子。」說完，他動作嫻熟的為侯小鬧抽掉髒尿布，裹好，再用嬰兒濕紙巾幫她把屁股擦乾淨，然後穿上新尿褲。

完美！

上爽身粉的時候，侯奶爸忍不住叫了聲：「女兒啊。」

侯小鬧睜著雙黑溜溜的大眼睛，一臉便後及時被換了乾爽尿布的愜意。

侯奶爸感慨道：「記住了，除了爸爸以外，絕對不能讓其他男人脫妳褲子！」

燒酒：「……」

「當然，等妳長大爸爸也不解妳褲子了。」侯彥霖幫她把小棉被蓋好，「爸爸專心解媽媽的褲子。」

侯小鬧看向他，一臉好奇。

侯彥霖：「對，妳多看看我，從小在妳心裡建立個正常的審美標準，這樣以後妳長大就會自動過濾掉世界上99.99%的男人，不過最重要的還是心靈美，唉，像妳爸這樣內外兼修的好男人不多啦。」

剛被強灌下一碗補品才上樓來看看的慕錦歌：「……侯彥霖，不要給小鬧灌輸亂七八糟的東西。」

有對聰明的爸媽，侯小鬧自然也是智商過人。她咿咿呀呀得早，說話也早，只是別的小孩第一句話都是爸爸媽媽爺爺奶奶，她的第一句話卻是一個形容詞。

這天，侯小鬧被放在爬墊上自己玩玩具，屋外天氣大好，陽光透過巨大的落地窗灑了進來，暖暖的覆在地上，燒酒懶洋洋的趴在她身邊，時不時逗一逗她。侯小鬧一點都不怕牠，很喜歡和牠一起玩，看牠跑來跑去又翻來滾去的樣子，發出咯咯咯的笑聲，一雙漆黑的眼睛彎成了小月牙。

就在這時，她突然指著燒酒，含著口水說道：「吃藕！」

燒酒一個踉蹌，抬起大扁臉，一臉不可思議的看向她。

侯小鬧盯著牠的臉，高興得拍起手來，聲音也比剛才清晰了些，奶聲奶氣道：「吃藕！吃藕！吃藕！吃藕！醜！吃藕！」

燒酒：「……」

玻璃心嘩啦碎了一地。

這個詞就像是侯小鬧點亮說話技能圖示的標誌，兩天之內侯小鬧把爸爸媽媽爺爺奶奶都說出來了，讓整個侯家都沉浸在一片喜悅之中。

但是燒酒卻很抑鬱。

慕錦歌安慰道：「童言無忌，小鬧只是聽人說多了，有樣學樣而已。」

侯彥霖笑嘻嘻道：「這沒毛病啊，說明我們小鬧審美標準很正確，是件好事啊。」

燒酒：「……」

慕錦歌瞥了他一眼，「哪裡涼快哪裡待著去。」

侯彥霖是越來越厚臉皮，直接像個四腳章魚一樣抱著慕錦歌，「我怕冷，只想待在妳身邊，嘿嘿。」

燒酒：「……」**我真是沒眼看**。

侯小鬧語言天賦很強，學詞學得很快，雖然很多咬字還不是很清楚，畢竟還只是個幾個月大的嬰孩，能達到如此水準已經算很聰明了。

也不知道慕錦歌和侯彥霖後來是怎麼教她的，之後的某一天侯小鬧突然揪住了燒酒的尾巴，糯糯的喊道：「大……大貓！」

燒酒還陷在憂鬱中不可自拔，一臉不悅的回過頭看她。

侯小鬧的小手鬆開牠，笑道：「醜！」

燒酒：「……」**好了我已經知道了**。

侯小鬧口齒不清的說：「家人，家人。」

燒酒愣了一下。

侯小鬧安靜了一會兒，像是在思考，然後她又咯咯笑起來，「喜、喜歡！」

燒酒：「……」

一瞬間雨過天晴，圍繞著牠數日的陰霾都一掃而光。

侯小鬧慢慢變得不怎麼愛哭了，但變得更加愛鬧騰了。

會跑了以後，她經常和燒酒在侯家老宅的園子裡撒歡似的跑，可以說是風一般的女子。

每次看到這幅景象，陳管家都擔心受怕的，生怕小小姐不小心磕哪裡絆哪裡了，但人家父母在一旁看著倒是心情很輕鬆的模樣。

侯彥霖：「哎呀誰的童年沒個磕磕絆絆呢，沒有摔倒，哪裡來的放飛！」

慕錦歌：「我們就在這裡看著，出不了什麼事的，燒酒也會保護她的。」

陳管家：「……」

話音剛落，侯小鬧就風風火火的跑了回來，停的時候一個猛煞車，差點往前摔個狗吃屎，還好慕錦歌眼疾手快的接住了。

侯彥霖彎腰把女兒一把抱起來，讓小鬧坐在他的小臂上，「我的小公主誒，妳跑那麼急幹什麼？」

侯小鬧：「噓——」

侯彥霖：「？」

侯小鬧把一直攏著的雙掌敞開，一隻白色蝴蝶顫顫的從她的小手中飛了出來。

侯小鬧興奮道：「蝴蝶！」

侯彥霖笑著往她臉上親了一口，「厲害了我的女兒，居然都會捉蝴蝶了！」

這可把陳管家嚇到了，忙掏出手帕幫侯小鬧擦手，一邊絮絮叨叨道：「趕緊擦乾淨，這蝴蝶上的粉沾到手上可不好啊，以後可別去捉了，妳說妳沒事去捉什麼蝴蝶啊，這種東西……」

侯小鬧露出兩排小米牙，嘴比笑容還甜：「送給媽媽、爸爸，還有陳爺爺！」

陳管家：「……」

好吧，下不為例。

雖然侯小鬧的爺爺奶奶覺得侯小鬧不用去上幼稚園，直接請老師到家裡來教就好了，但慕錦歌和侯彥霖覺得侯小鬧還是應該去到這麼一個環境接觸其他小朋友，於是最後是把她送到老宅附近的一所幼稚園，裡面大多數的小孩就住在這附近，非富即貴。

結果第一天，兩口子就接到幼稚園老師打的電話了。

「侯小鬧。」慕錦歌接到電話後直接把店交給肖悅打理，自己親自去幼稚園把女兒接回了家，「這怎麼回事？」

和其他孩子不太一樣，侯小鬧從小就怕媽媽，此時她站在慕錦歌面前低著頭，有點委屈的說道：「我沒做錯。」

這時侯彥霖也從公司趕回來了，「侯小鬧，妳厲害了啊，居然打別的小朋友！妳記不記得爸爸跟妳說過什麼？爸爸小時候就被欺負得很慘，妳想變成當年欺負妳爸爸的那種人嗎？」

燒酒：「喵——」**大魔頭你快別說了，本來人家小鬧不想打架的，聽了你這話都想去打架。**

侯小鬧終於抬起頭來了，「我打他，是因為他欺負我！他說……他說我的辮子醜，跟拉出來的便便一樣！還說媽媽做的吃的也跟便便一樣！」

慕錦歌：「……」

今天侯小鬧的兩條麻花辮，是侯彥霖心血來潮編的。

「那個小屁孩竟然敢這樣說！」一聽這話，侯彥霖捲起了袖子，「說，是哪家的小鬼！看我不把他打得跟便便一樣！」

慕錦歌哭笑不得，「小鬧不懂事，你也不懂事？快坐下，別丟人了。」

侯彥霖這才氣呼呼的在她身旁坐下，「他還手了嗎？他打妳哪裡了？」

侯小鬧道：「我絆他一下，看他摔了個狗吃屎，然後我坐到他身上揍他，他根本沒有還手的餘句。」

慕錦歌糾正道：「……是『餘地』。」

侯彥霖摸了摸女兒的頭，「好樣的，就得這樣，不能慫！」

慕錦歌責備的看了侯彥霖一眼，「有你這樣教孩子的嗎？」

「……不能慫是不能慫，但是——」侯彥霖趕快話鋒一轉，「不能使用暴力，這樣太明顯了，妳得陰著來。」

慕錦歌：「？？？」

侯小鬧疑惑的問：「什麼叫『陰著來』？」

侯彥霖：「就是不要讓別人發現妳報復了他。女子報仇十年不晚，妳可以不先當場翻臉，把這筆帳記著，然後悄悄設計讓那個小鬼在課堂上出醜啊什麼的。」

侯小鬧：「這個怎麼做啊？」

「就是……」

眼看侯彥霖還真要出餿主意了，慕錦歌狠狠瞪了他一眼，然後捏了他一把。

侯彥霖清咳一聲：「咳，這樣吧，以後有誰惹妳了，妳回來跟我說，爸爸幫妳出招。」

慕錦歌這才滿意的收回手，補充道：「也要跟我說。」

燒酒懶懶的趴在地上打了個呵欠。

有一天，燒酒發現侯小鬧似乎有點不開心。牠輕手輕腳的跳上桌子，蹭了蹭侯小鬧的臉，乖巧的喵了一聲。雖然侯小鬧是侯彥霖和慕錦歌的女兒，但她並不能聽到牠說話。

然後燒酒發現，小丫頭的眼睛好像有點紅。

「喵？」**小鬧妳怎麼了，被人欺負了嗎？不對啊，妳現在是妳小學裡的女霸王，應該沒人敢惹妳吧。**

侯小鬧輕柔的撫了撫牠的背，悶悶道：「蘊蘊家的小金魚死掉了。」

燒酒：「……」

蘊蘊大名巢蘊，是巢聞和梁熙的女兒，只比侯小鬧小兩、三個月。

「蘊蘊媽媽說，生命總會有結束的那一天，小動物大多都活得比人短。」侯小鬧看著燒酒，眼睛更紅了，聲音甚至還有些哽咽，「大貓，你也會比我先死掉嗎？」

燒酒愣了一下，不知道該怎麼回答。

但即使牠回答了，小丫頭也聽不到。

侯小鬧的眼淚就跟決堤似的，猛地就湧出來了，她抱住燒酒大哭起來，「我不要大貓死……大貓陪我長大好不好？大貓長命百歲好不好？我不想讓大貓死……」

燒酒聽著小丫頭稚嫩的話語，心裡也難受得不得了，只有用爪子一下又一下的拍侯小鬧細瘦的肩膀，試圖起一點安慰的效果。

等侯小鬧哭到睡著了，燒酒把侯彥霖叫來將她抱回了床上。

之後幾天，侯小鬧都沒再提這件事。

就在燒酒以為小丫頭已經把這件事忘了的時候，某天放學，侯小鬧回家抱著牠，突然說道：「我去問過寵物店的老闆了，也上網查了資料，都說貓咪會預知自己的死亡，然後在死之前一、兩天離開家裡，在主人看不到的地方悄悄的死去。」

燒酒抬頭看她，發現侯小鬧雖然眼眶有點紅，卻沒有哭，反而露出了笑容。

她認真道：「大貓，我沒有辦法讓你長命百歲，但是我希望，起碼在你快死的時候，你不要離開這個家，不要讓我找不到你，就留在我們身邊吧，我會親手把你埋在後院最好的位置，然後給你種好多花，讓你在天堂也能聞得到花香。」

這一次，侯小鬧沒哭，燒酒哭了。

六歲的時候，侯小鬧當姐姐了。

慕錦歌給她添了個弟弟，叫侯鈺栩，小名正正，希望他一身正氣，別跟他爸和他姐似的有事沒事就想長歪。

正正和侯小鬧恰恰相反，安靜得不得了，不哭也不鬧。

姐弟兩個，女孩像爸，男孩像媽。

燒酒也算隻老喵了，貓齡十歲，不再跟著侯小鬧一起橫衝直撞，大多時候牠更喜歡躺在慕錦歌的腿上曬太陽，懶洋洋的，睡覺時還流口水。

正正滿月那天，他們拍了張全家福。

慕錦歌和侯彥霖坐在正中間，慕錦歌手上抱著正正，侯彥霖抱著小鬧，小鬧手上再抱著貓爺爺燒酒。

「喀嚓。」

時光就在鏡頭前定格，溫馨美好得自帶柔光。

番外三《靖霖的幸福生活》完

《極品の黑暗料理女神》全套二集完結，全國各大書店、租書店、網路書店持續熱賣中！

I come from the other side of the universe.
來自外星的我
04
episode
i wanna go home
與你在一起。
END
NOVEL
霧十
ILLUST
&瑞讀
來自外星的我 01 多了個蠢爹？
來自外星的我 02 靠尾巴賣萌！
來自外星的我 03 也想談戀愛！
來自外星的我 04 與你在一起。
人世繁華，幸好有你與我共度——
我們要結婚了。
SINCERELY INVITE YOU TO SHARE OUR HAPPINESS.
幸福小倆口
典藏閣
華文聯合出版平台
www.book4u.com.tw
采舍國際
www.silkbook.com
不思議工作室_
立即搜尋
版權所有© Copyright 2018

飛小說系列175

極品の黑暗料理女神 02（完）

出版者■典藏閣
作　者■天川　繪　者■蒼和
企劃編輯■夏荷芠　美術設計■Aloya
總編輯■歐綾纖
製作團隊■不思議工作室
郵撥帳號■50017206 采舍國際有限公司（郵撥購買，請另付一成郵資）
台灣出版中心■新北市中和區中山路2段366巷10號10樓
電　話■(02)2248-7896　傳　真■(02)2248-7758
物流中心■新北市中和區中山路2段366巷10號3樓
電　話■(02)8245-8786　傳　真■(02)8245-8718
ISBN■978-986-271-820-9
出版日期■2018年4月

全球華文國際市場總代理／采舍國際
地　址■新北市中和區中山路2段366巷10號3樓
電　話■(02)8245-8786　傳　真■(02)8245-8718

新絲路網路書店
地　址■新北市中和區中山路2段366巷10號10樓
網　址■www.silkbook.com
電　話■(02)8245-9896
傳　真■(02)8245-8819

☞**您在什麼地方購買本書？**☜

1. 便利商店（______市／縣）：☐7-11 ☐全家 ☐萊爾富 ☐其他______________

2. 網路書店：☐新絲路 ☐博客來 ☐金石堂 ☐其他__________

3. 書店（______市／縣）：☐金石堂 ☐蛙蛙書店 ☐安利美特animate ☐其他____

姓名：__________ 地址：______________________________

聯絡電話：__________ 電子郵箱：______________________________

您的性別：☐男 ☐女 您的生日：__________年__________月__________日

（請務必填妥基本資料，以利贈品寄送）

您的職業：☐上班族 ☐學生 ☐服務業 ☐軍警公教 ☐資訊業 ☐娛樂相關產業 ☐自由業 ☐其他____________

您的學歷：☐高中（含高中以下） ☐專科、大學 ☐研究所以上

☞**購買前**☜

您從何處得知本書：☐逛書店 ☐網路廣告（網站：______________） ☐親友介紹

（可複選） ☐出版書訊 ☐銷售人員推薦 ☐其他____________________

本書吸引您的原因：☐書名很好 ☐封面精美 ☐書腰文字 ☐封底文字 ☐欣賞作家

（可複選） ☐喜歡畫家 ☐價格合理 ☐題材有趣 ☐廣告印象深刻 ☐其他____________________

☞**購買後**☜

您滿意的部份：☐書名 ☐封面 ☐故事內容 ☐版面編排 ☐價格 ☐贈品

（可複選） ☐其他

不滿意的部份：☐書名 ☐封面 ☐故事內容 ☐版面編排 ☐價格 ☐贈品

（可複選） ☐其他

您對本書以及典藏閣的建議______________________________

____

____

✌未來您是否願意收到相關書訊？☐是 ☐否

✎**感謝您寶貴的意見**✎

印刷品

$3.5
請貼
3.5元
郵票
不思議信箱
FUSIGI POST

235　新北市中和區中山路二段366巷10號10樓

華文網出版集團　收

（典藏閣－不思議工作室）

極品の黑暗料理女神

vol.2

天川x蒼和

END